Waldesstille

von Nadine Teuber

Deutsche Erstausgabe
Mai 2018

Umschlaggestaltung, Illustration:
Nadine Teuber

Herausgeber:
Nadine Teuber
Brinkmannstr. 7
12169 Berlin

ISBN Paperback: 9781980953944

Bibliografische Information der Deutschen Nationalbibliothek:
Die Deutsche Nationalbibliothek verzeichnet diese Publikation in der Deutschen Nationalbibliografie; detaillierte bibliografische Daten sind im Internet über http://dnb.d-nb.de abrufbar.

Von Nadine Teuber sind bisher erschienen:

Wurzelflügel
Sag es (nicht)! – Grün Gelb Rot

Prolog

»Eins, zwei, drei, vier, Eckstein, alles muss versteckt sein«, singt Hannah mit ihrer wunderschönen, hellen Stimme und hüpft von einem Kästchen zum nächsten, mal mit einem Bein, mal mit beiden. Das Feld mit dem Stück Rinde überspringt sie gekonnt.

Das Lied passt nicht. Wir spielen Himmel und Hölle, nicht Verstecken, aber das hat Hannah noch nie gestört.

Hannah hebt die Rinde auf und wirft sie erneut auf das gemalte Spielfeld.

»Ich will auch nochmal«, maule ich und hüpfe ungeduldig über ein paar Rindenstücke, mit denen ich mir meinen eigenen Parcours gebaut habe. Sie hüpft jetzt schon zum fünften Mal und vertröstet mich immer wieder. Dabei will ich nur noch ein einziges Mal, weil ich dringend aufs Klo muss.

»Ja, gleich«, schallt es glockenklar zu mir rüber. Ihre langen Haare flattern vom Wind und ihren Sprüngen. Die Haare, die nach Wald und frischer Luft duften, so seidig weich sind, in die sich so oft Blätter und Zweige verirren, die mich trösten, wenn ich die Mutter, an die ich keine Erinnerung habe, wieder einmal zu sehr vermisse.

»Teddybär, Teddybär, dreh‘ dich um«, schallt es nun zu mir herüber. Auch das falsche Lied, aber das Hüpfespiel dazu kann man nur zu dritt spielen. Sie springt am hinteren Ende aus dem Feld und dreht sich zu mir um. »Jetzt darfst du!«

Ich stelle mich auf, werfe mein Stück Rinde und hüpfe los. Ich muss so dringend aufs Klo, dass ich Probleme habe, die Felder zu treffen.

»Wenn der Affe in die Disco geht, weißt du, wie er sich auf der Tanzfläche dreht?«, begleitet Hannah meine Hüpfer und dreht sich wie wild neben dem Spielfeld. Ihre langen Haare wirbeln wie das Rad eines schwarzen Pfaus um sie herum.

Ich hüpfe über das letzte, mit »Hölle« beschriftete Feld und rase los zu unserem Haus in der nächsten Straße. Ich höre gerade noch, dass Hannah mir »Du hast die Hölle berührt, jetzt wird etwas Schlimmes passieren!« hinterherruft, doch ich drehe mich nicht noch einmal um.

Sieben Jahre später

Die Sozialarbeiterin, deren Namen ich mir nicht gemerkt habe, parkt ihren Wagen vor einem spießigen Einfamilienhaus mit gepflegtem Garten und schaut mich erwartungsvoll an. Hier wohnt anscheinend meine neue Familie.

Ich brauche keine Familie. Ich komme alleine klar, aber das kann ich ihr, den Psychologen und Polizeibeamten nicht sagen, denn noch immer rede ich nicht.

Die Sozialarbeiterin steigt aus, geht um das Auto herum und öffnet die Beifahrertür, um mich aussteigen zu lassen.

Ich ignoriere sie.

»Sarah, bitte, wir haben doch darüber geredet«, versucht sie, mich zu beschwichtigen. Darüber geredet ist jedoch in meinen Augen nicht der richtige Ausdruck, wenn einer der Beteiligten monologisiert. »Du wirst dich hier bald wohlfühlen. Wir haben eine ganz nette Familie für dich ausgesucht. Sie haben bereits drei Jungen adoptiert. Du wirst dich bestens mit ihnen verstehen.«

Ich bezweifle, dass ich mich hier jemals wohlfühlen werde. Das ist nicht mein Zuhause. Hier steht Haus an Haus, ständig fahren Autos vorbei, ein Wald ist nicht in Sicht. Weder Paps noch Hannah sind hier. Hier wird also niemals mein Zuhause sein.

Nervös trommelt die Sozialarbeiterin mit ihren künstlichen Fingernägeln auf die Autotür. »Steig jetzt bitte aus, Sarah. Mach es doch nicht noch schlimmer, als es schon ist.«

Ich drehe meinen Kopf nach rechts und sehe sie mit dem leeren Gesichtsausdruck an, der mein Gesicht ziert, seit sie mich von zu Hause abgeholt haben. Von meinem richtigen

Zuhause. Dem Haus am Waldesrand. An dessen Fenstern man stundenlang sitzen kann, ohne ein Auto zu entdecken. Nicht dass ich das jemals ausprobiert hätte. Ich gehöre einfach nach draußen in die Natur.

Als hätte sie eine Ahnung, wie schlimm es schon ist. Sobald sie mich hier abgeliefert hat, wird sie nach Hause fahren, die Füße hochlegen und den Fernseher anschalten. Spätestens, wenn sie die Chipstüte öffnet, wird für sie wieder alles in Ordnung sein. Keinen Gedanken wird sie an mich verschwenden. Ob es mir hier gut geht oder nicht, interessiert sie doch gar nicht.

Für mich sieht die ganze Sache anders aus. Hannah hatte Recht gehabt. Es war etwas Schlimmes passiert und es war passiert, weil ich auf »Hölle« getreten war.

Ich habe keinen Blick zurückgeworfen, als ich nach Hause gerannt bin, und so habe ich nicht gesehen, dass sich die Hölle aufgetan und meine Schwester verschlungen hat. Niemand war da, um ihr zu Hilfe zu eilen. Das Schicksal hätte mich wählen müssen. Ich war schließlich auf das falsche Feld gehüpft.

Es ist nicht so, dass ich abergläubisch bin. Vielmehr weiß ich, dass meine große Schwester immer Recht hat.

Das hier ist die Hölle, die ich dafür durchmachen muss.

Ich lasse die ungeduldige Sozialarbeiterin nicht länger warten, steige widerwillig aus dem Auto und schultere meinen Rucksack. Nein, eigentlich ist es Paps‘ Rucksack, aber ich konnte nicht in die Fremde gehen, ohne etwas von ihm mitzunehmen. Diesen Rucksack hatten wir immer dabei, wenn wir wandern gegangen sind, beim Jagen und Fischen. In diesem Rucksack befindet sich alles, was man zum Überleben braucht. Ich werde ihn hier dringend benötigen.

Ein vornehmes Läuten ertönt, als die Sozialarbeiterin auf den mit »Schmidt« beschrifteten Klingelknopf am Gartentor drückt, und kaum einen Moment später öffnet sich die Haustür.

Eine Frau mit perfekt sitzenden Jeans, einer Backschürze darüber und einem Nudelholz in der Hand kommt freudestrahlend auf uns zugelaufen. Ich begutachte sie, auf dem langen Weg von der Haustür zum Gartentor und stelle fest, dass sie tatsächlich genauso aussieht, wie ich mir eine Mutter vorstelle: Blond mit den ersten silbrigen Strähnen dazwischen. Das einzige Make-up, das sie trägt, ist ein wenig Mehl an der Nasenspitze. Die Füße stecken in holländischen Holzpantoffeln. Dazu ein Strahlen, das ihr gesamtes Gesicht ausfüllt und auch die Augen in lustige Falten wirft.

Sie öffnet das Gartentor, öffnet die Arme weit, um mich in Empfang zu nehmen, und schlägt mir dabei das Nudelholz mit voller Wucht an die Stirn.

Kapitel 1

Müde schlage ich das Buch zu und presse Zeige- und Mittelfinger gegen die Schläfen. Mathematik. Seit Stunden brüte ich bereits darüber und langsam dröhnt mein Kopf. Ich habe das Gefühl, dass sich mein Leben seit Wochen um kaum etwas anderes als Mathematik dreht: Internes Rechnungswesen, Externes Rechnungswesen, Mathematik I, gelegentlich unterbrochen von Allgemeine Wirtschaftsgeschichte und Handels- und Gesellschaftsrecht. Willkommen im ersten Semester BWL an der Technischen Universität Berlin oder kurz: TU Berlin.

BWL! Dass ausgerechnet ich jemals so ein trockenes Studienfach belegte, hätte wohl niemand erwartet. Freudestrahlend waren mir meine Pflegeeltern um den Hals gefallen, als ich ihnen von der Zusage berichtete. Vergeblich hatten sie mich zuvor zu meinen Plänen befragt und waren an mir wie an einer Wand abgeprallt. Ich ließ Menschen nicht gerne an meinen Plänen teilhaben. Erst recht nicht, wenn sie noch nicht vollständig ausgereift waren. Allerdings hätten sie mich gut genug kennen müssen, um zu wissen, dass ich nichts dem Zufall überließ. Sicherheit, alles bis ins letzte Detail planen und trotzdem einen Ersatzplan in der Hinterhand haben – so kannten sie mich. So hatte Paps mich geprägt. Niemals wich ich davon ab. Niemals.

Auch jetzt nicht. Ich weiß, dass ich die Mathematik-Klausur bestehen werde. Erstens, weil Mathematik mir liegt. Es ist logisch. Entweder ist dein Ergebnis richtig oder es ist falsch. Etwas dazwischen gibt es nicht. Eine anderweitige

Interpretation des Dozenten, dem dein Rechenstil nicht gefällt, auch nicht. Richtig oder falsch. Bestünde dein ganzes Leben aus Mathematik, wäre es einfach. Du müsstest immer nur entscheiden: Tue ich das, was richtig ist, oder lieber das Falsche?

Zweitens, weil das Leben manchmal logisch ist und du weißt, was richtig und was falsch ist. Während meine Kommilitonen versucht hatten, potentielle Geschlechtspartner ausfindig zu machen und um den Finger zu wickeln, war ich für mich allein geblieben und hatte für die Klausuren gelernt. Ich hatte keine Studentenpartys besucht, mich von kichernden Grüppchen ferngehalten, die statt der Vorlesung lieber die Cafés besuchten und musste glücklicherweise auch keinem stumpfsinnigen Studentenjob hinterherrennen. Die großartige Kombination aus einem winzigen Zimmer im Studentenwohnheim, Halbwaisenrente, den Rücklagen von Paps und meiner äußersten Genügsamkeit gibt mir die Zeit, mich auf mein Studium zu konzentrieren. Und aufs Leben.

Leben – es ist verblüffend, was andere Menschen darunter verstehen. Vom stundenlangen Sitzen vor Flimmerkisten über aufgetakeltes Haschen nach Aufmerksamkeit von potentiellen Geschlechtspartnern, Konkurrenten oder Chefs bis hin zum Rotieren im Hamsterrad des Lebens – schlafen, arbeiten, essen und wieder von vorn.

Nichts davon ist das, was Leben ausmacht.

Ich ziehe meine Laufkleidung an. Thermohose und -shirt, Mütze, Handschuhe, ein Tuch über Mund und Nase. Bei minus zehn Grad kann man sich leicht eine Herzmuskelentzündung zuziehen. Zum Schluss lege ich mir den Brustgurt um und stelle meine Sport-Uhr auf »Running«. So etwas Albernes. Ich laufe nicht, um es meinen Mitmenschen unter die Nase zu reiben, sondern um mich fit zu halten.

Trotzdem nutze ich die Uhr, denn sie ist ein Geschenk meines ältesten Bruders. Sascha.

Ich hatte mit der Umzugskiste vor dem Wagen meines Pflegevaters gestanden, der mich zum Studieren nach Berlin bringen sollte. Sie hatten mir versprochen, kein Drama daraus zu machen, denn ich hasste von jeher Gefühlsduselei. Sie konnten mich jederzeit besuchen kommen – auch wenn ich es ihnen nicht übelnahm, wenn sie nicht allzu oft davon Gebrauch machten. Ich war nicht aus der Welt. Kein Grund für Tränen. Meine Pflegemutter blinzelte heftig, meine jüngeren Brüder alberten herum, um zu überspielen, dass es ihnen naheging. Mein ältester Bruder drückte mich jedoch so stürmisch an sich, dass mir beinahe die Kiste aus der Hand gefallen wäre. Eine Träne war über seine Wange gelaufen. »Damit du jeden Tag an uns denkst!« Er schniefte, während er mir die Uhr in die Kiste legte.

Eisig schlägt mir der Wind entgegen. Es ist der perfekte Ausgleich zu der Lernerei. Nach zehn Stunden in der Uni und weiteren zwei Stunden Klausurvorbereitung schreit alles in meinem Körper nach Bewegung.

Malerisch fallen große, dichte Schneeflocken vom Himmel, umwirbeln mich und bilden eine pulvrige Decke auf dem Boden, die unter jedem meiner Schritte knirscht. Keine Menschenseele ist auf der Straße. Bei dem Wetter jagt man nicht einmal freiwillig seinen Hund vor die Tür.

Es dauert nicht lange, bis der Unistress von mir abgefallen ist. Lärmende Studenten, fordernde Professoren, drohend aufragende Klausuren sind vergessen. Meine Gedanken kreisen, bis ein Fetzen hängen bleibt, Gestalt annimmt und mich nicht mehr loslässt. Wie so oft ist es der Gedanke an meine Schwester. Hannah. Lebt sie? Geht es ihr gut? Denkt sie manchmal an mich?

Ich laufe schneller, bringe mich an meine Grenzen, während sie vor meinem geistigen Auge auftaucht. Wir spielen Himmel und Hölle im Hinterhof. Ihre langen, dunklen Haare hüpfen bei jedem Sprung auf und ab. Sie lacht.

Ich lache bereits seit einer ganzen Weile nicht mehr. Das heißt nicht, dass ich unzufrieden bin. Wahrscheinlich bin ich zufriedener als all die Leute, die ständig und laut lachen, im Überfluss konsumieren, alles zu haben scheinen, die tollsten Beziehungen haben und am Ende des Tages ohne alles dastehen. Ich habe nichts und es reicht mir.

Alles, was nach jenem schicksalhaften Tag, an dem wir zuletzt Himmel und Hölle spielten, kam, war eine Folge dessen, dass Hannah verschwand. Mein Vater nahm mich aus der Schule, nachdem ich mich immer mehr verschloss und nicht mehr redete. Er unterrichtete mich zu Hause. Im Wald, wo ich mehr Nützliches lernte, als ich es in der Schule je vermocht hätte. Jagen, Sammeln, Erste Hilfe und Überleben.

Bis auch er ein paar Jahre später verschwand und mich allein zurückließ. Auf dem Küchentisch ein Zettel, dass ich auf mich aufpassen solle und er bald zurückkäme.

Er kam nicht zurück und ich zu den Schmidts.

Wenn man keine andere Wahl hat, als mit den Dingen zu leben, die einem widerfahren sind, arrangiert man sich mit dem Schicksal. Es ist zwölf Jahre her, dass meine Schwester verschwand. Auch wenn ich untröstlich darüber bin und sie um alles in der Welt wohlbehütet wiederbekommen möchte, muss ich nach vorn schauen. Ich darf mich davon nicht verrückt machen lassen.

Ich weiß, dass der Großteil der Menschheit nicht glücklicher ist als ich. Bei ihnen ist es ein ewiges Auf und Ab der Gefühle. Bei mir gibt es nur die Frage: Bin ich zufrieden?

Und wenn die Antwort darauf nein ist, dann ändere ich alles Notwendige, um die Frage wieder mit ja beantworten zu können. Immer. Alles andere wäre unlogisch.

Hannah jedoch konnte lachen und ich bin fast sicher, dass wir damals ständig gelacht haben.

Zweiundzwanzig Jahre alt wäre sie jetzt. Das richtige Alter, um einen Freund zu finden und Familienpläne zu schmieden. Auf eigenen Beinen zu stehen, einen Job zu haben. Kinder zu bekommen.

Ich weigere mich, daran zu denken, dass ihr all diese Möglichkeiten verwehrt bleiben. Erst, wenn ich mich damit abfinde, stirbt die Hoffnung. Stattdessen bin ich diejenige, die Familienpläne schmiedet, wenn auch anderer Natur. Ich möchte meine Familie wieder zusammenbringen oder zumindest ihren Verbleib aufklären. Eines Tages werde ich mich auf die Suche machen. Auf die Suche nach ihr und Paps. Sobald die Zeit gekommen ist.

Ich erreiche den Ernst-Reuter-Platz und weiß, ohne auf die Uhr zu schauen, dass ich jetzt sechs Kilometer gelaufen bin. Im Kopf überschlage ich die möglichen Optionen: Den Kreisverkehr ausnutzen und wieder zurücklaufen – zwölf Kilometer – geradeaus weiterlaufen über die Straße des 17. Juni bis zur Goldelse, dem nächsten Kreisverkehr, und dort umkehren – einundzwanzig Kilometer – oder eine der Abzweigungen wählen und über einen Umweg zurücklaufen. Ich entscheide mich für die letzte Möglichkeit und biege in die Hardenbergstraße ab, die Richtung Bahnhof Zoo führt. Die wenigen umherfahrenden Autos fahren kaum mehr als Schrittgeschwindigkeit und ich setze mir zum Ziel, mich nicht von dem dunklen Polo überholen zu lassen, der auf derselben Höhe durch die Straßen schleicht. Zwischendurch rollt der Verkehr etwas besser und ich muss an meine

Grenzen gehen, um mich nicht abhängen zu lassen, doch schließlich erreichen wir gemeinsam die Brücke, auf der die Züge fahren und unter der die Penner hausen. Die Ampel ist für die Autofahrer auf Rot gestellt, doch für Fußgänger gibt es hier keine Ampel, und so lasse ich den Polo hinter mir.

Unter der Brücke treffe ich dann tatsächlich auf die ersten Menschen, die so verrückt sind wie ich, dass sie bei der Kälte draußen sind. Der Unterschied ist, dass sie keine Wahl haben. Dicht zusammengepfercht liegen mehrere Gestalten in Schlafsäcken und unter Decken und schlafen. Zumindest hoffe ich, dass sie schlafen, und nehme mir vor, sie in den nächsten Tagen in meiner Mittagspause zu besuchen. Wann immer mein monatlich festgesetztes Budget es zulässt, spendiere ich ihnen ein Heißgetränk, und über den Winter habe ich noch genügsamer als eh schon gelebt, um ihnen diese kleine Aufmerksamkeit zukommen zu lassen.

Ich mache mir nichts vor: Es gibt Menschen, denen es deutlich schlechter geht als mir. Nicht jeder Mensch ist in der Lage, immer einen Plan und einen Ersatzplan vorrätig zu haben. Und selbst wenn, haben manche Menschen einfach Pech gehabt. Sicher gibt es auch einige, die freiwillig auf der Straße leben. So oder so, ich wünschte, ich könnte sie das Jagen lehren, statt ihnen nur dann und wann einen Kaffee zu bringen.

An meine Zeit in der Pflegefamilie denke ich mit gemischten Gefühlen zurück. Die Sozialarbeiterin hatte nicht Recht behalten. Die Anfangszeit war grausam gewesen. So herzlich meine Pflegeeltern mich aufgenommen haben, so sehr habe ich unter den Gehässigkeiten meiner Brüder leiden müssen. Ich habe es sie nicht merken lassen, nicht mit der Wimper gezuckt, als ich ein Spinnennest in meinem Bett vorfand. Es war und ist mir ohnehin ein Rätsel, weshalb so viele Menschen Angst vor Spinnen haben.

Das Verhältnis zu meinen Brüdern besserte sich erst, als Sascha, der Älteste vom Baum fiel und ohnmächtig darunter liegen blieb. Ich beruhigte die beiden anderen, schickte Martin zu unserer Mutter und überprüfte Saschas Vitalfunktionen, nachdem ich ihn mit Florian in die stabile Seitenlage gelegt hatte. Eins der nützlichen Dinge, die ich von Paps gelernt habe.

Anschließend begegneten mir meine Brüder mit Respekt. Ab dem Moment war ich ihre kleine Schwester, die sie gegen alles in der Welt verteidigen wollten. Fortan redete ich auch wieder, was ich seit Hannahs Verschwinden tunlichst vermieden hatte. Es gab einfach nichts, was ich meinen Mitmenschen hatte mitteilen wollen, und so sagte ich auch später nur die allernötigsten Worte. Bis heute. Sollte mich jemals ein Killer entführen und mir die Zunge heraustrennen, ich würde ihr keine Träne hinterherweinen.

Doch auch nachdem ich den Respekt meiner Brüder verdient hatte, war mein Leben bei den Schmidts nicht ungetrübt gewesen. Auf der einen Seite vermisste ich meine Familie furchtbar, auf der anderen Seite war Mama ein furchtbarer Tollpatsch und es schien, als würde ich alle ihre Missgeschicke abbekommen. Das Nudelholz bei meiner Ankunft war nur der Anfang gewesen. Mal stolperte sie mit dem Tablett, auf dem sie die heißen Teetassen zum Tisch tragen wollte, mal auf der Treppe, wobei sie mich beinahe mit hinunterriss. Ich versuchte das Glück im Unglück zu sehen: Es schulte meine Reflexe ungemein. Und da sie sich hinterher übertrieben schuldbewusst entschuldigte, konnte ich es ihr auch nicht übelnehmen.

Mittlerweile habe ich die Obdachlosen hinter mir gelassen, bin zweimal rechts abgebogen und trete über den Kudamm den Heimweg an. Trotz der Kälte glüht mein Körper.

Die Schaufenster der einzelnen Läden funkeln um die Wette. Ich komme gern hierher, wenn die Geschäfte geschlossen sind. Tagsüber sind mir einfach zu viele Menschen hier, doch nachts stelle ich mir gerne vor, ich würde mir aus all den tollen Dingen etwas machen, die ich dort ausgestellt sehe. Dieses Kleid, diese Torte, diese hochhackigen Schuhe.

Aber ich weiß, dass ich bei Tag längst den Reiz daran verloren habe. Ich besitze kein einziges Kleid, erst recht kein butterblumengelbes. Meine Beine stecken grundsätzlich in Hosen, oliv bis schwarz. Meine Nahrung soll Kraftstoff sein und keinen überflüssigen Müll wie Fett und Zucker enthalten. Und Schuhe, in denen ich bei Gefahr nicht davonlaufen kann, erfüllen für mich keinen Zweck. Dann lieber barfuß.

Der Weg führt bergauf und ich steigere die Anstrengung, indem ich noch schneller laufe. Ich will todmüde und ausgepowert in mein Bett fallen können, in dem Wissen, das Beste für meinen Körper getan zu haben. Der Schneefall lässt ein wenig nach und endet schließlich, als ich das Ende des Kudamms erreiche und mich nach rechts wende. Ich bin den Weg schon so oft gelaufen, dass ich meinen Füßen den Weg nicht sagen muss. Sie kennen ihn und tragen mich sicher weiter, bis rechts von mir die roten Lichter des Artemis erscheinen. Der Hof steht voll mit dunklen BMW und Mercedes und wie immer wird mir schlecht, wenn ich denke, was sich darin abspielt. Frauen, benutzt, im Akkord. Jeder Freier ist der Meinung, den Frauen Spaß zu bereiten. Keiner glaubt auch nur einen Moment, dass die Frauen anders würden, wenn sie könnten. Am liebsten würde ich sie alle dort herausholen und sie das Jagen lehren, damit keine einzige Frau sich unter ihrem Wert verkaufen muss. Und das tut sie, egal, wie viel Geld sie dafür nimmt.

Mein Weg führt weiter am Funkturm vorbei zur Harbigstraße, wo in einer großen Parkanlage namens Eichkamp versteckt mein Zimmer liegt. Ich bemühe mich, leise zu sein, da ich mir Küche, Flur und Bad mit weiteren Studenten teile und ich sie nicht wecken möchte. Zufrieden schließe ich die Augen und bemerke, dass die Kopfschmerzen weg sind. Auch alle Gedanken an Mathematik und die Uni sind verschwunden, dafür hüpft Hannah wieder vor meinem geistigen Auge und singt Kinderreime, während ihre langen, dunklen Haare flattern.

Ich drücke den Synchronisationsknopf an meiner Sport-Uhr, damit der Lauf zu meinem Online-Profil hinzugefügt wird. Sascha und ich batteln uns, auch wenn er es noch nie geschafft hat, mehr monatliche Kilometer zurückzulegen als ich. Ich lasse meine Hüllen auf die kalten Fliesen fallen und steige unter die Dusche.

Bald, verspreche ich Hannah stumm, sobald ich weiß, wie ich es anstellen soll, mache ich mich auf die Suche nach dir!

Kapitel 2

Zwei Minuten vor dem Weckerklingeln erwache ich, setze mich sogleich im Bett auf und schalte den Wecker ab. Ich schlüpfe in kurze Shorts und ein Tanktop und beginne mit fünfzig Hampelmännern, um den Kreislauf in Schwung zu bringen. Im Anschluss daran folgt eine gleiche Anzahl an Liegestützen, Sit-ups und Lunges, gehüpften Ausfallschritten. Eine kurze, eiskalte Dusche, ein selbstgemixtes Müsli mit Nüssen und Früchten und ich bin bereit für die Uni.

Externes Rechnungswesen – meine erste Vorlesung für heute. Wie üblich betrete ich den Hörsaal durch die obere linke Tür und gehe die Treppe hinab zu meinem Platz. Wir haben keine feste Sitzordnung, aber ich kann mich besser konzentrieren, wenn ich die Tafel immer von der gleichen Position aus sehe.

Das Auditorium ist in einem Viertelkreis angeordnet. Der große mittlere Sitzblock ist flankiert von zwei Gängen, links beziehungsweise rechts davon gibt es jeweils einen kleineren Sitzblock. Mein Platz befindet sich in dem linken Block, fünfte Reihe direkt am Gang. An den ersten zwei Unitagen hat eine Kommilitonin namens Katja den Fehler begangen, sich auf der Suche nach Anschluss neben mich zu setzen. Sie hat schnell gemerkt, dass ich kein Interesse daran hatte, Freundschaften zu schließen, und sich am dritten Tag einer Gruppe junger Frauen angeschlossen.

Die Sitzplätze füllen sich zu zwei Dritteln, bis der Dozent mit der Vorlesung, in denen er uns die theoretischen Grundlagen des Externen Rechnungswesen nahebringt, beginnt. Es sind die üblichen Verdächtigen anwesend, maximal die

Hälfte der Leute, die unser Jahrgang umfasst. Entweder denken die Übrigen, sie benötigen die Vorlesungen und Übungen, in denen schließlich praktische Rechenbeispiele vertieft werden, nicht, um die Klausuren zu bestehen, oder sie haben bereits nach den ersten Tagen das Handtuch geschmissen.

Meine Kommilitonen setzen sich bunt gemischt zusammen. Das Klischee der Anzugträger und MacBook-Nutzer wird lediglich von vier jungen, nach Geld stinkenden Herren in der ersten Reihe vehement verfechtet. Nicht, dass nicht auch andere im Anzug kämen oder an Laptops schrieben, aber bei ihnen sieht alles noch ein bisschen geschniegelter, noch ein bisschen perfekter aus. Ihre Diskussionen mit den Professoren, ihr überhebliches Grinsen, ihr ganzes Gehabe zeigt, dass sie sich den anderen überlegen fühlen. Ich werde den Verdacht nicht los, dass das eine oder andere Aufputschmittel dieser Einstellung nachhilft. Muttersöhnchen!

Ich lache innerlich auf. Ob ich neidisch bin? Vielleicht. Ich erinnere mich nicht daran, wie es ist, eine Mutter zu haben.

Obwohl in zwei Wochen die Klausur ansteht, behandelt der Dozent neue Themen. Mich stört das nicht sonderlich, da er einem Skript folgt und ich das letzte Kapitel bereits im Vorfeld durchgearbeitet habe. Der Rest des Auditoriums stöhnt auf.

Im folgenden Block, der Übung zu Mathematik I, wiederholen wir lediglich die Themen aus den vorangegangenen Stunden. Ich bin gut vorbereitet. Die Aufgaben fallen mir leicht. Dennoch fiebere ich der anschließenden Mittagspause entgegen. Eine Stunde Pause ist ausreichend, um die Mensa in der Hardenbergstraße aufzusuchen und hinterher bei den Obdachlosen vorbeizuschauen.

Als die Übungsstunde vorbei ist, räume ich meine Sachen in den Rucksack, werfe ihn mir über eine Schulter und gehe zügig die Treppe hoch.

»Hey!«

Eine Hand legt sich von hinten auf meine Schulter und mit erhobenen Fäusten drehe ich mich um. Es ist einer der Studenten aus der ersten Reihe: Anzug, MacBook, immer modisch gestylt.

»Hey!«, erwidere ich und erschrecke, wie tief und rostig sich meine Stimme anhört. Als wäre sie nie zuvor benutzt worden. Ich räuspere mich und versuche es noch einmal: »Hey!«

Es klingt immer noch eingerostet, aber bedeutend besser.

Meine größte Angst im Studium gilt dem Halten von Vorträgen. In der Schule konnte ich mich durch Zusatzarbeiten davor drücken. Das wird hier nicht möglich sein, deshalb werde ich alle anderen Kurse mit Höchstpunktzahl abschließen müssen. Oder zumindest annähernd.

Rhetorik wird in meiner weiteren beruflichen Laufbahn eh keine Rolle spielen. Ich strebe eine Stelle im Bereich Controlling in einem kleinen bis mittelständischen Unternehmen an: Viele Zahlen, viele Analysen, den Vorständen sagen, welche Richtung sie einschlagen sollen und mich ansonsten in meinem Büro verkriechen – grob zusammengefasst.

Mr. MacBook schaut mich fragend an. Mist, meine zweite Schwäche: Menschen im persönlichen Gespräch folgen.

»Kannst du das noch einmal wiederholen?«, frage ich ihn mit einer Stimme, als hätte ich zuvor eine Stange Zigaretten und eine Flasche Whiskey in Rekordzeit inhaliert. Zwei Dinge, mit denen ich in meinem gesamten Leben noch nicht in Berührung gekommen bin.

Er lächelt nervös und schielt auf meine noch immer erhobenen Fäuste. Anscheinend ist er es nicht gewohnt, dass sich jemand nicht voll und ganz auf ihn konzentriert. Ich zwinge mich, die Fäuste sinken zu lassen, um zumindest für ihn sichtlich entspannt zu wirken.

»Natürlich!«, sagt er nachsichtig. »Hast du Lust, am Wochenende mit mir zur Studentenreiterparty zu gehen?«

Ich bemerke erst jetzt, dass ich vor Schreck die Luft angehalten hatte. Erleichtert atme ich aus. »Nein!«, antworte ich und drehe mich wieder zum Gehen.

Seine Hand berührt wieder meine Schulter, will mich zu ihm drehen und noch während ich mich drehe, weiche ich zwei Schritte von ihm weg.

»Wie, nein?«, fragt er verdattert. Es scheint, als habe er eben seine allererste Abfuhr erhalten. Armer Junge! Er muss noch viel über die große, böse Welt lernen.

»Du hast gefragt, ob ich Lust habe: Nein, habe ich nicht.«

»Aber wieso?« Mit fragendem Blick legt er den Kopf schief und tut mir beinahe etwas leid.

»Ich habe keine Lust auf die Party, ich stehe nicht auf Typen wie dich und werde am Wochenende für die Klausuren lernen.« Es tut mir leid, dass ich so ehrlich sein muss. Ich könnte auch vor Freude quieken, ihm um den Hals fallen, die nächsten zwei Tage nach einer Ausrede suchen und ihm am Samstag sagen, dass ich mit einer Grippe im Bett liege.

»Meine Mittagspause ist begrenzt«, füge ich achselzuckend hinzu und setze meinen Weg zu der Mensa fort. Im Umdrehen streift mein Blick seinen und ich erkenne in seinen Augen etwas mir Wohlbekanntes: Es ist mein Blick, wenn ich auf der Jagd die Fährte eines Wildtieres gewittert habe.

»Hey!«

Eine Hand legt sich von hinten auf meine Schulter und wieder drehe ich mich mit erhobenen Fäusten um. Es ist der gleiche Student wie am Vortag und ich lasse die Fäuste sinken, doch heute bin ich besser vorbereitet. Ich räuspere mich erst und erwidere dann den Gruß.

»Hast du Lust, einen Kaffee mit mir zu trinken?« Er sieht so selbstbewusst aus, als zweifle er keinen Moment daran, dass ich zustimme.

»Nein«, erwidere ich und wende mich zum Gehen. Wieder hält er mich fest.

»Wie, nein?«, fragt er einfältig.

»Ich trinke keinen Kaffee und außerdem kenne ich dich gar nicht«, antworte ich mit einem Achselzucken und lasse ihn stehen.

Ich setze mich auf meinen Stammplatz im Hörsaal und beginne, meine Sachen auszubreiten: Block, zwei Kugelschreiber, ein Bleistift, Taschenrechner.

Es ist die letzte Übungsstunde vor der Klausur und obwohl niemand besser vorbereitet ist als ich, will ich nichts verpassen.

»Hey!«

Ich blicke auf und fühle mich langsam genervt von dem Schönling, der mich zu seiner Beute erkoren hat. Statt einer Antwort ziehe ich nur die Augenbrauen hoch, doch er springt schon über die Bank und macht es sich auf dem Platz neben mir bequem.

»Ich bin Nils«, stellt er sich vor und streckt mir seine Hand hin.

Ich nicke knapp. »Sarah.«

Er wartet noch einen Moment, dann zieht er seine Hand zurück und packt sein MacBook aus. »Du schreibst ja noch richtig auf Papier.« Er deutet amüsiert auf den Block vor mir.

Ich verdrehe die Augen. »Was dagegen?«, frage ich und vielleicht klingt es etwas gehässiger als gemeint. Oder auch nicht. Kommunikation ist halt nicht meine Stärke. Da muss er durch, wenn ich seine Beute bin.

»Meinst du, es gab früher auch Leute, die Papier als Teufelszeug abstempelten und bei Steintafeln bleiben wollten?« Er grinst mich freundlich an, doch seine Versuche, eine Unterhaltung zu führen, strengen mich an. Mein Kopf pocht, als hätte ich wieder einmal zu lange über meinen Aufgaben gebrütet. Ich furche die Stirn und senke den Kopf.

Mein Blick fällt auf seine Schuhe, die hinter dem Pult hervorragen. Lederschuhe, bestimmt von einer namhaften Marke, glänzend, als wären sie nigelnagelneu. Todschick und potthässlich.

»Kann man mit den Dingern laufen?« Ich deute mit dem Kopf darauf.

Überrascht folgt er meinem Blick. »Ja, natürlich«, beeilt er sich zu sagen.

»Nicht gehen, laufen«, korrigiere ich ihn. Es ist eine Berliner Eigenheit, »Laufen« zu sagen, wenn »Gehen« gemeint ist.

»Warum sollte man das tun?«, fragt er mich verwundert.

»Ach, schon gut.« Ich winke ab und bin froh, dass unser Dozent den Unterricht beginnt.

Meine Füße stecken in den bequemsten Turnschuhen, mit denen man zur Not einmal um die Welt rennen könnte. Und wieder zurück. Was ist das für ein Jäger, der nicht an seine Beute angepasst ist?

Er ist erstaunlich ruhig während der Übung. Das hatte ich ihm nicht zugetraut. Kein einziges Wort kommt über seine Lippen. Dennoch stört er mich. Hätte er wenigstens etwas gesagt, dann hätte ich mein Missfallen äußern oder mich wegsetzen können. So starre ich auf die Tafel, meinen Block, rechne und spüre überdeutlich seine Anwesenheit.

Als die Übungsstunde vorbei ist, atme ich erleichtert auf. Ich kann es mir nicht erlauben, mich von etwas ablenken zu lassen. Meine Materialien plumpsen nacheinander in den schlammfarbenen Rucksack und mein Nachbar tut das gleiche übervorsichtig mit seinen Materialien und der schwarzen Aktentasche. Als ich aus der Sitzreihe heraustrete, drängt er sich bereits an mir vorbei und dreht sich im Gehen kurz um, um mir die Schulter zu drücken. »Ciao, Sarah«, verabschiedet er sich lächelnd und eilt zu seiner Gang.

Fortan sitzt Nils während jeder Vorlesung, jeder Übung neben mir. Er springt jedes Mal wenige Minuten vor Beginn der Stunde über die Bank und klappt seinen Laptop auf. Dann versucht er mich in ein Gespräch zu verwickeln und versiegelt seine Lippen, sobald der Dozent das Auditorium begrüßt.

Ich fühle mich unwohl neben ihm.

»Was machst du in deiner Freizeit?«

»Warum läufst du immer in Tarnfarben ‘rum?«

»Warum schminkst du dich nicht?«

»Hast du einen Freund?«

»Kommst du aus Berlin?«

»Was ist dein Lieblingsdrink?«

Seine Fragen kennen kein Ende, doch ich bin nicht darauf aus, ihm mein Innerstes darzulegen. Was soll ich ihm erzählen? Dass ich in absehbarer Zeit auf die Jagd nach Hannah gehen möchte? Dass ich neben dem Lernen nur Zeit aufbringe, um meinen Körper dafür in Form zu bringen? Dass meine Semesterferien dem Plan und der Recherche geopfert werden sollen?

Ich habe nichts Oberflächliches, über das ich reden kann. Keine Partys, kein Schminktipp, kein Gott und die Welt. Nach zwei Tagen pocht mein Kopf so schmerzhaft, dass ich ihn frage: »Was kann ich tun, damit du dich woanders hinsetzt?«

Er legt den Kopf schief, legt die Stirn in Falten und zwirbelt den imaginären Bart. Langsam erhellt sich sein Gesicht. »Ich möchte die Chance bekommen, dich kennenzulernen«, antwortet er schließlich und grinst, als mein Gesicht völlig ausdruckslos bleibt. Die Gedanken rasen durch meinen Kopf, doch kein gescheiter bleibt hängen. Ich will ihn loswerden, nicht zusätzlich Zeit mit ihm verbringen.

Anscheinend habe ich zu lange nachgedacht. Er erhebt sich, drängt sich an mir vorbei und geht zu seiner Gang. Wenige Schritte von mir entfernt dreht er sich noch einmal um. »Du darfst eine Nacht drüber schlafen.«

Meine Lungen brennen, als ich gegen den Frust anrenne. Ich habe Wichtigeres zu tun, als mich von einem Wichtigtuer zu einem Date überreden zu lassen. In den nächsten zwei Wochen stehen alle Klausuren des Semesters an und ich habe vorher keine Zeit. Punkt. Danach auch nicht, aber ich will ihn auch nicht neben mir sitzen haben.

Ich erreiche den Ernst-Reuter-Platz, doch heute ist mein Kopf zu beschäftigt, um nach dem Weg zu fragen. Ich renne weiter geradeaus über den 17. Juni.

Wie werde ich Nils los, ohne mir in den nächsten zwei Wochen Zeit zu nehmen? Ich könnte den Spieß umdrehen und ihn jagen. Auf meine Art. Und seine Leiche hinterher verschwinden lassen. Das kann nicht allzu schwer sein, schließlich gibt es genug Menschen, denen das vor mir gelungen ist.

Amüsiert schiebe ich den Gedanken beiseite und nehme die nächste Option in Augenschein: Ich verströste ihn auf die Semesterferien. Dafür muss ich ihn mit etwas locken, was unabdingbar mehr Zeit als einen Nachmittag in Anspruch nimmt, damit er sich darauf einlässt. Und im optimalen Fall ist es etwas, worauf er sich nur unter Überwindung – oder gar nicht – einlassen kann.

Kapitel 3

»Ein Campingausflug?«, echot er und schaut mich ungläubig an. »Im März?«

»Du wolltest wissen, was ich in meiner Freizeit tue«, antworte ich und zucke gelassen mit der Schulter. »Ich werde campen gehen. Wenn du magst, darfst du mich begleiten.«

»Hast du einen Wohnwagen?«, fragt er neugierig und nimmt einen Schluck aus dem obligatorischen Einwegbecher voll Kaffee, mit dem er jeden Morgen die Uni betritt.

»Nein«, erwidere ich dumpf und kritzle einen Baum auf meinen Block. »Damit kämen wir eh nicht durch die Wälder.«

»Also im Zelt, hm?«

Ich jubiliere innerlich. Das verwöhnte Muttersöhnchen ist ein Weichei und hat Angst, dass es kalt und ungemütlich wird. Ich kann versprechen: Das wird es. Wenn ich eine Woche wandern gehe, spare ich jedes überflüssige Gramm: keine Isomatte, kein Feldbett, kein Kopfkissen.

»Ich denke, jetzt bin ich der, der Bedenkzeit braucht«, gibt er schließlich lächelnd zu und schaut mich aus seinen blauen Augen durchdringend an. So steht er da, bis der Dozent den Raum betritt und sich geräuschvoll auf seinem Pult ausbreitet. Dann dreht er sich um und geht zu den MacBook-Gang-Mitgliedern.

Ich atme auf. Die erste Vorlesung seit einer gefühlten Ewigkeit, in der ich mich auf den Unterricht konzentrieren kann. Für Nils scheint das Gegenteil zu gelten. Er diskutiert wild gestikulierend mit seinen Kumpanen. Der Dozent schaut dann und wann mahnend hinüber, doch die Eltern der Muttersöhnchen scheinen die Uni ausreichend zu finanzieren, dass der Dozent sich nicht traut, etwas zu sagen. Und das in Deutschland!

»Hey!«

Ich blicke uninteressiert auf, doch der Gruß gilt nicht mir. Es ist die Brünette, die an den ersten Tagen neben mir saß. Sie spricht zu Nils, der wenige Bankreihen von mir entfernt steht. Ich komme nicht umhin, zu denken, dass er auf dem Weg zu mir war, um mir seine Entscheidung mitzuteilen.

»Ich bin Katja«, spricht sie weiter und wickelt eine Strähne aus ihrem Pferdeschwanz um den perfekt manikürten Zeigefinger.

»Hey, Katja!«, grüßt Nils, hält ihr die Hand hin und nennt seinerseits seinen Namen. Er bemüht sich, leise zu reden. Dennoch verstehe ich ihn klar und deutlich.

»Ich habe mich gefragt, ob du Lust auf einen Kaffee nach der Uni hast.« Katjas glockenhelle Stimme klingt, als wolle sie ihn verzaubern. Ebenso wie mit dem koketten Lächeln und den weit vorgestreckten Brüsten.

Ein weiterer Grund, dass er mich nicht in die Wälder begleiten wird. Wenn er hier ein Mädchen hat, das auf ihn wartet, werde ich bestimmt schnell langweilig für ihn. Und Katja passt perfekt zu ihm. Sie ist recht hübsch, schon von Natur aus, doch sorgfältig zurechtgemacht mit genau dem richtigen Maß an Make-up und Mascara, das sie noch hübscher wirken lässt ohne billig zu wirken. Und dazu dieser knallrote Kussmund. Mr. MacBook und Mrs. TU Berlin.

Ich räume mein Zeug in den Rucksack und gehe schließlich hinter den beiden her aus dem Hörsaal. Mir wird beinahe schwindlig bei der Höhe ihrer Absätze. Ich drücke ihr die Daumen, dass es niemals einen Feueralarm in der Uni geben wird, solange sie hier studiert.

»Morgen wäre besser.« Katja plaudert munter weiter. Sie hakt sich bei Nils unter. »Heute muss ich zum Krav Maga.«

Ich kann seine Antwort nicht hören.

Sie lacht auf. »Das ist so Kampfsport. Fünf Mädels, die auf einen Sandsack einhauen.« Sie senkt die Stimme. »Richtig furchteinflößend.«

Sie haben das Ende des Hörsaals erreicht und wenden sich nach links. Ich gehe nach rechts, auch wenn das einen Umweg zur Mensa bedeutet. Krav Maga! Die Ernsthaftigkeit dieses Kurses ist mir bewusst: Es gibt keine. Nicht, dass ich nicht an Krav Maga glaube! Ich halte Krav Maga für eine der wirkungsvollsten Selbstverteidigungskünste, die es gibt, weil es eher unkonventionell ausgeführt wird. Kaum zwei Lehrer unterrichten dasselbe, so dass ein Angreifer sich nicht auf einstudierte Tricks verlassen kann. Das Wichtigste beim Krav Maga ist Übung. Umso häufiger du übst und trainierst, desto leichter fällt es dir, in einer Notsituation einen kühlen Kopf zu bewahren.

Was bringt einem jedoch das beste Programm, wenn man es im Alltag nicht anwenden kann, weil man statt der üblichen Turnschuhe Stöckelschuhe trägt? »Lieber Mr. Angreifer, können Sie einen kurzen Moment warten, damit ich aus meinen Highheels schlüpfen kann?«, tönt mir Katjas helle Stimme durch den Kopf.

Und weshalb trainierten sie an einem Sandsack?

»Bleiben Sie doch bitte stillstehen, während Sie mich angreifen, damit ich an Ihnen die Kniffe üben kann, die ich beim Krav Maga gelernt habe!«

Pustekuchen! Frauen sollten lernen, gerade in solchen Dingen keine Berührungsängste zu haben, damit sie optimal darauf vorbereitet sind, wenn sie das Gelernte anwenden müssen.

Es vergehen zwei herrlich ruhige Tage, in denen ich alleine meinem Trott aus Uni, Lernen und Sport nachgehe, bis Nils wieder vor mir steht.

»Hey, Sarah!«, begrüßt er mich müde. Er hat tiefe Schatten unter den Augen, als hätte er in letzter Zeit zu wenig geschlafen. Vielleicht ist ihm aufgefallen, dass die Klausuren bevorstehen und er hat panisch den Stoff zu lernen versucht.

Ich räuspere mich. »Hey, Nils.« Ich bin stolz auf mich, dass ich es mittlerweile schaffe, meine Fäuste unten zu halten. Ich bin an der Schule oft genug als Spinnerin abgestempelt worden. An der Uni will ich nicht auffallen.

»Ich habe nachgedacht.« Es klingt beinahe triumphierend. »Die Sache mit dem Zeltwandern und so. Ich bin echt beeindruckt, dass das dein Hobby ist.« Er schwingt sich wieder über die Bank und nimmt auf dem Pult neben mir Platz. »Es ist ein bisschen unheimlich, aber ich bin dabei.«

Ich traue meinen Ohren nicht. Nein! Eine Woche im selben Zelt mit Mr. MacBook.

Er grinst. »Alles Weitere besprechen wir dann nach den Klausuren.« Er erhebt sich wieder und springt über die Bank. Im Weggehen dreht er sich noch einmal um. »Ich freu mich!«

Warum? Zum wohl hundertsten Mal stelle ich mir diese Frage, während ich durch Berlins Straßen renne. Das Wetter ist wieder milder geworden. Zum Start der Semesterferien wird es deutlich über Null Grad sein.

Er schien deutliches Interesse an Katja gehabt zu haben. Warum will er dennoch mit mir zelten gehen? In den letzten

Jahren habe ich unzählige Verhaltensmuster der mich umgebenden Menschen beobachtet und analysiert. Mehr, als selbst welche an den Tag zu legen. Es ist durchaus nicht unüblich für Männer, mit mehr als einer Frau anzubändeln. Allerdings achten sie dann sorgsam darauf, dass diese Frauen nichts miteinander zu tun hatten, damit es nicht auffliegt.

Allerdings habe ich Katja heute auch nicht in der Uni gesehen.

Ich renne und renne. Und wie es so üblich ist, verschwindet Nils langsam aus meinem Kopf. An seine Stelle tritt die Erinnerung an Paps. Er zeigt mir, wie ich einen Fisch mit bloßen Händen fange, und lässt es mich so lange üben, bis ich es beinahe so perfekt beherrsche wie er.

Klausurtag. Viele verloren geglaubte Studenten treffen pünktlich im Hörsaal ein. Viele Gesichter habe ich nicht mehr als ein oder zweimal gesehen, einige kommen mir gänzlich unbekannt vor. Die meisten sind aufgeregt und reden viel zu schnell mit viel zu hohen Stimmen durcheinander, um noch schnell die wichtigsten Informationen auszutauschen.

Ich bin völlig ruhig. Schriftliche Arbeiten mag ich von jeher lieber als den Unterricht. Wissen loswerden, das du dir im Vorfeld angeeignet hast, ist leichter, als sich im Gespräch mit Schülern und Lehrern auszutauschen.

»Wo bleibt Katja?«, höre ich eine verärgerte, weibliche Stimme hinter mir.

»Keine Ahnung, sie war ja schon die ganze Woche nicht da«, kommt prompt die Antwort.

»Sie übertreibt es mit dem Liebeskummer.« Wieder die erste Stimme. »Es ist ja verständlich, dass es ihr nicht gut geht, aber dafür nicht zur Klausur zu erscheinen … Sie verbaut sich die ganze Zukunft.«

Da war also des Rätsels Lösung. Es hatte nicht gepasst mit Nils und Katja. Während sie sich zu Hause verkriecht und in Selbstmitleid vergeht, macht er die Nächste klar. Bloß, dass ich nicht klargemacht werden will.

Ich seufze und nehme die Klausur entgegen, die mir die beaufsichtigende Kraft entgegenhält.

Aber das werde ich Nils noch begreiflich machen.

Kapitel 4

Meine Augen fallen beinahe heraus, als er seinen überfüllten Riesenrucksack in meinem Zimmer auf den Boden fallen lässt.

Ich habe ihm gesagt, er solle mich aus dem Studentenwohnheim abholen. So habe ich eine Chance, sein Übergewicht zu inspizieren und ihm einen Gefallen zu tun. Dennoch: Er hat meine Erwartungen übertroffen.

»Hey!«, protestiert er, als ich die Schnalle an seinem Rucksack öffne. »Ich bekomme das Zeug nie wieder hinein.«

»Das ist der Plan.« Ich bedeute ihm, auf dem Schreibtischstuhl Platz zu nehmen und mich nicht zu stören. Dann ziehe ich ein Teil nach dem anderen aus seinem Rucksack.

Zu zwei Dritteln besteht sein Gepäck aus Fertigessen, Trockenfleisch und Keksen. Zusätzlich hat er unter anderem ein Kopfkissen, mehrere Jeans, Wechselschuhe, eine Kamera, eine Powerbank, eine Reise-Espressomaschine, einen Campingkocher mit drei Gaskartuschen, eine Stabtaschenlampe, seine halbe Hausapotheke und ein Buch dabei.

»Wofür sind die Seile?« Demonstrativ halte ich hoch, was ich am Boden des Rucksacks gefunden habe.

»Das weiß ich nicht«, gibt er ehrlich zu. »Es stand bei der Packliste im Internet, was man beim Wandern unbedingt braucht.«

Ich beäuge den Berg, der sich in meinem kaum größeren Zimmer türmt. Stillschweigend. Die Dinge, die ich aussortiere, haben das dreifache Volumen meines Gepäcks. Dabei habe ich das Zelt.

Ich befülle seinen Rucksack mit den Dingen, die ich für unsere Wanderschaft als sinnvoll erachte. Jedes überflüssige Gramm lasse ich auf dem Boden liegen. Er kann seine Sachen abholen, sobald wir von der Wanderung zurück sind.

»Ich bin dann soweit.«

Sein Rucksack ist mit kaum der Hälfte seines anfänglichen Inhalts gepackt. Ich erhebe mich stolz und reiche ihm den deutlich leichteren Rucksack. Dann greife ich nach meinem Smartphone, das auf dem Schreibtisch liegt, stecke es in die Hosentasche und schaue auf die Uhr.

»In dreißig Minuten fährt der Zug nach Jüterbog vom Zoo ab«, informiere ich ihn. »Wenn wir uns jetzt auf den Weg machen, schaffen wir ihn locker.«

Die Aufregung, die mich jedes Mal packt, wenn ich mich auf den Weg nach Jüterbog mache, um nach Hause zu wandern, ergreift mich auch heute. Gutgelaunt ziehe ich die Wohnungstür hinter mir in das Schloss.

»Warum tust du das?«

Ich blicke auf, nachdem er nun mindesten eine halbe Stunde stumm neben mir hergewandert ist und seinen Entschluss, mich zu begleiten, vermutlich bitter bereut.

»Warum tue ich was?«

»Das hier.« Er dreht sich mit einer ausladenden Geste einmal um sich selbst. »Kein Essen, kein Trinken, keine Zivilisation, kein Komfort, nicht einmal ein Kopfkissen ist erlaubt.«

»Vorbereitung«, antworte ich knapp. »Du weißt nie, was passiert. Vielleicht brauche ich es eines Tages, wenn ich unerwartet von einem Psychopathen durch den Wald gejagt werde. Dann will ich vorbereitet sein.«

Er grinst. »Oder bei der Zombieapokalypse.«

Irritiert sehe ich ihn an. »Glaubst du an solchen Scheiß?«, will ich wissen.

Er zuckt die Achseln. »Man weiß nie, was passiert«, wiederholt er meine Worte.

Es raschelt neben uns im Gebüsch und er zuckt zusammen. Eine Ratte kommt hervorgekrochen, läuft ein Stück des Wegs entlang und verschwindet dann wieder im Gebüsch.

Peinlich berührt lacht Nils auf. »Das zum Beispiel«, sagt er und zeigt auf die Stelle, an der die Ratte verschwunden ist.

Ich verstehe seine Berührungsängste mit der Natur nicht. Ich liebe die Natur. In der Natur kannst du dir sicher sein, dass alles so ist, wie du es siehst. Niemals wird ein Wolf freundlich zu dir sein und in einem Moment, da du nicht hinschaust, die Schwester rauben. Nein, er wird dir von Anfang an zeigen, dass er dich reißen wird, wenn er die Gelegenheit dazu bekommt. Allerdings halten sich Wölfe klugerweise von Menschen fern, da sie die Gefahr für sich selbst realistisch einschätzen können. Es sei denn, sie sind ausgehungert.

Es gibt jedoch etwas, das meine ungetrübte Freude über den Ausflug in die Natur behindert: Meine Begleitung. Ich kann ihn nicht einschätzen. Niemand begleitet eine Verrückte mit Verschwörungstheorien – so wurde ich gerne zu Schulzeiten betitelt – zum Wandern, weil er sie so gern um den Finger wickeln möchte. Er hat sich mir gegenüber bislang äußerst korrekt verhalten. Ich traue ihm dennoch nicht.

»In Brandenburg ist das Wandern relativ langweilig«, plaudere ich und kicke einen matschigen Schneeklumpen zu dem kleinen Bach, der neben dem Weg hindümpelt. Er zerfällt, kaum dass ich ihn berührt habe. »Die Jagdbedingungen sind sehr kulant. In Baden-Württemberg darfst du im März kaum etwas jagen.« Ich denke nach. »Kormorane sind erlaubt. Auch das Wetter ist hier sehr mild. Für nächstes Jahr habe ich mir vorgenommen, nach Feuerland zu reisen.«

Wenn ich bis dahin weiß, was mit Hannah passiert ist. Bis ich das weiß, werde ich in der Gegend bleiben, für den Fall, dass es Neuigkeiten von ihr gibt. »Auf Feuerland ist es immer kalt und feucht und nicht selten wirst du von Sturm und Gewitter überrascht. Das ist eine Gegend, die dich wirklich auf eine bevorstehende Apokalypse vorbereitet.«

Nils schüttelt den Kopf und lacht leise vor sich hin. »Du bist verrückt«, stellt er fest und knufft mich in die Seite. Seine Stimme wird sanft, schmeichelnd. »Weshalb sollte man dorthin reisen, wenn man es sich zu zweit am warmen Kamin gemütlich machen kann, während man mit einem warmen Kakao in der Hand das Schneetreiben durch das Fenster beobachtet?«

Wie auf ein Stichwort fallen winzige, weiße Flocken vom grauen Himmel. Es hat nichts Romantisches. Keiner der Fussel wird liegenbleiben und auch das, was noch an Schnee auf dem Boden liegt, wird in ein paar Tagen verschwunden sein. Es ist zu warm.

»Das ist nicht meine Welt«, widerspreche ich ihm. »Ich wäre diejenige, die unruhig auf dem Hintern hin und her rutscht und dabei den Kakao umstößt.«

Auch wenn ich von Nils‘ Begleitung noch nicht vollends überzeugt bin, muss ich zugeben, dass er ein angenehmer Weggefährte ist. Es fällt mir leicht, mich mit ihm zu unterhalten, meine Gedanken auszusprechen, auch wenn ich weiß, dass er die Welt meist komplett entgegengesetzt sieht.

Wir kommen deutlich langsamer voran, als wäre ich allein unterwegs, aber das sage ich ihm nicht. Ich habe die Strecke durchgeplant und weiß, wo ich heute Nacht das Zelt aufschlagen möchte. Es dämmert längst, als wir unseren ersten Rastplatz erreichen.

Nils schaut sich skeptisch um, als ich meinen Rucksack auf dem Boden absetze. Es ist der gleiche schlammfarbene Rucksack, den ich jeden Tag mit zur Uni nehme, der noch von Paps übriggeblieben ist. Das Zelt habe ich daran festgeschnürt und Nils' Blick wird noch skeptischer, als ich die Schnüre löse.

»Hier?«, fragt er mit viel zu hoher Stimme. Ich beachte ihn kaum, nicke und krame in meinem Rucksack nach der Stirnlampe, die zuoberst liegt. Auch wenn die Dunkelheit uns noch nicht vollständig umhüllt hat, wird es doch nicht lange dauern. Anfang März ist der Unterschied zwischen hell und dunkel oft nur ein Fingerschnipsen entfernt.

»Darf man hier denn zelten?« Nils reibt sich die Hände, während ich die Zelttasche öffne und heraushole, was ich brauche. Ich habe dieses Zelt schon so oft aufgebaut, dass ich es im Schlaf könnte.

»Nein!« Ich schüttle den Kopf und stecke die Aluminiumstangen ineinander. »In Brandenburg ist es verboten, auf öffentlichen Plätzen zu zelten. Erst recht im Naturschutzgebiet.«

Wir befinden uns fünfzehn Kilometer südlich von Berlin in der sogenannten Wildnis Jüterbog. Kein Mensch weit und breit.

»Dann sollten wir das nicht tun und uns einen anderen Schlafplatz suchen«, drängt Nils und bläst in seine Hände. Ihm ist unverkennbar kalt.

»Du kannst gerne weiterwandern und dir einen besseren Schlafplatz suchen«, fordere ich ihn auf und stecke die zweite Aluminiumstange zusammen. »Ich kann dir allerdings gleich sagen, dass es mehrere Stunden dauert, bis du zu einem Zeltplatz kommst. Und auch nur, wenn du den Weg dorthin kennst.«

»Ach, komm schon, Sarah!« Frustriert tritt er einen Ast weg, der auf dem Boden liegt. »Was, wenn uns jemand erwischt?«

Ich schaue auf. »Uns erwischt keiner«, erkläre ich ihm, als wäre er ein kleines Kind. »Die Bäume stehen hier ausreichend dicht. Das Zelt ist nicht zufällig braun und im Umkreis von ein paar Kilometern gibt es hier keine Zivilisation. Wenn du nicht die Polizei rufst und uns verpetzt, passiert hier nichts. Und wenn doch, ist es bloß ein Bußgeld von fünfhundert Euro. Weniger, wenn wir glaubhaft versichern können, dass es eine Notsituation war und wir gar nicht vorhatten, hier zu zelten.« Ich lasse mich von seinem Gemecker nicht beeindrucken.

Das Zelt nimmt langsam Form an.

Er sieht nicht überzeugt aus, doch ich kann darauf keine Rücksicht nehmen. »Falls dir die Idee mit dem Zelt nicht passt«, werfe ich schlussendlich ein, »schnapp dir deine Seile und bind dich oben auf einem Baum fest. Da sollten dich auch die Zombies nicht kriegen.«

Das Zelt sollte möglichst aufgebaut sein, bevor die Sonne vollends untergegangen ist. Nils sieht nicht so aus, als würde er noch lange in der Kälte stehen können. Er tanzt von einem Bein auf das andere und bläst verzweifelt in seine Hände. Ich könnte ein Lagerfeuer machen, doch dann müsste ich das Zelt im Dunklen aufbauen.

Von Nils ist keinerlei Hilfe zu erwarten. Er ist mit der Situation augenscheinlich überfordert.

»Leg deinen Rucksack ab und renn um das Zelt, bis ich fertig bin«, fordere ich ihn auf. Ich habe keine Lust, ihn zur nächsten Stadt schleppen zu müssen, weil er mir unterwegs erfroren ist.

»Wozu?«, fragt er verdutzt.

»Weil ich das Gefühl habe, dass du dir zu fein bist, um beim Zeltaufbau zu helfen.«

Nun ist er still und ich kann das Zelt in Ruhe aufbauen. Ich hänge das Innenzelt in das fertige Gerüst und werfe das Äußere hinüber. Nils steht noch immer stocksteif neben mir.

»Fertig!«, informiere ich ihn und er will sich sogleich im Inneren verkriechen. Ich halte ihn zurück.

»Es gibt ein paar Regeln! Erstens: Es ist ein Ein-Personen-Zelt. Wir werden auf engstem Raum liegen. Wenn du mich anfasst, während ich schlafe, bist du tot.« Ich bin mir nicht sicher, ob er mir glaubt.

Er nickt.

»Zweitens: Es ist kalt da drin. Roll deinen Schlafsack aus, zieh dich bis auf deine lange Unterwäsche aus, renn ums Zelt, bis dir warm ist und verschwinde dann sofort in deinem Schlafsack.«

Er nickt.

»Bist du nicht warm, frierst du die ganze Nacht. Schwitzt du, wirst du die ganze Nacht nicht trocken und wirst krank. Lass deine Mütze nachts auf. Über den Kopf verlierst du die meiste Wärme.«

Er schaut mich weiter mit großen Augen an, doch ich beginne bereits, mich für die Nacht fertig zu machen. Ich friere nicht. Das Zeltaufbauen hat dafür gesorgt, dass ich ausreichend aufgewärmt bin.

Ich liege bereits in meinem Schlafsack und knabbere an einem Müsliriegel, als Nils das Zelt betritt und den Reißverschluss hinter sich zuzieht. Er friert noch immer und ich halte ihm einen Müsliriegel hin, den er dankbar annimmt.

Ich drehe mich von ihm weg und liege mit geöffneten Augen so lange wach, bis das Geraschel auf seiner Seite verstummt und sein gleichmäßiges Atmen mir verrät, das er eingeschlafen ist. Dann erst schließe ich die Augen und schlafe ebenfalls.

Ein Blick auf die Uhr verrät mir, dass ich zwei Minuten vor dem üblichen Weckerklingeln erwacht bin. Die ersten Vögel zwitschern, doch Nils macht nicht den Anschein, als wäre auch für ihn bald die Nacht vorbei.

Ich drehe mich auf den Bauch und stoße mit dem Knie gegen das Gewehr, das mit mir im Schlafsack liegt. Es begleitet mich, weil ich es zum Jagen brauche. Aber es wird mir auch helfen, wenn ich es in Notwehr einsetze. Ich weiß ja nie, was passiert. Allerdings wäre die Distanz in meinem Biwak zu gering, um auf einen Angreifer zu zielen. Für eine kleinere Waffe fehlt mir jedoch die Begründung und somit die Erlaubnis.

Ich stütze die Hände auf die Ellbogen und warte. Auch zwei Minuten später regt Nils sich nicht, dabei habe ich eine angemessene Zeit lang gewartet. Das Gewehr verschwindet in meinem Rucksack. Ich öffne leise den Reißverschluss vom Biwak und trete hinaus in den dichten Bodennebel. Die kühle, frische Winterluft durchströmt meine Lungen. Andere mögen sich im dunklen, unheimlichen Wald verloren und einsam fühlen, doch für mich ist es ist das Gefühl nach Heimat, Freiheit, Sorglosigkeit. Mein Studentenwohnheim am Rande des Grunewalds versucht allmorgendlich, dieses

Gefühl zu imitieren, doch wirklich rein ist die Luft nur hier draußen.

Mein Rucksack landet auf dem Waldboden. Ich stelle mich direkt davor auf, ziehe mir Handschuhe über und beginne mit den Hampelmännern.

Just in dem Moment, als ich mein morgendliches Sportprogramm beende, wird das Zelt von innen geöffnet. Nils kommt verschlafen herausgehumpelt und schlingt sogleich die Arme um sich. »Guten Morgen!«, begrüßt er mich und setzt sogleich hinzu: »Brrr, ist das kalt!«

»Guten Morgen«, erwidere ich, erhebe mich von dem Boden und klopfe den Dreck von den Händen und meinem Körper.

»Frühstücken wir, bevor wir weiterwandern?«, fragt er vorsichtig nach. Er sieht so verunsichert aus, dass ich nicht umhinkomme, ihn auf den Arm zu nehmen.

»Ein Erwachsener kommt bis zu vier Wochen ohne feste Nahrung aus«, informiere ich ihn und lasse meinen Blick über seinen Körper wandern. »Und da du ja nicht der Schlankste bist, wird dir das bestimmt auch nicht schaden.«

Stumme, große Augen schauen mich fragend an. Er ist sich nicht sicher, ob ich es ernst meine oder scherze.

Ich löse es auf und knuffe ihn in die Seite. »Klar frühstücken wir.« Beinahe kann ich mir ein Lachen nicht verkneifen. Nach all den Jahren. »Hol deinen Campingkocher her!«

Erleichtert holt er seinen Rucksack und packt den Kocher aus.

»Füll den Topf zur Hälfte mit Schnee und gib eine Handvoll Wasser aus dem Bach hinzu«, weise ich ihn weiter an, während ich im Zelt meine verschwitzten Sachen ab- und trockene Kleidung anziehe und das Zelt wieder verlasse.

»Drei Minuten kochen sollten reichen. Ich werde derweil schauen, dass ich etwas zu essen finde.«

Ich lasse ihn alleine stehen und verschwinde zwischen den Bäumen. Es ist seine erste richtige Mahlzeit in der Natur und ich will mir Mühe geben, um ihn nicht gleich zu verschrecken. Ein Wildschwein werde ich zwar nicht zum Frühstück schießen, aber hungern werden wir nicht müssen.

Als ich unseren Zeltplatz erreiche, sitzt Nils stolz auf seinem wieder zusammengerollten Schlafsack neben dem Kocher. Der Schnee ist geschmolzen und auf Trinktemperatur abgekühlt. Ich breite meine Schätze vor ihm aus, wieder einmal fasziniert davon, wie viel der Wald selbst im Winter zu bieten hat.

»Unkraut?«, fragt Nils skeptisch und begutachtet, was ich Frühstück nenne.

»Ich esse das auch alleine, wenn du nichts davon haben willst«, erwidere ich und stecke mir demonstrativ eine Beere in den Mund, woraufhin er die Augen aufreißt.

»Du kannst doch keine Vogelbeeren essen«, schreit er mich an und springt wie wildgeworden auf.

»Beruhige dich!« Ich trete einen Schritt nach hinten und drücke ihn sanft auf seinen Sitz zurück. »Ich weiß nicht, weshalb sich dieses Gerücht so hartnäckig hält, dass Vogelbeeren giftig seien.« Ich nehme noch eine Handvoll der roten Beeren und lasse sie in meinem Mund verschwinden. »Du solltest sie im Herbst nicht in zu großen Mengen essen, weil es Magenschmerzen verursachen kann, aber nach dem ersten Frost oder wenn sie gekocht sind, sind sie verträglich.«

Ich halte ihm die Hand entgegen und er nimmt sich zögerlich eine der Beeren. Er dreht sie zwischen den Fingerspitzen hin und her, als würde sie ihm dadurch verraten, ob sie genießbar ist. Dann steckt er sie in den Mund und schluckt sie im Ganzen hinunter.

»Du weißt gar nicht, was ich jetzt für ein paar Kekse oder Fertigessen geben würde«, erklärt er mit verzogenem Gesicht. Klar, da er sie nicht gekaut hat, weiß er gar nicht, wie Vogelbeeren schmecken. Sie sind leicht säuerlich und man kann aus ihnen wunderbar Konfitüre kochen.

»Schau mal, ich habe auch einen Walnussbaum gefunden.« Ich halte ihm die noch geschlossenen Schalen unter die Nase. »Vielleicht ist das eher etwas für dich und wir können ein paar Nüsse als Proviant mitnehmen.«

Dankbar nimmt er die Nüsse entgegen, nur um im nächsten Moment noch ratloser auszusehen. »Ich habe keinen Nussknacker dabei.« Er zuckt mit den Schultern. Seine Hilflosigkeit nervt mich.

»Hattest du denn gar keine Kindheit?«, frage ich entsetzt, nehme ihm eine Nuss aus der Hand und werfe sie auf den Boden. Ein Tritt und sie ist offen. »An den übrigen darfst du dich probieren.«

Schließlich bekomme ich Nils sogar dazu überredet, etwas von dem »Unkraut« zu probieren.

Er nimmt mir die Brennnesseln aus der Hand und reibt sie zwischen den Händen, wie ich es ihm zuvor gezeigt habe, damit sie ihre Stacheln und das Gift verlieren. Geschmacklich kann es ihn nicht überzeugen, aber das war auch nicht die Hauptaufgabe unseres Frühstücks.

Als wir weiterwandern, mache ich ihn auf die vielen essbaren Pflanzen aufmerksam, die unseren Weg säumen. Nach einer Weile tauschen wir die Rollen und er zeigt mir die Pflanzen und versucht, sie zu benennen und in die Kategorien giftig oder essbar einzuteilen. Oft gelingt es ihm und ich bin stolz auf ihn. Mein erster Schüler. Vielleicht kann ich ihm später das Fallenstellen und Jagen beibringen. Aber bevor ich ihm mein Gewehr in die Hand drücke, möchte ich ihn noch genauer beobachten. Er hat sich bemerkenswert zurückgehalten und keine peinlichen Annäherungsversuche gestartet, seit wir unterwegs sind. Aber stille Wasser sind tief. Das weiß niemand besser als ich, doch in meiner Welt ist er das stille Wasser.

Kapitel 5

Lautlos stehe ich mit nackten Füßen in dem Bach. Der morgendliche Nebel hat sich größtenteils verzogen. Das Wasser umfließt eiskalt meine Knöchel. Hin und wieder taucht ein Schatten auf, wuselt um meine Beine und denkt, mir entkommen zu können. Doch ich bin schnell und kenne kein Erbarmen. Mein Herz tanzt, als ich den ersten Fisch in der Hand halte. Es ist eine Forelle. Sie hat die erforderliche Mindestgröße erreicht, also schere ich mich nicht darum, dass sie bis Mitte April Schonzeit hat. Ich drehe mich um, um sie in den Beutel zu werfen, der mit einem Henkel an einem Ast am Bachufer hängt – und erschrecke so sehr, dass mir die Forelle aus den Händen rutscht und zurück in den Bach fällt.

Direkt am Bachufer, keine fünf Zentimeter von mir entfernt, steht Nils und starrt mich mit ausdruckslosem Gesicht an. In seinen Händen hält er die Seile, die er aufgrund der Packliste eingepackt hatte, und einiges, was er für unser Mittagessen gesammelt hat. Die Aufgabenverteilung war klar: Er sammelt, ich jage. Und hinterher kochen wir uns ein Festmahl.

Er rührt sich nicht, starrt mich nur weiter an. Ich bin mir nicht sicher, ob ihn etwas erschreckt hat oder ob er mich erschrecken wollte. Letzteres ist ihm zumindest gelungen. Es ängstigt mich, wie er so reglos dasteht. Mein Herz klopft bis zum Hals.

»Nils?«, frage ich vorsichtig und berühre ihn leicht an der Schulter. Er schüttelt leicht den Kopf. Sein Blick wird klarer. Wo war er? Was hatte er vor? Habe ich ihn unterschätzt? Mein Misstrauen ist zurück.

»Du hast den Fisch …«, stammelt er, schüttelt wieder den Kopf und weicht einen Schritt zurück, »mit der Hand gefangen«, beendet er noch immer kopfschüttelnd den Satz. Er sieht aus, als hätte er vor mir Angst, doch ich muss ehrlich zugeben, dass er mich ängstigt. Er hält die Seile noch immer in der Hand. Und was zum Teufel sucht er hier? Er sollte sein neuerworbenes Pflanzenwissen anwenden, damit es nicht nur Fisch zum Essen gibt. Dafür braucht er weder das Seil, noch muss er dazu direkt hinter mir stehen.

»Was machst du hier?«, frage ich ihn scharf, doch er schaut mich nur stumm an und weicht noch ein paar Schritte von mir zurück. Ich wiederhole meine Frage: »Was machst du hier?« Meine Stimme ist zu schrill. Beinahe hört sie sich an, wie die unserer Mitstudentinnen. Obwohl ich sie seit Beginn unseres Ausflugs vermehrt nutze, klingt sie noch immer tief und rauchig.

Nils' Hand schnellt mir entgegen und diesmal bin ich es, die instinktiv einen Schritt zurückweicht. Durch die ruckartige Bewegung gerate ich auf den moosbewachsenen Steinen ins Rutschen, stolpere, kann mich jedoch mit einer Hand abfangen, bevor ich der Länge nach im Wasser lande. Ein stechender Schmerz zieht durch mein rechtes Handgelenk bis in die Schulter hinauf. Ich gönne mir einen kurzen Moment, den Blick von Nils abzuwenden und mein Handgelenk zu begutachten. Es scheint nicht gebrochen zu sein, aber ich werde es in den nächsten Tagen beobachten. Dann wende ich den Blick wieder Nils zu und dem, was er in den Händen hält, mir zeigt.

»Ich habe Pastinaken gefunden«, erzählt er tonlos und hält wie zum Beweis seine Hand noch näher.

Ein Gedanke schießt mir durch den Kopf und ich zwinge mich, ruhig zu atmen und nicht in Panik zu verfallen. »Hast du davon gegessen, Nils?«, frage ich ihn, trete ganz langsam, um ihn nicht zu verschrecken, näher und nehme ihm die weißen Wurzeln aus der Hand. Zu meiner Beruhigung schüttelt er den Kopf und schaut verwundert hinterher, als ich die Wurzeln weit fort über die Baumwipfel schleudere.

»Was machst du da?«, herrscht er mich an. Sein Blick ist klar, der verstörte Nils ist verschwunden. »Ich dachte du freust dich, wenn es mal etwas Richtiges zu essen gibt und nicht bloß Vogelbeeren und Blätter.« Die Verärgerung ist ihm anzusehen. Ich wette, er war stolz darauf, Pastinaken gefunden zu haben.

»Herzlichen Glückwunsch, du hast Wasserschierling gefunden und unsere Forelle abhauen lassen«, erwidere ich mit hochgezogenen Augenbrauen.

»Wasserschierling?« Er blickt mich irritiert an. Ich wette, er hat nie zuvor echte Pastinaken gesehen.

»Der Wasserschierling ist mit den Pastinaken verwandt, aber im Gegensatz dazu isst man den Wasserschierling nur einmal«, erkläre ich, was ich in den ersten Jahren meines Lebens lernen durfte. Es erscheint mir bizarr, dass man in der Schule Unmengen unnützes Zeug wie Gedichte aufsagen und eine Bildanalyse schreiben lernt, aber so Essentielles wie im Wald überleben nicht. Es war ein Segen für mich, dass mein Vater mich aus der Schule genommen und zu Hause unterrichtet hat. Auch wenn die Umstände, die dazu führten, umso tragischer waren. Ich wünschte, mein Vater wäre länger geblieben, um mich noch besser auszubilden. Ich fühle mich noch nicht bereit dafür, auf die Jagd nach Hannah zu gehen. Und doch werde ich nicht mehr lange warten können, denn mit jedem Tag sinkt die Hoffnung, sie lebend zu finden.

»Woran denkst du?«, reißt mich Nils aus meinen Gedanken. Ich winke ab. Es ist viel zu früh, um mit ihm über meine verkorkste Situation zu reden, falls ich es überhaupt jemals tun werde.

Ich schicke ihn zurück in den Wald. Es irritiert mich, wenn er neben mir steht. Er stapft hörbar davon, doch ich wende ihm den Rücken nicht mehr zu.

Es gibt weitere Forellen, die ich fange, und dieses Mal schaffe ich es, sie in den Beutel zu geben, den ich zu diesem Zweck mitgenommen habe. Ich bin jedoch nicht so konzentriert bei der Sache wie vor der unheimlichen Begegnung mit Nils. Hatte er mit Absicht den Wasserschierling mitgebracht? Oder stimmte es, dass er die Wurzeln für Pastinaken gehalten hat? In meinen Augen sehen sie ganz anders aus. Was hat er mit den Seilen vorgehabt? Warum war er so verstört gewesen, als er gesehen hat, dass ich die Forelle mit der Hand gefangen habe?

Die letzten anderthalb Tage mit ihm waren entspannt gewesen. Er hatte sich sichtlich Mühe gegeben, mir meinen Ausflug nicht zu verderben und sich an meine Regeln zu halten, doch heute wirft er tausend Fragen auf, die ich nicht beantworten kann. Ich atme tief durch. Noch fünf Tage, dann bin ich ihn wieder los. Wie schlimm kann es schon werden?

Schweigend essen wir kurze Zeit später auf den zusammengerollten Schlafsäcken sitzend unser Mahl. Meinen Vorschlag, die ausgenommenen Forellen roh zu essen, hatte Nils mit einem erschrockenen Gesichtsausdruck quittiert, sodass ich ihm zugestanden habe, sie auf seinem Campingkocher zu braten.

Die Forellen schmecken vorzüglich und einen Großteil dessen, was Nils gesammelt hat, habe ich zu einem nahrhaften Salat zubereiten können. Nicht viel habe ich aussortieren müssen und auf unseren Plastiktellern tummeln sich Vogelmiere, Scharbockskraut und Taubnesseln. Es ist mir ein Rätsel, wie andere Fertig- oder Mensaessen den Vorzug gegenüber frisch aus dem Wald gewonnenen Mahlzeiten geben können. Mit ein wenig Übung ist es gar nicht schwierig, sich im Wald zu ernähren, und nahrhafter ist es allemal. Sollte ich jemals eine Schule eröffnen, werden alle Kinder von Grund auf lernen, sich in der Natur zurechtzufinden und dort zu überleben.

Ich unterbreche den Gedanken sogleich. Dass ich eine Schule gründe, ist so abwegig wie der Gedanke, dass Nils ein Survival-Camp ins Leben ruft. Ein Schüler, der gottseidank meistens seine Klappe hält, ist völlig ausreichend. Es macht mich stolz, ihm etwas beibringen zu können, aber ich mache drei Kreuze, wenn unsere gemeinsame Woche vorbei ist. Niemals habe ich damit gerechnet, dass das Muttersöhnchen sich darauf einließe. Er muss sich tatsächlich einiges von diesem Ausflug versprechen, dass er mitgekommen ist.

»Ich bin echt froh, dass du bei mir bist«, spricht Nils in die Stille. Er kaut gedankenverloren auf seinem Fisch herum und lächelt. »Ohne dich würde ich hier elendig verhungern. Oder mich selbst vergiften.«

»Ohne mich wärst du gar nicht hier, sondern würdest gemütlich am Kamin sitzen und einen Kakao schlürfen«, erinnere ich ihn.

»Das ist wahr, aber es ist echt aufregend hier draußen.« Er strahlt. »Verhungern und vergiften hatten wir schon. Was kann einem noch in der Wildnis passieren?«

Ich reiße die Augen auf. Das ist es, was ihn hier draußen reizt? Dass es ein Trip ist, von dem er nicht mehr zurückkommen könnte? Ich kenne einige, die diesen Kick brauchen, aber ihn hätte ich nicht zu diesen Leuten gezählt. Für mich ist er eher derjenige, der sich nach einem ruhigen Platz am Kamin, einem sicheren Monatseinkommen und einem Lebensmittelladen in unmittelbarer Nähe sehnt. Die höchste Aufregung darf ein Actionfilm sein. Aber vielleicht simuliert er gerade für sich, dass er in einen solchen Film mit einer potentiellen Zombieapokalypse geraten ist.

Ich stütze mein Kinn auf die Hände und die Ellbogen auf die angewinkelten Knie. »Zombies«, beginne ich, »gibt es hier draußen zumindest nicht. Wilde Tiere, die dich reißen, werden wir vermutlich auch nicht treffen.«

»Was ist mit Wölfen?«, fragt er interessiert nach. »In Brandenburg sollen doch wieder welche gesichtet worden sein.«

»Bevor ein Wolf dich reißt, erschieße ich ihn«, erkläre ich ihm und er wird hellhörig.

»Du hast eine Waffe dabei?«

Ich ärgere mich, da ich ihm diese Tatsache nicht hatte unter die Nase reiben wollen, bevor es unumgänglich war. Allerdings wollte ich eh in den nächsten Tagen nach Schwarzwild Ausschau halten. Spätestens dann hätte er von dem Gewehr erfahren.

»Klar«, antworte ich gespielt leichthin. Da er nun von dem Gewehr weiß, brauche ich es nicht mehr vor ihm zu verstecken und kann es in Zukunft getrost im Rucksack mit mir führen. »Ich soll schließlich dafür sorgen, dass wir nicht verhungern.«

»Zurück zu den Wölfen«, lenkt er ein wenig zu schnell ab. »Was wäre, wenn du keine Waffe dabei hättest.« Seine

Augen wandern kaum merklich hin und her, als suche er nach meinem Gewehr. Es ist sicher verpackt in der Zelttasche, die ich keine Minute aus den Augen lasse. Zwischen den Zeltstangen fällt es nicht weiter auf. Zusätzlich steckt in meinem rechten Stiefelschaft ein Klappmesser, meine Fäuste sind auf Selbstverteidigung trainiert und auch wenn seine Schuhe deutlich sportlicher sind als jene, die er in der Uni trug, werde ich locker vor ihm weglaufen können. Und dann verhungert er.

»In den letzten zehn Jahren ist kein Mensch durch einen Wolf gestorben.« Ich reiße ein großes Stück mit den Zähnen aus dem Fisch und kaue demonstrativ darauf herum. Ich schlucke. »Allerdings sind jede Menge Wölfe durch Menschen gestorben.«

»Aber was tue ich, wenn ein Wolf auf mich zukommt?«

»In aller Regel wird er nicht auf dich zukommen, da Wölfe scheu sind«, kläre ich ihn auf. »Sollte es doch vorkommen, fuchtelst du wild mit deinen Armen und machst Krach. Das verreibt ihn. Es sei denn, er hat Tollwut.«

»Und was mache ich dann?« Seine Neugier kennt keine Grenzen.

»Dann brauchst du viel Glück!« Meine dunkle Stimme hallt verloren durch den Wald.

Nils lehnt sich gerade so weit zurück, dass er nicht von seiner Schlafsackrolle fällt, und steckt sich ein wenig von dem Salat in den Mund. Keine weitere Frage von ihm und ich kann endlich in Ruhe essen.

»Verhungern, vergiften und wilde Tiere hatten wir schon«, unterbricht Nils die traumhafte Stille, die uns in den letzten zwei Stunden auf unserem Weg begleitet hat. »Was gibt es noch?«

Ich seufze auf. »Wenn wir uns Richtung Südosten halten und das Elbsandsteingebirge erreichen, besteht durchaus die Möglichkeit, dass ich dich in eine Felsspalte stürze, weil du zu viel redest.« Überrascht blickt er mich an. »Ich könnte dich allerdings auch erschießen und es wie einen Jagdunfall aussehen lassen.«

»Das meinst du nicht ernst, oder?« Seine Augen durchbohren mich. Er bleibt stehen. »Warum lehnst du den Kontakt mit anderen Menschen so sehr ab?«

Ich zucke mit den Schultern und gehe weiter. Wir kommen noch langsamer voran als am Vortag, doch mein Tagespensum steht fest. Das Ziel der Woche ist das Haus, in dem ich mit meiner Familie, meiner richtigen Familie, gelebt habe, bis alle außer mir verschwanden. Das Haus ist noch im Besitz meiner Familie, also in meinem Besitz, auch wenn sich die Anzeichen des Verfalls mehren. Ich hoffe, dort Antworten auf meine Fragen zu finden und einen Anhaltspunkt, wo ich mit der Suche beginnen soll. Wenn ich am Ende der Woche dort ankommen möchte, muss ich jeden Tag die festgelegte Strecke laufen. Und für Nils wird es jeden Tag schwerer werden. »Muss es immer für alles einen Grund geben?«, frage ich ihn. Natürlich gibt es einen Grund. Aber das brauche ich ihm nicht unter die Nase zu reiben. »Erzähl mir doch einmal zur Abwechslung etwas von dir.«

Erwartungsvoll schaue ich ihn an, als er wieder zu mir aufschließt. Nicht, dass ich so scharf darauf wäre, seine Lebensgeschichte zu hören. Nein, für mich ist es lediglich einfacher, wenn er redet.

Nils lacht peinlich berührt auf. »Was könnte es von mir schon Spannendes zu berichten geben?«

»Du könntest mir zum Beispiel erzählen, warum du mich auf den Trip begleiten wolltest«, schlage ich vor und blicke ihn fragend an. Ein Schatten legt sich auf sein Gesicht, doch im nächsten Moment hat er seine Züge wieder unter Kontrolle.

»Du bist mir in der Uni aufgefallen«, antwortet er lasch. »Du bist echt hübsch, auch wenn du keinen Wert darauf legst, und ein bisschen geheimnisvoll, weil du immer für dich bleibst. Ich denke, unter deinem harten Kern steckt eine wundervolle Frau, die sich nur nicht traut, das andere sehen zu lassen.« Er dreht seinen Kopf zu mir und schaut mir tief in die Augen. »Ich möchte dich gerne so kennen lernen, wie du wirklich bist, und herausfinden, ob ich mich bloß getäuscht habe.«

Eine Gänsehaut zieht sich über meinen ganzen Körper. Auf diese Weise hatte mich nie zuvor ein Mann gesehen oder es mich zumindest nicht wissen lassen. Vielleicht habe ich auch einfach nicht genug Interesse daran gezeigt. Erschrocken rücke ich ein Stück von ihm ab, während wir unaufhörlich weitermarschieren. Ich war auf alles vorbereitet: Er könnte mich als seine Beute sehen, ein Psychopath sein, mich einfach nur zu Tode nerven wollen. Aber dass er ernsthaftes Interesse an mir hegen könnte – das hatte ich nicht erwartet.

»Aber wir haben so viele Frauen an der Uni«, protestiere ich, als hätte er sich mich bewusst ausgesucht. »Kann es nicht sein, dass du bloß denkst, dass du Interesse an mir hast, weil ich dich zurückgewiesen habe?«

Seine Stirn legt sich in tiefe Falten. Schließlich nickt er. »Ich denke, dass das mit ein Grund ist. Aber damit du mich zurückweisen konntest, musste ich dich ja erst ansprechen.«

Frustriert stapfe ich neben ihm her. In meinem Leben gibt es keinen Platz für einen Mann an meiner Seite. Ich brauche niemanden, der mich von meinen Vorhaben abhält.

Vielleicht kann ich mich auf etwas einlassen, wenn ich weiß, wo Hannah und mein Vater sind. Vielleicht erwächst eines Tages auch in mir der Wunsch nach einer heilen Familie.

»Vielleicht brauchst du aber auch einen Verbündeten bei der Jagd«, flüstert eine Stimme in meinem Kopf. Ärgerlich vertreibe ich den Gedanken.

»Aber was ist mit Katja?« In der Hoffnung, ihn umstimmen zu können, ist mir jedes Mittel recht.

»Was soll mit Katja sein?«, fragt er eine Spur zu schnell und dreht mir den Kopf ruckartig zu. Seine Augen verengen sich. Sein Blick jagt mir Angst ein. Er wirkt bis aufs Äußerste angespannt.

»Sie scheint doch Interesse an dir zu haben«, versuche ich ihn zu besänftigen. »Vielleicht passt sie ja viel besser zu dir.«

Nils entspannt sich wieder. Erleichterung spricht aus seinem Blick. »Wir haben uns einmal getroffen«, gibt er zu. »Aber sie ist langweilig. Mich reizt es eher, mit einer geheimnisvollen Frau wie dir wandern zu gehen, als von einer Frau angeschmachtet zu werden, die ohne nachzudenken alles für mich tun würde.«

»Alles?«, frage ich nach.

Er nickt. »Diese Art von Frau wartet nur darauf, geheiratet zu werden, ein paar Kinder in die Welt zu setzen und als Schatten des Ehemannes zu leben«, erklärt er mir. »Es gibt Männer, die wünschen sich eine solche Frau an ihrer Seite. Ich muss aber sagen, dass unser Ausflug mir viel mehr Spaß macht, als ich gedacht hätte. Deutlich mehr Spaß als das Kaffeetrinken mit Katja.«

Ruckartig bleibt Nils stehen und lässt seinen Rucksack zu Boden gleiten. Er legt seine Hand sanft auf meinen Oberarm. »Zerbrich dir nicht den Kopf deswegen«, sagt er eindringlich und blickt vertrauenserweckend auf mich hinab.

Nie zuvor stand ein Mann so nahe bei mir, berührte mich und stürzte mich in ein derartiges Gefühlschaos. Seine blauen Augen scheinen direkt in meine Seele zu sehen und ich spüre, wie mein Mund trocken wird, mein Herz bis zum Zerspringen schlägt. Ich bin mir sicher, wenn er jetzt versucht mich zu küssen, dann bringe ich ihn mit bloßen Händen um.

Doch statt vorzupreschen und mir die Möglichkeit zur Verteidigung zu geben, macht er es schlimmer. »Lass uns einfach abwarten, was passiert«, flüstert er und streicht zärtlich über meinen Arm. »Ich will dich mit nichts überfallen, für das du nicht bereit bist.«

Kapitel 6

In Gedanken versunken wandere ich neben Nils her, der mir all die Dinge erzählt, die mich interessierten, wenn ich Interesse an ihm hätte. Habe ich Interesse an ihm? Ich weiß es nicht. Also schweige ich und höre zu. Erfahre, dass er eine wohlbehütete Kindheit hatte. Dass die größte Sorge der Familie das Ausbleiben der langersehnten Tochter gewesen war. Dass er immer zu den beliebtesten Schülern der Schule gehört hat. Dass er niemals auf etwas verzichten musste. Dass er Klavier spielt. Dass er als Kind Tennis spielte. Und dass er nach dem Abitur mit einigen Freunden anderthalb Jahre im Ausland war.

Es klingt, als käme er aus einer anderen Welt. Wozu um alles in der Welt benötigt man Klavierspielen? Oder Tennis? Aber ich halte mir immer wieder vor Augen, dass er nichts dafür kann. Er ist das Produkt der Gesellschaft, in die er hineingeboren wurde.

Umso mehr er erzählt, desto ruhiger werde ich. Ich hoffe, er zählt zu den Menschen, die sich selbst gerne reden hören, aber nicht gerne zuhören. Es ist ein weitverbreitetes Phänomen, das nur demjenigen auffällt, der zuhören kann.

»Was ist mit dir?«, fragt er unvermittelt und ich erschrecke mich so sehr, dass ich über eine Wurzel stolpere. Blitzschnell fährt sein Arm aus und hält mich, bevor ich zu Boden stürze.

»Danke!«, flüstere ich mit gesenktem Kopf und löse mich vorsichtig von ihm. »Bei mir gibt es eigentlich nicht viel zu erzählen. Relativ unspektakulär alles.« Ich zucke bei der Untertreibung des Jahrhunderts mit den Schultern.

»Na gut, dann rate ich«, spricht Nils gut gelaunt neben mir. »Du hast eine Schwester und die hat dich in deiner Kindheit so genervt, dass du seitdem keine Lust auf Menschen um dich herum hast.«

Ich bleibe stehen und starre ihn an. Woher weiß er von Hannah? Es kann natürlich geraten sein. Viele Menschen haben Geschwister. Vor allem der Teil mit dem Nerven ist völlig aus der Luft gegriffen.

»Hab ich Recht?«, fragt er mit einem Leuchten in den Augen.

Ich zucke mit den Schultern.

»Du redest nicht gern über deine Familie, oder?« Er rudert zurück, merkt, dass er mich mit seiner Aussage getroffen hat. »Tut mir leid, kommt nicht wieder vor.« Seine Augen wandern in die Ferne.« Du erinnerst mich bloß an ein Mädchen, das ich früher einmal gekannt habe.«

Mir stockt der Atem. Ich bleibe stehen und drehe ihn an der Schulter zu mir. »Erzähl mir von ihr!«, fahre ich ihn an. Ich möchte ihm jedes einzelne Wort aus der Nase ziehen, doch dieses Mal lässt er sich Zeit mit der Antwort.

»Ach, das ist schon ewig her!«, winkt er ab. »Wir waren beide Kinder, ich kann mich nicht mal an ihren Namen erinnern.«

Ich bin enttäuscht. War sie es? Kannte Nils Hannah? Wo haben sie sich getroffen?

»Sie war viel jünger als du und ich erinnere mich hauptsächlich an ihre langen dunklen Haare«, spielt er herunter, was für mich so unglaublich wichtig ist. Das Wichtigste ist: Wann hat er sie getroffen? Vor oder nach ihrem Verschwinden? Falls es überhaupt Hannah ist. »Also hast du eine Schwester?«, fragt er neugierig nach.

Ich nicke schwach und setze unseren Weg fort. Nils folgt mir. Wenn ich jetzt ruhig stehen bleibe, werde ich verrückt. Ich sehne mich danach, mir den Frust von der Seele zu rennen, aber in unserer derzeitigen Situation ist es wohl nicht angebracht. Es ist verrückt. Es gibt viele Mädchen mit langen, dunklen Haaren. Bloß, weil er ein solches Mädchen vor vielen Jahren gekannt hat, heißt es noch lange nicht, dass es Hannah war.

Schweigend gehen wir weiter. Ich bin ihm dankbar, dass er jetzt keine Fragen stellt, denn zu viel wirbelt durch meinen Kopf. Erfreue ich mich beim Wandern sonst den vielen Kleinigkeiten am Wegrand, bemerke ich sie jetzt kaum. Es ist, als wäre Nils zum Führer unserer Expedition mutiert. So gehen wir eine halbe Stunde, eine Stunde, anderthalb Stunden. Das Chaos in meinem Kopf legt sich langsam und ich beschließe, das Thema anzugehen, wenn wir am Ziel angekommen sind. Ich weiß nicht, wie das Haus derzeit aussieht, aber dort werde ich ihm in meinem geschützten Raum gezielte Fragen zu Hannah stellen können.

Ich werfe Nils einen Blick zu. Er grinst breit von einem Ohr bis zum anderen. Auch er scheint in Gedanken zu sein. Er bemerkt nicht, dass ich ihn anschaue. Ich wüsste gerne, woran er denkt, aber es ist mir zu mühselig, ihn danach zu fragen. Das Grinsen weicht nicht, wann immer ich zu ihm hinüberschaue, bis er plötzlich unvermittelt stehenbleibt und mich anblickt. Seine Miene ist völlig ernst, als er den Rucksack mit Schwung absetzt, ihn gegen einen Baum lehnt und zwischen den Bäumen verschwindet.

Ich warte geduldig und nutze die Zeit, weiter in Gedanken zu schwelgen. Nils ist vermutlich etwas älter als ich. Zwei, drei Jahre vielleicht, falls er nach seiner Auslandszeit direkt mit dem Studium begonnen hat. Demnach sollte er im gleichen Alter wie Hannah sein und es ist gar nicht so abwegig, dass sie sich über den Weg gelaufen sind. Tennis hat sie nicht gespielt. In der Schule? Nils hat erzählt, dass er schon immer im Berliner Zehlendorf gelebt hat, während wir im Brandenburgischen Zellendorf großgeworden sind, einem von zweiundzwanzig winzigen Ortsteilen von Niedergörsdorf, der letzten Gemeinde vor Sachsen-Anhalt. Auch wenn die beiden Orte namentlich ähnlich sind, können sie unterschiedlicher nicht sein. Nobelbezirk versus Dorf. Es ist sehr unwahrscheinlich, dass sie sich begegnet sind. Wir waren selten in Berlin, da mein Vater die Stille des Waldes liebte und davon ausging, dass es der perfekte Ort zum Leben war. Und die Zehlendorfer haben ihren Grunewald, falls sie Urlaub von der Großstadt brauchten. Es ist mehr als unwahrscheinlich, dass dieses Mädchen Hannah gewesen sein soll.

Ich vermisse meine Familie und dieses Mal meine ich mit meiner Familie meine Brüder. Ja, natürlich sind mir auch meine Pflegeeltern wichtig, da sie für mich gesorgt haben, aber die Verbindung zu meinen Brüdern ist eine andere. Ich ziehe mein Smartphone aus der Tasche, um Sascha zu schreiben. Er weiß, dass ich unterwegs bin, wie er es nennt, wenn ich mit dem Zelt losziehe. Er weiß auch, dass ich nicht allein unterwegs bin. Ich musste ihm versprechen, mich ab und an zu melden, bevor er die Jüterboger Wildnis auf der Suche nach mir stürmt.

»Ich vermisse euch. Wenn ich zurück bin, komme ich euch besuchen. S«, tippe ich und schicke die Nachricht ab. Als ich das Telefon zurück in die Hosentasche schieben möchte, plingt es auf. Das ging aber schnell mit der Antwort. Doch es ist nicht die Antwort, die mir entgegenprangt, als ich auf das Display schaue.

»Ihre Nachricht konnte nicht gesendet werden. Noch einmal versuchen?«, lese ich und bestätige die Frage. Die Meldung erfolgt noch drei weitere Male und jedes Mal versuche ich es erneut. Erfolglos. Ich habe keinen Empfang, was in der Wildnis vorkommen kann, jedoch eigentlich nicht üblich ist.

Seufzend schiebe ich das Smartphone zurück in die Hosentasche. Ich werde es später erneut versuchen. Irgendwann muss der Empfang ja wieder da sein.

Nils lässt sich Zeit. Ich kneife die Augen zusammen und schaue, ob ich zwischen den Bäumen eine Bewegung ausmachen kann. Nichts. Falls ihm etwas passiert sein sollte, hätte ich es vermutlich gehört. Niemand fällt geräuschlos einen Abhang hinunter. Abgesehen davon ist Brandenburg zu flach für Abhänge. Soll ich schauen, wo er bleibt? Was, wenn er Hilfe benötigt? Was, wenn nicht, und er sich gestört fühlt, dass ich ihm hinterhergegangen bin?

Ich zähle bis hundert. Kein Geräusch aus dem Wald. Es ist still, als wäre ich alleine hier.

Langsam folge ich Nils. Kaum hörbar knacken Zweige unter meinen schweren Stiefeln. Irritiert schaue ich mich um, da ich ihn nicht gleich entdecke. Er muss sehr tief in den Wald hineingegangen sein, so dass von ihm nichts zu sehen ist. Doch seine Spuren verraten ihn. Plattgetretenes Geäst und Gras in der ansonsten unberührten Natur.

Und dann sehe ich ihn. Mit dem Rücken in meine Richtung lehnt er an einem Baum, der ihn fast versteckt. Er gestikuliert wild mit der linken Hand und Gesprächsfetzen dringen an mein Ohr, ohne dass ich einzelne Wörter verstehen kann. Vermutlich telefoniert er. Ich ziehe mein Smartphone aus der Tasche. Noch immer kein Empfang. Vielleicht sollte ich den Anbieter wechseln.

Ich trete lautlos noch ein Stück näher auf Nils zu.

»Nicht so einfach«, höre ich ihn. Einzelne Fragmente dringen zu mir durch, doch es ist zu bruchstückhaft, als dass ich mir zusammenspinnen kann, was er sagt. »... anders als Katja ... Unkraut und Ungeziefer ... fast gehabt ... fischen.« Stille, Gelächter, Stille. »... für mich alleine ... gleich hier ... viel zu schwer.« Gelächter, Stille.

Ich kann mir keinen Reim auf seine Worte machen. Vermutlich heult er sich aus, dass ich ihn zum Unkrautessen zwinge. Langsam werde ich ungeduldig. Wir haben eine, vielleicht noch zwei Stunden Sonne und ein gutes Wegstück vor uns. Damit er nicht denkt, dass ich ihn belauscht habe, bahne ich mir jetzt geräuschvoll den Weg durch das Unterholz zu ihm. Stöcke brechen unter meinen Füßen, Blätter rascheln. Ich kann noch ein Lied pfeifen, aber das wäre zu auffällig.

Nils tritt hinter dem Baum hervor und dreht sich um. Ein wenig zu schnell und mit gefurchter Stirn. »Ich muss jetzt auflegen«, spricht er ins Telefon und beendet das Gespräch.

»Du warst lange weg«, erkläre ich mich rasch. Habe ich ein schlechtes Gewissen, weil ich ihn belauscht habe? Ich denke schon. »Ich wollte schauen, ob dir etwas passiert ist.«

Sein Gesichtsausdruck wird milder. »Entschuldige, mein Telefon hat geklingelt, und ich musste eine Weile suchen, bis ich guten Empfang hatte.«

Ich ziehe mein Smartphone aus der Tasche, doch auch hier habe ich keinen Empfang. »Merkwürdig. Sonst habe ich hier draußen nie Probleme«, rätsle ich. »Auch wenn es einem so vorkommt, als wäre man allein auf weiter Flur, sind es meist nicht mehr als ein paar Kilometer bis zum nächsten Ort.«

»Hast du gar keinen Empfang?«, fragt Nils erstaunt und blickt ebenfalls auf meinen Bildschirm. Meine Nackenhaare richten sich auf. Sein Erstaunen klingt nicht aufrichtig. Ich überlege, ob ich mein Smartphone zu irgendeinem Zeitpunkt unbeaufsichtigt gelassen habe. Nein. Er kann es nicht manipuliert haben. Ich bin einfach nicht gut darin, die Reaktionen von Menschen zu interpretieren. Ein Defizit, an dem ich unbedingt arbeiten sollte, bevor ich auf die Suche nach Hannah gehe. Der Ausflug mit Nils ist eine gute Übung dafür.

»Komm, lass uns weiterwandern, bevor das Tageslicht weg ist«, dränge ich ihn und deute mit dem Kopf zurück zu dem Waldweg, wo sein Rucksack noch liegt. Ich hingegen bin so paranoid, dass ich meinen Rucksack auf dem Abstecher ins Gebüsch auf dem Rücken belassen habe. Niemals würde ich riskieren, dass jemand mein Gewehr findet und es gegen mich richtet, auch wenn mir auf meinen bisherigen Ausflügen niemals eine Menschenseele begegnet ist.

Er legt seinen Arm um meine Schultern und führt mich durch die Bäume zurück. Ich lasse ihn gewähren, auch wenn mir die körperliche Nähe bereits zu viel ist.

»Scht!«, halte ich ihn zurück und lege meinen Finger auf die Lippen, als der Weg in Sichtweite kommt. Ein Wildkaninchen hoppelt um seinen Rucksack herum, sucht nach Futter. Ich bin nicht vorbereitet, das Gewehr steckt tief verstaut in meinem Rucksack. So leise wie möglich lasse ich den Riemen von der rechten Schulter gleiten. Nils stört, da sein Arm noch immer um meine Schultern liegt, doch ich will ihn nicht beiseitestoßen, da ich befürchte, unser Abendmahl zu vertreiben. Als ich das Gewehr anlege, duckt sich Nils, um mir nicht im Weg zu stehen, ohne Lärm zu machen.

Ich spanne die Schlosse und ziele. Einen Augenblick später liegt das Kaninchen neben dem Rucksack, sein Kopf färbt sich rot. Ich hingegen stolpere durch den Rückstoß über Nils und lande auf meinem Hintern. Im Sitzen kippe ich den Lauf, entferne die leere Patronenhülse, stecke sie in die Hosentasche und lege eine neue Patrone in das Patronenlager. Vorsichtig klappe ich das Gewehr wieder zusammen und rapple mich vom Boden auf. Ich halte Nils meine Hand zum High Five hin. Zögerlich schlägt er ein.

»Wow«, entfährt es ihm, als wir uns dem Kaninchen nähern. »Ich weiß nicht, ob ich das cool oder beängstigend finden soll.«

»Spätestens, wenn wir das Kaninchen verzehren, wirst du mir dankbar sein.« Frohgemut laufe ich vor und drehe mich zu ihm um. Er folgt mir langsam. Grinst. Dieses Abendessen scheint ihm mehr zuzusagen als Blätter und Wurzeln, obwohl die Fische vom Vortag auch nicht zu verachten waren. Ich breche einen Haselzweig ab, bevor ich den Waldweg erreiche. Dann ziehe ich das Messer aus meinem Stiefel, klappe es auf und schneide dem Kaninchen unter Nils‘ weit aufgerissenen Augen die Kehle durch, damit es schneller ausblutet.

»Jetzt können wir deine Seile gebrauchen«, informiere ich ihn, wische die Klinge an meinem Hosenbein ab und verstaue es wieder. Ich habe selbst Seile dabei. Ich ging eher davon aus, dass ich Fallen stellen müsste, als dass mir ein frischer Braten über den Weg läuft, aber ich möchte nicht, dass er hinterher denkt, seine Seile wären überflüssig gewesen.

Er kramt in seinem Rucksack, befördert die Seile ans Tageslicht und reicht sie mir. Ich binde das Kaninchen an dem

Zweig fest und werfe es mir wie Hänschen Klein über die Schulter.

»Komm, lass uns gehen«, rufe ich Nils gutgelaunt zu, als ich mich wieder aufgerichtet habe. »Ich kann es kaum erwarten, unser Nachtlager zu erreichen.«

Wortlos schließt er zu mir auf und ich versuche, den Blick in seinen Augen zu deuten. Ich bin mir nicht sicher, aber ich denke, dass es Respekt ist.

Kapitel 7

Ich habe Nils zum Holz sammeln geschickt, während ich das Zelt aufbaue. Das tote Holz von den Bäumen und vertrocknete Zweige. Wir brauchen viel Holz, um das Kaninchen zu rösten.

Nils ist schneller zurück als erwartet. Das Holz, das er gesammelt hat, ist perfekt für ein Lagerfeuer. Das ist nicht selbstverständlich, nachdem der letzte Schnee vor wenigen Tagen noch zu sehen war. Das meiste Holz um uns herum ist feucht und brennt nicht.

Er fängt an, das Holz aufzuschichten, und ich staune, wie gut er das macht. Als hätte er es selbst im Wald gelernt. Er denkt sogar daran, die Feuerstelle mit Steinen zu begrenzen, damit wir keinen Waldbrand auslösen.

»Mach die Feuerstelle größer«, rate ich ihm, während ich dem Kaninchen das Fell über die Ohren ziehe und es ausnehme. »Damit wir auf einer Seite das offene Feuer haben und auf der anderen die Glut zum Rösten.«

Er tut, was ich ihm aufgetragen habe und verschwindet noch einmal im Wald, um mehr Holz zu sammeln. Ich stecke das fertig zubereitete Kaninchen auf den Haselzweig und sichere es mit einem Querspieß, damit es sich auf dem Zweig nicht dreht. Fertig zubereitet hat in der freien Natur eine andere Bedeutung als in der zivilisierten Küche. Man benötigt keine Gewürze oder Marinaden, da das Feuer sein rauchiges Aroma auf das Fleisch überträgt. Es ist die ursprünglichste Form der Ernährung und ich liebe es.

Am liebsten würde ich im Wald nach Beilagen suchen, aber ich befürchte, dass das tote Kaninchen andere Waldbewohner anzieht.

Nils überrascht mich bei seiner Wiederkehr. Er hat nicht nur Holz, sondern auch Beeren und Blätter dabei. Von Wurzeln hält er sich fern, seit er mir den Schierling unter die Nase gehalten hat. Heute muss ich nichts aussortieren. Alles ist genießbar.

Ich entzünde das Feuer, während er den Zweig hält. Stundenlang könnte ich dem Feuer dabei zusehen, wie es sich züngelnd erst die kleinen Zweigchen schnappt und dann immer größere Holzstücke verschlingt. Links schichte ich immer weiter Holz nach, um das Feuer am Leben zu halten, während ich die glühenden, glimmenden Äste nach rechts hinüberschiebe. Am liebsten würde ich zwei Astgabeln neben der Feuerstelle in den Boden rammen, um den Kaninchenspieß hinaufzulegen, aber der Boden ist gefroren und mir bleibt nichts übrig, als den Spieß festzuhalten, bis das Kaninchen durch ist. Ich halte meine Hand über die Glut und zähle. Bei fünf schmerzt meine Hand so sehr, dass ich sie wegziehen muss. Der Abstand ist okay, die Hitze ausreichend zum Rösten.

»Das Lagerfeuer kann sogar mit dem Kakao am Kamin mithalten.« Nils lacht, als er sich zu mir setzt. Am Feuer ist es nicht kalt. Vorne etwas zu warm, hinten etwas zu kalt. Genau perfekt.

»Und das Kaninchen wird besser schmecken als alles, was du bislang gegessen hast«, verrate ich ihm und lege ein wenig Holz nach.

»Ja, es ist schon erstaunlich, was man alles verpasst durch unsere moderne Gesellschaft.« Gedankenverloren nimmt er sich ebenfalls einen Zweig und schiebt die glühenden

Zweige auf die Kaninchenseite. Wenn ich es nicht besser wüsste, würde ich sagen, dass es nicht sein erster Ausflug in die Natur ist. Auf jeden Fall lernt er sehr schnell. Das hätte ich dem MacBook-Muttersöhnchen gar nicht zugetraut.

»Himmlisch!«, stimmt Nils mir zu, als wir uns zwei Stunden später über das knusprige Kaninchen hermachen. Es ist perfekt. Gut durch und nicht verbrannt.

Obwohl das Kaninchen deutlich geschrumpft ist, bekommt jeder von uns eine stattliche Portion.

»Ich verstehe mittlerweile, warum du die Wildnis dem Kamin vorziehst«, erklärt er sich zwischen zwei Bissen. »Jeder sollte mal die Erfahrung machen und sich nicht bloß zu Hause verkriechen.«

»Wenn ich könnte, würde ich immer hier draußen leben«, vertraue ich ihm an. Es ist das Persönlichste, das ich jemals einem Menschen außerhalb meiner Familie über mich erzählt habe. »Ich finde es anstrengend, mittags in die Mensa zu gehen und minderwertiges, viel zu stark gewürztes Essen aus Massentierhaltung zu mir zu nehmen. Zu wissen, dass es nicht das ist, was mein Körper braucht. Hier draußen fressen die Tiere das, was gut für sie ist. In Gefangenschaft fressen sie den Müll, der ihnen vorgesetzt wird, damit sie möglichst schnell möglichst fett werden.« Ich schüttle mich angewidert. »Und wenn ich dann die anderen Studenten beobachte, die mindestens genauso viel Müll in sich hineinstopfen, weil sie es lecker finden oder Appetit haben, könnte ich kotzen. Hier draußen ernährst du dich viel bewusster und stopfst nicht wahllos Dinge in dich hinein.«

Nachdenklich schaut Nils in die Glut, die von dem Feuer noch übrig ist. Wir haben es tatsächlich geschafft, sie über zwei Stunden am Leben zu halten, doch nun sollten wir bald schlafen gehen, um für unsere morgige Etappe fit zu sein. »Du würdest also auch den Kakao am Kamin verschmähen?«, tippt Nils und ich nicke.

»Ich gebe mir Mühe, möglichst viel unverarbeitete Lebensmittel zu mir zu nehmen. Rohkost und nur hin und wieder mal ein wenig Fleisch. Klar, ich koche auch ab und an, aber von Industriezucker halte ich mich fern, so gut es geht.«

Ohne das Feuer wird es langsam kalt und Nils rutscht ein wenig näher. »Ich habe nie zuvor einen Menschen wie dich kennengelernt«, sagt er leise. »Wir sollten uns alle ein Beispiel an dir nehmen. Das würde unsere Welt bedeutend besser machen.«

Ich rücke ein Stück von ihm weg. Er hat den ganzen Tag über immer wieder meine Nähe gesucht, doch mich stößt das eher ab, als dass es mich ihm näherbringt. Ich ziehe mein Smartphone hervor und will die Nachricht an Sascha erneut abschicken, doch ein kurzer Blick verrät mir, dass ich noch immer keinen Empfang habe. »Hast du Empfang?«, frage ich Nils.

Er beißt sich auf die Lippen, während er sein Telefon herausholt, dann schüttelt er bedauernd den Kopf. »Nein, ich auch nicht«, antwortet er und fängt dann an zu grinsen. »Aber ich weiß, dass ich keine Angst haben muss, weil du bei mir bist und mich gegen all die schrecklichen Killerkaninchen verteidigen wirst, die uns angreifen wollen.«

Was für ein Spinner! Frustriert stecke ich das Smartphone wieder weg. Sascha kennt meine Route. Ich weiß, dass er sich auf den Weg machen wird, wenn er keine Nachricht von mir erhält. Dann wird er uns vom Zielpunkt aus entgegenkommen.

»Ich gehe ins Bett«, verkünde ich und strecke mich gähnend. Das Feuer hat mich ausreichend gewärmt, dass ich keine Runden um das Zelt drehen muss, bevor ich mich schlafen lege.

»Ich bleibe noch ein wenig am Feuer sitzen und passe auf, dass keine Funken mehr fliegen«, spricht er.

»Wir können auch einfach Erde darüber schütten«, widerspreche ich ihm. »Du musst hier nicht mehr sitzen bleiben.«

»Alles gut!« Er grinst, so wie er es den ganzen Tag über immer wieder getan hat. »Leg du dich schlafen. Ich achte darauf, dass weder das Feuer noch ein wildes Tier dich verschlingt.«

Ich liege wach. Obwohl ich so müde bin, dass ich im Stehen einschlafen könnte, will sich der Schlaf nicht einstellen. Es war zu erwarten. Die eingeimpfte Angst, dass mich etwas Schreckliches im Schlaf überfallen könnte, sitzt zu tief. Etwas Schreckliches – das sind für mich keine Bären oder Wildschweine. Nein. In diesem Fall ist es meine nette Wanderbegleitung. Ich traue Menschen einfach nicht über den Weg und so liege ich wach, bis Nils viel später den Weg in das Zelt findet. Er gibt sich Mühe, leise zu sein, doch er summt leise vor sich hin. Ich kenne die Melodie nicht, aber es klingt nach etwas, das man an einer Elite-Schule im Musikunterricht hört und hinterher auf dem Klavier nachklimpern muss.

Mit einem abschließenden, theatralisch geflüsterten »Siehst, Sarah, du den Erlkönig nicht?« gleitet er in seinen Schlafsack und ist innerhalb weniger Momente eingeschlafen.

Kapitel 8

Mit Nils zu wandern ist anstrengend. Er redet viel, verwickelt mich in ein Gespräch nach dem anderen, ist dann wieder schweigsam. Und statt die dann entstandene Stille zu genießen, zerbreche ich mir den Kopf, was ich falsch gemacht haben könnte. Meine über die Jahre aufgebaute Distanz zu anderen Menschen bröckelt und ich bin verärgert, da ich ihn niemals gernhaben wollte. Ich wollte bloß meine Ruhe vor ihm in der Uni haben und mittlerweile wandern wir seit mehreren Tagen in trauter Zweisamkeit durch die Wildnis, die mir immer eine Zuflucht war, wenn die Gefühle mich zu zerreißen drohten. Nils ist der erste, der mich auf dem Weg nach Hause begleitet. Seit ich von meinem Elternhaus in die Pflegefamilie gewechselt bin, habe ich unser Haus stets alleine betreten.

Mir ist nicht wohl dabei, einen Fremden mit dorthin zu nehmen. Auch wenn Nils sich mir gegenüber immer tadellos verhält, ist er ein Eindringling in meiner Welt. Ich will mein Elternhaus aufsuchen, um nach Informationen über den Verbleib von Hannah und meinem Vater zu suchen. Was soll ich Nils erzählen, wenn ich das ganze Haus auf den Kopf stelle? Die einzige Möglichkeit ist es, ihn zu meinem Verbündeten zu machen. Doch ich fühle mich trotz der gemeinsamen Zeit nicht in der Lage, ihn in mein Innerstes zu lassen.

Ich bin hin und her gerissen. Er ist freundlich. Zu freundlich? Aufmerksam. Zu aufmerksam? Lernt schnell. Zu schnell? Und immer dann, wenn er denkt, ich sähe es nicht, grinst er gedankenverloren in sich hinein. Ein hämisches, bösartiges Grinsen, als wüsste er alles von mir. Dann blinzle ich, schaue ein zweites Mal hin und er sieht wieder völlig normal aus.

Mich beunruhigen weitere Sachen, die ich ihm aber nicht in die Schuhe schieben kann. Auch wenn ich die Jüterboger Wildnis wie mein Kinderzimmer kenne, habe ich immer Karte und Kompass dabei. Ich brauche sie nicht, aber es ist eine gute Übung für den Fall, dass ich in unbekannte Gefilde gerate. Ich bin sicher, dass ich sie auch dieses Mal eingesteckt habe, doch ich durchkrame meinen gesamten Rucksack danach und werde nicht fündig. In meinem Rucksack hat alles einen festen Platz. Nie zuvor ist es vorgekommen, dass ich etwas vergessen hätte oder es an eine falsche Stelle gepackt hätte.

Was weiterhin verschollen bleibt, ist der Empfang von meinem Smartphone. Ich kann keinen Notruf absetzen, nicht telefonieren, keine Kurznachricht versenden und auch das Internet nicht nutzen. Wann immer ich das Telefon aus der Tasche ziehe, zeigt es mir die gleiche Statusmeldung an.

»Vielleicht ist es kaputt?«, rät Nils schulterzuckend und tippt eine Nachricht in sein Smartphone. Da er defekte Geräte sofort zum Reparaturservice gibt, kann er mir leider auch nicht weiterhelfen. Aber er bietet mir an, dass wir in einer Notsituation sein Handy benutzen können. Sei es, um den Weg herauszufinden oder um zu telefonieren. Er hat ja glücklicherweise seine Powerbank dabei.

Je länger wir gemeinsam wandern, desto unruhiger schlafe ich nachts. Bei dem leisesten Geräusch erwache ich, liege anschließend stundenlang wach und lausche in die Stille. Der Schlaf ist kein erholsamer und von Tag zu Tag merke ich, dass ich nervöser werde. Dennoch werde ich jeden Tag zu meiner gewohnten Uhrzeit wach und beginne mein Morgenprogramm.

»Sarah?« Von weit weg, höre ich Nils‘ aufgeregte Stimme. »Sarah?«

Ich fühle mich gestört. Er soll mich in Ruhe lassen. Ich brauche Schlaf. Viel Schlaf. Soll er doch alleine weiterwandern und mich schlafen lassen. Ich stoße seinen Arm weg, der an mir rüttelt. Meine Augen sind so schwer, dass ich sie nicht öffnen kann. Mein Kopf droht jeden Moment zu zerspringen, meine Gliedmaßen fühlen sich an wie aus Blei, mein Mund ist staubtrocken. Meine Gedanken sind aus Zuckerwatte und ich wünsche mir nichts weiter, als den restlichen Tag zu schlafen. Schlafen, immer weiter.

Etwas berührt meine Wange. Wieder und wieder. Sanft wie ein Wattebausch. »Sarah?« Nils‘ Stimme klingt verzerrt. Ich zwinge mich, die Augen zu öffnen, da ich spüre, dass er keine Ruhe geben wird.

Über mir schwebt seine verzerrte Fratze. Grinsend. Verschwommen.

Ich schließe die Augen. Öffne sie wieder. Schließen. Öffnen. Er verschwimmt weiterhin vor meinen Augen und lacht merkwürdig blechern. Das sanfte Klopfen auf meiner Wange lässt nach. Seine Hand nähert sich mir in Zeitlupe. Sie ist verschwommen, wie der Rest von ihm. Er streichelt über meinen Kopf und zieht ihn vorsichtig wie auf Wolken nach hinten. Ich blinzle immer weiter, verärgert, denn meine Lider sind so unglaublich schwer. Warum lässt er mich nicht schlafen. Ich schließe die Augen, spüre, wie der Schlaf mich verlockend einhüllt. Wie eine Feder streicht etwas über meinen Hals, liebkost mich, wärmt mich, verspricht mir, dass ich weiterschlafen darf, zieht mich hinab in die süße Schwere der Dunkelheit.

Ich erwache zu meiner gewohnten Uhrzeit. Zwei Minuten vor dem Weckerklingeln. Mein Mund ist merkwürdig trocken und ich krame in meinem Rucksack nach der Wasserflasche. Finde sie und stürze das angenehm kühle Nass fast vollständig hinunter. Ich kann die Flasche später im Bach neu befüllen. Mein Schädel brummt, meine Glieder sind schwer. Ich fühle mich unglaublich müde, doch es ist an der Zeit, aufzustehen und mein morgendliches Programm zu absolvieren.

Entweder hat ein fieser Muskelkater von meinem Körper Besitz ergriffen oder ich brüte eine Grippe aus. Beides unwahrscheinlich. Die Wanderung verlangt meinem Körper weniger ab, als mein Alltag, in dem ich die Strecken, die wir täglich wandern, abends doppelt und dreifach renne. Außerdem habe ich seit annähernd einer Woche niemanden außer Nils gesehen. Wo sollte also der Virus herkommen?

Schlapp hüpfe ich meine Hampelmänner und beginne dann mit den Liegestützen. Der Waldboden fühlt sich vertraut an. Trotz der Minusgrade legt er sich sanft um meinen Handballen und ich bemerke kaum, dass sich Steinchen und Zweigchen hineinbohren. Meine Nasenspitze berührt beinahe den Boden und ich atme den geliebten Geruch nach Erde, Gras und Wald ein. Nach der Hälfte stoppe ich und ruhe mich kurz aus. Die frische Luft arbeitet meinen Kopfschmerzen entgegen, verdrängt sie und ich bin zuversichtlich, dass mich die Zeit im Wald bis zum Abend vollständig regenerieren wird. Ich rapple mich auf, beiße die Zähne zusammen und starte mit der zweiten Hälfte der Liegestütze.

Als ich mit den Liegestützen fertig bin, hocke ich mich frustriert mit dem Rücken gegen einen Baum. Normalerweise kommen die Sit-ups direkt im Anschluss. Ohne Unterbrechung. Heute fühle ich mich dazu zu schlapp. Ich schließe die Augen, atme tief ein und aus. Der Traum der vergangenen Nacht schiebt sich vor meine Gedanken. Er ist nicht vollständig greifbar. Ein Chaos von Schwere und Zuckerwatte, Nebel und Blei. Ich kann nicht einordnen, was mein Unterbewusstsein mir sagen möchte.

Rascheln. Der Reißverschluss vom Zelt wird hektisch aufgerissen und Nils' Kopf erscheint in der Öffnung. Mit großen Augen starrt er mich stumm an.

»Welchen Geist hast du gesehen?«, frage ich ihn amüsiert und rapple mich hoch.

»Das … du …«, stammelt er und hebt die Hand an seinen Hals.

Ich tue es ihm gleich und zucke zusammen, als meine Hand die Haut berührt. Ein Schnitt. Sonderlich tief kann er nicht sein, denn ich fühle den Schorf. Außerdem stehe ich noch hier.

»Das Zelt …«, stammelt er weiter. »Was ist passiert?«

Ich habe keine Erklärung. Was möchte er mir mit dem Zelt sagen? Auch wenn der Schnitt nicht tief ist, so ist er doch lang. Er erstreckt sich vom Kinn bis zum Brustbein. Ich kann mir nicht im Geringsten erklären, wo er herkommt.

»Das Zelt ist voller Blut«, beendet er endlich seinen Satz. »Ich dachte … du wärst fort.« Er verlässt das Zelt, stürzt auf mich zu und schließt mich in seine Arme.

Kraftlos drücke ich ihn von mir weg. Die Nähe ist mir zu viel, auch wenn ich jetzt die Antwort darauf habe, weshalb ich mich so schlapp fühle. Er ignoriert meinen leidigen Versuch und vergräbt sein Gesicht in meinen Haaren. »Was machst du denn für einen Scheiß?«, flüstert er den Tränen nahe. Ich kann deutlich spüren, dass ihn die Situation mitnimmt. Trotzdem bin ich verwirrt. Wo kommt das Blut her?

Wo meine Verletzung? Habe ich sie mir selbst im Schlaf zugefügt?

Ich trage mein Klappmesser nachts definitiv bei mir. Ob Nils überhaupt ein Messer mit sich führt, ist mir nicht bekannt. Zumindest habe ich keins gesehen, als ich seinen Rucksack in meinem Zimmer ausgeleert habe. Hätte er mir etwas antun wollen, hätte er aus den Seilen eine Schlinge gebastelt und mich erwürgt. Allerdings hätte er dazu an mir vorbeikommen müssen. Mein Schlaf ist derart leicht, dass ich aufgewacht wäre, wenn er sich mir nachts genähert hätte. Wie sehr ich auch darüber nachdenke, komme ich doch immer wieder zu dem Schluss, dass ich mir die Verletzung nur selbst zugefügt haben kann. Ob es mit dem merkwürdigen Traum zu tun hat?

Schweigsam löse ich mich von Nils und beginne mit den Sit-ups. Langsam nur, auch wenn ich jetzt weiß, weshalb ich heute nicht meine gewohnte Leistung erbringe. Er sieht mir zu, seufzt und beginnt, das Frühstück vorzubereiten.

Als ich mein Sportprogramm beendet habe, krieche ich in das Zelt, um den Schlafsack zusammenzurollen und alle meine Dinge in dem Rucksack zu verstauen. Da sehe ich, was Nils meinte: Meine Schlafseite wird beinahe vollständig von dunklen, getrockneten Flecken bedeckt. Was ich für einen kleinen Kratzer gehalten habe, muss doch deutlich stärker geblutet haben. Ich kann mir keinen Reim darauf machen. Der Sport hat alle Gedanken aus meinem Kopf vertrieben bis auf die eine, alles dominierende Frage: Was ist passiert?

Der Traum ist so vage und verschwommen, dass er mir keine Antwort liefert. Vielleicht ist er auch einfach das, was er ist: ein Traum. Vielleicht habe ich einfach schlecht geträumt und mich dabei selbst verletzt. Vielleicht habe ich im

Traum gekämpft, mich gewehrt. Einem Wildschwein die Kehle aufschlitzen wollen. Was auch immer es war: Ich werde die Antwort nicht herausfinden und deshalb benötige ich die Frage nicht mehr in meinem Kopf.

Dennoch schiebt sie sich immer wieder in mein Bewusstsein. Beim Frühstück, das ich heute doppelt so gründlich untersuche wie sonst, beim Zeltzusammenpacken und schließlich auf dem weiteren Weg nach Hause. Ich sehne mich so sehr danach, heimzukommen und meine ganze Familie heil und gesund vorzufinden. Doch ich weiß, dass es nicht mehr als ein Wunsch ist. Wenn ich diese Situation wirklich heraufbeschwören möchte, muss ich vorher aktiv werden.

Es ist ein schweigsamer Tag. Für mich. Als wir weiterwandern, hänge ich in meinen Gedanken fest. Umso länger wir wandern, desto mehr verschwindet der Nebel, der mich zuvor eingehüllt hatte. Auch die Kopfschmerzen lassen nach.

Nils akzeptiert, dass mir nicht nach Reden zumute ist, doch er wirft mir andauernd Blicke zu und denkt, ich bekomme es nicht mit. Neugier, Unsicherheit, Angst und gelegentlich ein Grinsen. Es ist mir zu anstrengend, etwas hineinzuinterpretieren, also lasse ich es bleiben.

Mittags hält er es nicht mehr aus. Als wir beim Essen sitzen, sprudelt es nur so aus ihm hervor. Er redet über Gott und die Welt, möchte mich von meinen düsteren Gedanken befreien. Ich antworte einsilbig bis gar nicht und schiebe mir weiter die Früchte des Waldes in den Mund. Zum Jagen hatte ich heute keinen Elan aufbringen können, deshalb müssen wir uns mit dem Begnügen, was Nils und ich gesammelt haben. Kein Fisch, kein Fleisch. Auch wenn es Nils schwerfällt, kritisiert er das Essen nicht.

Er seufzt. Alle unverfänglichen Themen hat er bereits angesprochen. Plötzlich grinst er. »Wir müssen unserer Liste noch einen neuen Punkt hinzufügen, was beim Zelten alles passieren kann.« Er sieht mich auffordernd an, als ich mir eine Handvoll Sauerklee in den Mund schiebe und aufschaue. »Du könntest dich selbst im Schlaf erstechen.«

Nachdem er den ganzen Tag versucht hat, mich von diesem Thema abzubringen, tut es gut, direkt damit konfrontiert zu werden. Meine Mundwinkel zucken und man könnte fast sagen, dass ich lächle.

»Dann wärst du ganz schön am Arsch«, bemerke ich und er schaut mich fragend an. »Jeder würde natürlich dir die Schuld in die Schuhe schieben.«

Nils legt die Stirn in Falten. »Dann müsste ich deine Leiche verschwinden lassen«, überlegt er. »Bei dem gefrorenen Waldboden wird das bestimmt gar nicht so einfach, dich zu vergraben.«

»Das sollte so schwer nicht sein«, erwidere ich kauend. »Du isst mich einfach und schlägst so zwei Fliegen mit einer Klappe: Kein Jagen und die Knochen lassen sich leichter verbuddeln.«

Schockiert sieht er mich an. »Ich soll dich essen?« Der Ekel ist ihm ins Gesicht geschrieben.

»Als ob es einen Unterschied macht, Kaninchen oder Menschen zu essen«, gebe ich zurück. Ich denke, dass in einer Notsituation fast jeder zum Kannibalen werde. Die Frage ist nur, wann sich eine Person in einer Notsituation befände. »Die Grenze ist bloß in deinem Kopf und wenn du es schaffst, dir die Vorteile davon einzureden, bist du klar im Vorteil.«

Nachdenklich sieht er mich an. »Ich bin mir nicht sicher, ob ich mich in deiner Gesellschaft weiterhin wohl fühle.« Er lacht trocken auf, doch ich merke ihm an, dass er meine Gesellschaft genießt und froh ist, dass ich endlich wieder aus mir herauskomme. »Du kennst doch bestimmt noch mehr Arten, eine Leiche verschwinden zu lassen.«

»Du könntest mich einfach weit genug in den Wald hineinziehen und liegen lassen. Solange mich keiner vermisst, wird keiner nach mir suchen und es ist höchst unwahrscheinlich, dass jemand im Naturschutzgebiet von den Waldwegen abgeht. Die Hauptnutzer der Wildnis sind Jogger, Gassigänger und Wanderer. Ab und an Fahrradfahrer. Keiner von denen hat einen Grund, in den Wald zu gehen. Bis zur Pilzsaison wüsste niemand mehr, dass wir gemeinsam im Wald waren.«

Nils kneift die Augen zusammen. »Mit wem hast du darüber geredet, dass wir hier sind?« Es wirkt misstrauisch.

Jetzt ist es an mir, zu grinsen. »Ich habe meinem großen Bruder erzählt, dass ich so nen Typen von der Uni mitnehme. Und falls ich nicht zurückkomme, wird er dich bis in alle Ewigkeiten verfolgen.«

Nils zieht seine Augenbrauen hoch und lacht. »Du spinnst doch!« Er erhebt sich von dem zusammengerollten Schlafsack und packt seine Sachen zusammen. Ich tue es ihm gleich.

Die Pause hat mir gutgetan. Ich fühle mich vollständig erholt und bereit, Bäume auszureißen. Der Schreck des Morgens ist – wenn auch nicht vergessen – zumindest verdrängt.

Zwei Tage noch, bis wir mein Elternhaus erreichen. Dann ist dieser nervenaufreibende Trip vorbei, ich kann wieder meiner Wege gehen und mich in Ruhe auf die Suche nach Hannah vorbereiten. Ruhe. Das ist es, was ich brauche. Es ist die einzige Erklärung, die ich für den nächtlichen Vorfall habe. Ich brauche dringend Ruhe, Stille und Einsamkeit.

Es tut mir leid für Nils. Er hat sich von der Woche mehr versprochen und das Gegenteil erreicht. Ich mag ihn. Nicht so sehr, dass ich ihn in mein Leben lassen möchte, aber er ist ein korrekter Mensch und achtet bestmöglich auf meine Komfortzone.

»Also hast du einen Bruder, ja?« Nils grinst über die zusätzliche Information, die ich ihm vorher verwehrt habe. »Einen Bruder, eine Schwester. Richtig?«

»Drei Brüder«, korrigiere ich ihn und beobachte amüsiert, dass seine Augen größer werden.

»Drei Brüder?« Er schüttelt lachend den Kopf und ich bin ein wenig stolz auf meine Brüder.

Ich lege den Zeigefinger auf die Lippen und halte Nils am Arm fest. Lautlos lasse ich den Rucksack von der Schulter gleiten und ziehe ebenso unhörbar mein Gewehr aus dem Rucksack. Sein Gemüse kann Nils heute alleine essen. Ich will das Eichhörnchen.

Kapitel 9

Ich wache in völliger Dunkelheit auf und spüre schlagartig, dass etwas nicht stimmt. Hauptsächliches Indiz ist, dass es nicht meine Uhrzeit ist. Ich taste nach dem Gewehr und setze mich ruckartig auf.

»Autsch!« Wir schreien es beide gleichzeitig und ich schalte die Stirnlampe an. Nils hockt neben mir, reibt sich mit schmerzverzerrtem Gesicht die Nase und schaut mich aus weit aufgerissenen Augen an. Er muss direkt über mir gehockt haben, sodass ich mit meinem Kopf gegen ihn gestoßen bin.

»Was wird das?«, brülle ich ihn an. »Habe ich dir nicht ganz klar verständlich gemacht, dass du dich nachts von mir fernhalten sollst?« Der Schreck sitzt mir in allen Gliedern. Was hätte er getan, wenn ich nicht erwacht wäre? Hat er es auf mein Gewehr abgesehen? Hat er mich gewaltsam nehmen wollen, da er nicht so beherrscht ist, wie er immer vorgibt zu sein? Hat er sich mir nähern wollen, in der Hoffnung, dass ich mich schlaftrunken auf ihn einließe? Ich bin stinksauer und der Teufel auf meiner Schulter flüstert mir ganz leise die Erinnerung des vergangenen Morgens ins Ohr. Was, wenn doch Nils der Verursacher meiner Verletzung war?

Es mildert meine Wut, dass er sich mit kreidebleichem Gesicht immer weiter die Nase reibt und am ganzen Körper zittert. So sieht kein Psychopath aus und ich schäme mich, so von ihm zu denken. Wenn er mir etwas hätte antun wollen, hätte er längst die Zeit dafür gefunden. Je schneller, desto besser, denn dann hätte er getrost den Rest des Ausflugs wegfallen lassen können.

»Ich glaube, meine Nase ist gebrochen«, bringt er mühsam hervor.

»Zeig her«, sage ich unwirsch und wische seine Hand zur Seite. Seine Nase ist geschwollen, sitzt aber gerade. Ich weiß, dass das einen Bruch nicht ausschließt. Rote Flecken bilden sich unterhalb der Nase, laufen über seinen Mund, tropfen vom Kinn herab und ich greife hastig nach meinem Rucksack, um ihn mit Taschentüchern zu versorgen. Mist. Es ist die vorletzte Nacht. So kurz vorm Ziel den Ausflug abzubrechen, ist nicht in meinem Sinne.

Nils nimmt die Taschentücher entgegen, verkriecht sich wieder in seinem Schlafsack und dreht sich von mir weg. Ich bleibe ratlos sitzen. Was erwartet er von mir? Was ist angebracht in der Situation?

»Nils?«, frage ich zögerlich in die Dunkelheit. Es tut mir leid, dass ich ihn angebrüllt habe, aber er schafft es seit Beginn unserer Tour, mir regelmäßig eine Heidenangst einzujagen und mein Nervenkostüm ist mittlerweile mehr als flatterhaft. Ob es an der ungewohnten Gesellschaft eines Menschen liegt, weiß ich nicht, aber ich habe langsam das Gefühl, paranoid zu werden.

Er antwortet nicht. Ich richte die Stirnlampe auf seinen Rücken, greife sanft nach seiner Schulter. »Nils?«

Ein unwirsches Brummen ertönt unter dem Taschentuch, das er sich noch immer auf die Nase presst.

»Was war los?« Es muss eine Begründung dafür geben, dass er mir nachts so nahe kommt. Ich will ihm zumindest eine Chance geben, sich zu erklären, bevor ich ihn verurteile.

»Ich konnte nicht schlafen«, brummt er. »Ich dachte, ich hätte etwas gehört und wollte schauen, ob du auch wach bist.«

Er hatte ganz offensichtlich Angst gehabt. Wegen der vergangenen Nacht? Kein Grund für mich, in Panik zu geraten, denn es ist nicht die Natur, vor der ich Angst hatte. Das einzige, was mir Angst einjagt, sind – andere Menschen.

»Es tut mir leid, Nils!« Ich durchforste fieberhaft meinen Kopf danach, wie ich es wiedergutmachen kann, denn ganz offensichtlich bin ich in diesem Szenario die Psychopathin. Verletze mich, verletze ihn. Er hat Hilfe bei mir gesucht und ich habe ihm eine blutige Nase verpasst. Oder hat er mich davor bewahren wollen, dass ich mich wieder selbst verletze?

Ich sinke zurück in meinen Schlafsack. Das ihm zugewandte Gesicht lehne ich unbeholfen gegen seinen Rücken und schlinge meinen Arm um ihn. Er zittert noch immer, obwohl es im Zelt nicht kalt ist. Ich hoffe, dass er keinen Schock hat und hier draußen wegstirbt. Noch näher rutsche ich an ihn heran und versuche ihn zu wärmen. Er lässt es zu, macht aber nicht den Eindruck, als lege er viel Wert darauf. Es sind noch drei lange Stunden bis zum Morgengrauen. Ich hoffe, dass er bald einschläft, weil mein schlechtes Gewissen dann hoffentlich nachlässt. Für mich ist die Nacht eh vorbei. Ich weiß, dass ich die nächsten Stunden wach liegen werde. Mein Adrenalin-Level ist zu hoch, um schlafen zu können. Ich habe jemanden unbeabsichtigt verletzt, liege zum ersten Mal in meinem Leben dicht an einen Mann gedrängt und mache mir Gedanken darüber, ob er tatsächlich so harmlos ist, wie er sich gibt, oder ob er mich nur manipuliert und es auf genau diese Situation angelegt hat.

Unwirsch schelte ich mich selbst. Welcher Mann lässt sich freiwillig verletzen für die Umarmung einer Frau, deren Zuneigung er nicht sicher ist? Es ist abwegig.

Ich schließe die Augen und lausche auf seinen Atem. Auch er scheint nicht einschlafen zu können. Sein Herz klopft wild und er atmet schwer. Ich hoffe, dass seine Nase nicht gebrochen ist. Er ist nicht der Typ dazu, sie sich von mir im Wald wieder richten zu lassen.

Ich muss trotz meiner Prognose wieder eingeschlafen sein, denn ich erwache zu meiner üblichen Zeit. Zwei Minuten vor dem Weckerklingeln.

Nils hält im Schlaf meine Hand. Er sieht friedlich aus. Wie konnte ich ihm böse Absichten unterstellen?

Ich entziehe ihm die Hand und schleiche mich aus dem Zelt. Auch wenn ich keine Lust habe, absolviere ich wie auf Autopilot mein allmorgendliches Sportprogramm. Ich weiß, dass es an den Tagen, an denen man keine Lust hat, umso wichtiger ist.

Als ich fertig bin, ziehe ich mein Handy aus der Tasche. Noch immer kein Empfang. Es beunruhigt mich, weil ich sonst in diesem Teil des Waldes immer Empfang habe. Mal besser, mal schlechter, aber nie gar nicht. Und es beunruhigt mich, weil ich so dringend einen Rat brauche. Sascha weiß immer für alles eine Lösung. Er könnte mir sagen, wie ich mit meinen inneren Kämpfen umgehen sollte.

Schweren Herzens ziehe ich mich um und begebe mich in den Wald, um uns Frühstück zu beschaffen. Ich muss an Nils‘ fast kindliche Freude denken, wenn er Blätter, Wurzeln und Beeren gesammelt, ohne sich dabei zu vergreifen. Mittlerweile stört er sich auch nicht mehr so sehr an dem Unkraut, wie er es anfangs genannt hat. Er ist ein guter Schüler und hat sich beinahe auffällig unproblematisch in die Wildnis eingefügt. Als wäre er ein erfahrener Naturbursche.

Als ich zurück zum Zelt komme, schläft Nils noch. Das Zelt liegt unverändert vor und ich gebe mir Mühe, ihn nicht aufzuwecken. Leise bereite ich unser Frühstück vor, koche das Bachwasser ab. Schnee habe ich schon seit einigen Tagen nicht mehr gesehen.

Als das Frühstück fertig ist, stehe ich ratlos vor dem Zelt. Ich will Nils nicht wecken, doch ich weiß auch nicht, was ich tun soll, bis er von alleine aufwacht. Ich sammle ein wenig totes Holz von den umliegenden Bäumen, schichte es zu einer Pyramide auf und entzünde ein Feuer. Das Prasseln der Flammen und Knistern der Zweige mischt sich mit dem Zwitschern der Vögel. Bald kommt der Frühling. Sie singen davon.

Ich knie mich auf den Boden und stochere mit einem kleinen Zweig in den Flammen. Die ganze vertrackte Situation läuft wie ein Film vor meinem inneren Auge ab. Nils, der sich mit seinem schönen Lächeln bei mir beliebt machen möchte, der kein Nein akzeptieren kann und so lange neben mir sitzenbleibt, bis ich einwillige, ihn zu diesem Ausflug mitzunehmen. Ich hätte vehementer darauf bestehen müssen, dass er sich von mir fernhält. Ich hätte mich auf einen anderen Platz setzen können. Mich nicht von ihm nerven lassen. Mir den Unterrichtsstoff einfach zu Hause aneignen. Es hätte so viele Möglichkeiten gegeben, ihm aus dem Weg zu gehen.

Das Schlimmste ist, dass ich von vornherein wusste, dass der gemeinsame Ausflug mit Nils nicht gutgehen wird. Ich bin kein Mensch, der sich in der Gesellschaft anderer wohlfühlt. Ich habe keinen Freundeskreis, keine beste Freundin, keinen festen Freund. Weil ich es nicht will. Die einzigen

Menschen, die ich in meiner Umgebung akzeptieren kann, sind Paps und Hannah.

Sascha kommt mir in den Sinn. Auch wenn er nie verstanden hat, warum ich anders bin, als andere Menschen, hat er sich doch immer Mühe gegeben, mir meine Freiräume einzuräumen und dafür Sorge zu tragen, dass sich auch andere daran halten. In seinen Augen stand oft die Frage nach einer Erklärung und doch kam diese Frage kein einziges Mal über seine Lippen. Wenn ich mit der Pistole auf der Brust eine Person benennen müsste, der ich blind vertraue, so wäre es Sascha.

Er hat nicht einmal nachgefragt, als ich ihm erzählte, dass ich in diesem Jahr nicht alleine die Wildnis unsicher mache. Und vielleicht war das der Fehler. In meinem Herzen wusste ich, dass Nils nicht bei mir sein sollte. Nicht hier, nicht in meiner Zone. Ich hatte mir so sehr gewünscht, dass er zu pikiert wäre und von sich aus auf die gemeinsame Woche verzichtete. Keinen Moment habe ich daran gedacht, dass ich selbst in der Lage war, ihn von dem Ausflug auszuschließen. Es wäre besser für ihn, es wäre besser für mich. Und trotzdem hatte ich mich so verhalten, wie ich es so oft bei anderen Frauen kritisiere: Der Mann sagt, die Frau fügt sich und springt.

Hätte ich auf Saschas Zweifel gehört, wenn er sie mir gegenüber geäußert hätte? Wahrscheinlich nicht. Ich hätte ihn in den Oberarm geboxt und ihn darauf hingewiesen, dass ich mich zu wehren wisse. Ganz freundlich natürlich.

Vielleicht sollte ich, bevor es nicht bei den harmlosen Verletzungen bliebe, meine Sachen packen und gehen. Ich kann für nichts garantieren. Wer weiß schon, was in der kommenden Nacht passieren wird?

Je länger ich darüber nachdenke, desto sinnvoller erscheint mir das Idee, die langsam in meinem Kopf Fuß fasst. Nils wird alleine aus der Wildnis herausfinden, wenn ich fort bin. Die Weite der Unberührtheit ist mehr eine Illusion. Direkt hinter dem Wald liegen die nächsten Häuser. Zur Not hat er in den letzten Tagen gelernt, wie er sich allein durchschlägt. Vor Beginn des nächsten Semesters werden wir uns nicht über den Weg laufen. Keine peinlichen Erklärungen, kein Stress.

Bevor ich mein Vorhaben in die Tat umsetzen kann, öffnet sich der Reißverschluss vom Zelt. Nils tritt heraus. Seine Nase sitzt gerade, die Schwellung und das Hämatom sind aber nicht zu übersehen.

Er murmelt einen Gruß und setzt sich zu mir. Er ist ruhig, aber das ist nichts Neues. Ich ordne ihn in die Kategorie Morgenmuffel ein. Dennoch suche ich heute Morgen krampfhaft nach Themen, die ihn aufmuntern können, so wie er es tags zuvor mit mir getan hatte.

»Wie geht es deiner Nase?«, frage ich ihn, nachdem die krampfhafte Suche kein geeignetes Gesprächsthema ergeben hat.

Nils winkt ab und wächst in meinem Ansehen. Ich hatte ihn für eine Memme gehalten. »Gestern beim Frühstück dachte ich, meine größte Sorge ist, wie ich alleine aus dem Wald herausfinde, nachdem ich deine Leiche verscharrt habe. Heute bereue ich, keinen Selbstverteidigungskurs belegt zu haben.« Er zwinkert mir zu. »Ist schon verrückt, mit dir zusammen im Wald unterwegs zu sein. Da bekommt Survival eine ganz neue Bedeutung.«

Seine gute Laune ist ansteckend. Beinahe habe ich den nächtlichen Zwischenfall vergessen, als wir weiterwandern.

Wenn er mich nicht immer wieder daran erinnerte, dass ich versucht habe, ihn umzubringen.

Noch eine Nacht. Die allerletzte. Unbewusst fährt meine Hand zu der Verletzung am Hals. Der Schorf bohrt sich unangenehm in die Haut, wenn ich den Kopf drehe, ansonsten spüre ich die Verletzung nicht. Vielleicht sollte ich Nils bitten, mir nachts die Hände zu fesseln, damit ich keinen von uns verletzen kann. Ich schüttele den Gedanken ab. Es ist Quatsch. Ich bin doch nicht gemeingefährlich. Eher sollte ich mir Gedanken darum machen, was ich Nils sage, wenn wir das Haus erreichen. Ist er es wert, mein Verbündeter bei der Jagd zu sein? Ist das eine angemessene Entschuldigung dafür, dass ich ihm die Nase blutig geschlagen habe? Auf der anderen Seite bedeutet das auch, dass ich ihm nach unserer Rückkehr nach Berlin nicht wie geplant aus dem Weg gehen kann. Einen Verbündeten muss man in das gesamte Projekt mit einbeziehen.

Ein Partner erhöht die Gefahr, entdeckt zu werden, bevor man das Projekt zum Abschluss bringt. Auf der anderen Seite kann er einem in brenzligen Situationen beistehen. Für gewöhnlich gerate ich jedoch nicht in brenzlige Situationen, wenn ich alleine bin. Schwarz – weiß. Ja – nein. Richtig – falsch. Was ist die Antwort auf diese Frage? Warum lerne ich nicht so etwas an der Uni? Warum kann ich nicht berechnen, was das Richtige ist?

Ich nehme meinen Mut zusammen und schaue Nils an. »Ich möchte mit dir über Hannah reden.« Meine Stimme hört sich kratzig an. Noch verrosteter als sonst.

In seinem Blick flackert für den Hauch einer Sekunde etwas auf, das ich nicht zu deuten weiß. Dann Verwunderung. »Hannah?«

Ich nicke und erzähle ihm dann zögerlich meine Geschichte. Kein Wort kommt über seine Lippen. Sein Gesichtsausdruck ist undeutbar. Dunkle Wolken ziehen während meiner Erzählung auf, das Singen der Vögel wird bedrückter. Spätestens in ein, zwei Stunden wird es regnen. Die Art von Regen die sich festsetzt und tagelang bleibt. Ich führe meine Erzählung fort, während es sich immer weiter zuzieht und dunkler wird. Die perfekte Untermalung meiner Geschichte.

»Das ist hart«, entfährt es Nils kopfschüttelnd, nachdem ich geendet habe. »Das erklärt, warum du dich so sehr vor anderen Menschen zurückziehst.« Er blickt mich an und lächelt. »Dennoch bin ich sehr froh, dass ich dich bedrängt habe, mich mitzunehmen. Auf keinem anderen Weg hätte ich dich so gut kennengelernt wie hier.«

»Ich will mich auf die Suche nach Hannah machen«, erzähle ich weiter und Nils bleibt abrupt stehen.

»Du willst was?« Er starrt mich mit großen Augen an, als habe er sich verhört. »Es ist zwölf Jahre her, dass sie verschwunden ist. Wo willst du anfangen zu suchen?«

»Mein Vater hatte eine Spur.« Ich kralle mich in seinen Jackenärmel und ziehe ihn weiter. Solange wir nicht stehenbleiben, fällt es mir leichter, mit ihm über mein größtes Geheimnis zu reden. »Irgendwo im Haus müssen Aufzeichnungen sein.«

»Und das ist der Grund, weshalb wir dorthin wandern«, kombiniert er folgerichtig. Er nickt. Tief in Gedanken versunken. Ich kann es ihm nicht verübeln. Solch eine Geschichte erwartet niemand und ich bin mir nicht sicher, ob er mir glaubt oder mich nun vollends als Verrückte abstempelt. »Möchtest du, dass ich dir dabei helfe?«

Ich nage an meiner Unterlippe und hole tief Luft. Dann nicke ich und schaue ihn fragend an.

»Wenn es dein Wunsch ist, werde ich dich dabei unterstützen.« Er wirkt fest entschlossen und stolz, dass ich ihn gefragt habe. Und ein kleines bisschen so, als freue er sich auf die Jagd. »Es wird mir eine Ehre sein!«

Den restlichen Tag über frage ich mich, ob es die richtige Entscheidung gewesen war. Ich hatte morgens beschlossen, meinen Weg ohne Nils fortzusetzen, und nun habe ich ihn noch enger an mich gebunden. Schwarz – weiß? Ja – nein? Richtig – falsch? Der Teufel auf meiner Schulter schreit, ich solle die Beine in die Hand nehmen und rennen. Ein Mensch in meiner Umgebung? Das konnte nicht gutgehen.

Nils hat viele Fragen. Warum ich sicher sei, Hannah zu finden. Auch wenn er es nicht direkt ausspricht, geht er wohl davon aus, dass sie nicht mehr am Leben ist. Was ich tun möchte, wenn sie gar nicht nach Hause wolle. Wenn es ihr gutginge, dort, wo sie jetzt war. Was ich tun möchte, wenn sie von jemandem festgehalten werde, gegen den ich nicht die geringste Chance hätte. Fragen über Fragen. Fragen, auf die ich oft selbst keine Antworten hatte. Ich spüre nur ganz tief in mir, dass ich schon wisse, was zu tun sei, wenn es an der Zeit wäre. Bislang hatte mich mein Bauchgefühl nie im Stich gelassen, doch seit ich mit Nils unterwegs war, weiß ich oft nicht, woran ich bin. Vielleicht kehrt mein Urinstinkt zurück, wenn ich ihn als Verbündeten ansehe und mir nicht pausenlos überlege, ob er nun Freund oder Feind ist.

Ich lasse alle seine Fragen auf mich einprasseln und versuche, sie nach bestem Wissen und Gewissen zu beantworten, wobei ich gnadenlos ehrlich bin und auch nicht davor zurückschrecke, mich selbst den ungeschönten Wahrheiten auszusetzen. Er wirkt ehrlich interessiert und das Teufelchen ignorierend denke ich, dass es eine gute Wahl gewesen war, ihn einzuweihen.

Wieder einmal liege ich nachts wach und lausche dem Gesang der Hausrotschwänze und Drosseln. Alle anderen Vögel schlafen noch, also ist es ungefähr eine Stunde vor dem Sonnenaufgang bzw. meinem Weckerklingeln. Der Regen hat nachgelassen.

Ich lerne aus meinen Fehlern und so greife ich erst nach der Stirnlampe und schalte sie an, bevor ich mich ruckartig aufsetze. Heute ist die Vorsichtsmaßnahme nicht notwendig. Das Zelt steht weit offen. Von Nils fehlt jede Spur.

Kapitel 10

Ich greife nach Messer und Gewehr und überschlage kurz im Kopf, welche Dinge ich sonst noch benötige. Da ich nicht weiß, welche Situation mich erwartet, beschließe ich, alles mitzunehmen, was für einen Notfall hilfreich ist und alles Überflüssige hierzulassen. Wechselkleidung, leere Trinkflaschen, Beutel zum Nahrungsammeln fliegen aus meinem Rucksack. Alles, was ich für Erste Hilfe oder zur Verteidigung brauche, bleibt. Ich schlüpfe in meine Stiefel, lasse das Messer diesmal jedoch griffbereit in meiner Jackentasche eng am Körper. Als ich das Zelt verlasse, blicke ich mich um. Nirgendwo der Schein von Nils' Taschenlampe, keine Wortfetzen, kein Hinweis darauf, dass sich im näheren Umkreis ein weiterer Mensch außer mir befindet.

Nils' Stiefel stehen nicht vor dem Zelt. Das heißt, er hatte genug Zeit, sie anzuziehen, bevor er sich vom Zelt entfernt hat. Er ist freiwillig fortgegangen. Ich fühle mich verraten. Ich habe ihm mein Innerstes offenbart, doch wer kann es ihm verdenken, dass er so geschockt ist, dass er heimlich das Weite sucht.

Ich richte meine Stirnlampe auf den Boden. In dem Schlamm, den der Regen hinterlassen hat, sind die Fußabdrücke gut sichtbar, die von dem Zelt weg mitten in den Wald führen. Ist er zu dem gleichen Schluss wie ich gekommen, dass es einfach für uns beide besser ist, wenn ich mich von anderen Menschen fernhalte? Dass es zwingend notwendig ist, dass ich mein Ding allein durchziehe?

Die Wolken lichten sich und der Vollmond wirft seinen goldenen Schein zwischen den licht stehenden Bäumen auf den nebelumwobenen Waldboden. Ich schalte die Stirnlampe aus. Solange ich nicht weiß, woran ich bin, will ich meinen Gegenüber sehen, bevor er mich sieht.

Nahezu lautlos schleiche ich Nils' Spuren hinterher. Jemanden, der im Wald aufgewachsen ist, würde ich nicht überraschen können. Dazu bin ich zu sehr aus der Übung. Ein Stadtkind, das Straßenlärm und das Gemurmel der Stadt gewohnt ist, wird mich nicht bemerken, bis ich vor ihm stehe. Nacheinander melden sich Rotkehlchen, Amsel, Goldammer und Mönchsgrasmücke zu Schnabel und verraten mir, wie lange ich ungehört durch den Wald schleiche. Immer mehr Vögel erwachen und die ersten Schimmer der Sonnenstrahlen erlösen den Himmel von seinem blauschwarzen Nachtgewand.

Wortfetzen mischen sich mit dem Getschilpe und ich weiß, dass ich Nils erreicht habe. Wäre ich in einem schlechten Film, würde mein Herz so laut schlagen, dass er es hörte, doch die Jagd hat mich gelehrt, in aufregenden Situationen ruhig zu bleiben. Ich weiß, dass ich gut darin bin. Die Welt könnte untergehen, ohne dass ich mit der Wimper zucke.

Durch die Bäume hindurch sehe ich Nils. Wieder steht er mit dem Rücken zu mir. Wieder telefoniert er.

»Schwester … glaubt nicht, dass sie tot ist … finden«, höre ich. Es ist schwierig, sich hinter einem Baum zu verstecken und trotzdem verstehen zu wollen, was Nils sagt. Vieles geht im Vogelgezwitscher unter.

Ich fühle mich verraten. Mehr als zuvor. Wieso erzählt er weiter, was ich ihm anvertraut habe. Selbst wenn er jemanden um Hilfe bitten würde, hätte er es nicht zuvor mit mir besprechen müssen? Ich bin bei weitem nicht die richtige Ansprechpartnerin für gesellschaftliche Gepflogenheiten, aber das wäre etwas, was ich voraussetze, wenn ich jemandem etwas Privates anvertraue.

Enttäuscht drehe ich mich um, bereit, meinen Weg nun allein fortzusetzen. Nils ist nicht der richtige Partner für mich, wenn ich mich auf die Jagd mache. Soll er doch zusehen, wie er alleine aus dem Wald herausfindet. Mich braucht er anscheinend nicht.

Laut zerbricht ein Ast unter meinen Füßen. Die Enttäuschung hat mich unvorsichtig werden lassen. Schlagartig verstummt Nils' Stimme und ich gehe hinter einem dicken Baumstamm in Deckung.

»Sarah?« Obwohl er ruft, klingt seine Stimme gedeckt, als wolle er mich nicht aufwecken, wenn ich nicht sowieso schon erwacht wäre. »Sarah?« Dieses Mal schreit er es aus voller Kehle in meine Richtung. Fluchen. Knackende Äste. Immer näher bei mir, immer schneller.

Nils rennt an mir vorbei. Durch seine Hektik und die noch vorherrschende Dunkelheit bemerkt er mich nicht. Als er an mir vorbeigerannt ist, umrunde ich vorsichtig den Baum, sodass er wieder zwischen Nils und mir ist.

Wieder und wieder schreit er meinen Namen. Laut, vorwurfsvoll, verärgert. Er muss das Zelt erreicht haben, sehen, dass ich nicht mehr da bin. Lautes Poltern verrät mir, dass er unsere Ausrüstung durcheinanderwirft. Denkt er, ich hätte mich unter dem Campingkocher versteckt?

»Verdammte Scheiße, wo steckst du?«, brüllt er, doch er ist so weit entfernt, dass seine Stimme mich gerade so erreicht. Die Wut, die darin steckt, ist dennoch greifbar. Sie macht mir klar, was ich nicht wissen wollte: Wir sind keine Verbündeten, werden es niemals sein. Ich weiß nicht, auf welcher Seite er steht. Ich weiß nicht, was er vorhat. Aber mich beschleicht immer mehr das Gefühl, dass ich mich von ihm fernhalten sollte. Noch in der Uni hatte ich das Gefühl gehabt, ihm besser aus dem Weg zu gehen. Schwarz – weiß. Während unseres Ausflugs passierten regelmäßig Zwischenfälle, die mich an ihm zweifeln ließen. Ja – nein. Und jetzt weiß ich was zu tun ist. Richtig – falsch. So leise wie möglich entferne ich mich von dem Zelt und seinem wütenden Bewohner.

Er ist hinter mir her. Obwohl ich keinen waldfremden Laut höre, weiß ich es. Ich halte mich fern von den Wegen, laufe tief, tief im Wald. Immer wieder schaue ich auf mein Smartphone, doch ich habe keinen Empfang, kein Internet. Er muss es manipuliert haben. Bis zu unserer Abreise hat es problemlos funktioniert. Ich muss es einen Moment aus den Augen gelassen haben. Mir springt das Bild vor Augen, wie ich über seinem Rucksack hocke und ein überflüssiges Teil nach dem anderen herausfische. Das Telefon lag zu diesem Zeitpunkt auf meinem Schreibtisch, er saß auf dem Stuhl daneben. Natürlich hat er es manipuliert. Wie konnte ich nur so dämlich sein und darauf hereinfallen? Auch seine Fragen, wie man am besten eine Leiche im gefrorenen Wald versteckt, hätten mich misstrauisch machen müssen.

Ich erstarre mitten in der Bewegung. Meine Hand fährt an die Wunde, von der ich seit zwei Tagen denke, dass ich sie mir selbst im Schlaf zugefügt habe. Er muss es gewesen sein. Es ist nicht anders möglich. Seine großen Augen, als ich quicklebendig und nur ein wenig benommen, meinem Sport nachging. Als ob ich mich selbst verletzte. Es gibt vermutlich keinen zweiten Menschen auf der Welt, der einen so starken Überlebenswillen hat wie ich. Ich muss nicht nur für mich überleben, sondern auch für Hannah und Paps. Sie warten auf mich. Sie wissen, dass ich kommen werde. Ich darf sie nicht enttäuschen.

Ich schirme die Augen mit der Hand gegen die Sonne ab und ignoriere das Knurren meines Magens. Vier Wochen kann ich ohne Nahrung aushalten, dann werde ich den einen Tag ohne Frühstück und Mittagessen schon überstehen. Das Zelt habe ich zurückgelassen, führe nur die notwendigsten Dinge mit mir und renne, wann immer sich die Gelegenheit dazu bietet. So komme ich viel schneller als in den letzten Tagen voran und ich weiß, dass ich bald zu Hause bin. Schneller als gedacht. Deutlich schneller. Und allein. Der Teufel auf meiner Schulter lacht mich aus. »Ich habe es dir gesagt!«, flüstert er mir gehässig zu. Ich bin ein Einzelgänger. Sonst nichts. Gesellschaft anderer Menschen ist für mich ein Graus. War es immer, wird es immer sein.

Schritte.

Ich bleibe stehen und lausche. Nichts. Ich lausche weiter. Das kaum hörbare Knacken unter den Stiefeln eines Stadtmenschen, der versucht, sich im Wald unsichtbar zu machen.

Ich zwinge mich, flach zu atmen und ruhig zu bleiben. Er kann mir nichts anhaben. Das hier ist mein Revier. Bevor er mir etwas antun kann, bin ich ihm drei Schritte voraus. Und wenn er mir nichts antun, sondern einfach nur reden möchte – das ist nichts, was ich herausfinden möchte. Viel zu lang hat die gemeinsame Zeit angedauert. Jetzt müssen wir getrennte Wege gehen.

»Sarah!« Seine Stimme klingt nicht allzu weit entfernt, doch er wird mich zwischen den Bäumen nicht entdecken. Da bin ich mir sicher. Ich habe von einem Wald in Japan gehört, der als Selbstmordwald verschrien ist. Ob die Leute tatsächlich bewusst ihr Ende dort suchen, ist nicht gewiss, denn wer einmal die Wege verlässt, findet nicht mehr aus dem Wald heraus. Und auch diejenigen, die sich auskennen, finden bloß einen Bruchteil der Menschen, die in dem Wald verloren gingen.

Mein Wald ist nicht so groß wie jener in Japan und doch hat er mit ihm gemein, dass man sich hervorragend darin verstecken kann. Ich bezweifle, dass Nils in der Lage ist Spuren zu lesen. Vor allem, da ich mir Mühe gebe, keine zu hinterlassen. Äußerlich und innerlich still gehe ich in die Hocke und senke meinen Blick. Ich werde eins mit dem Wald und weiß, dass Nils mich nicht sehen wird, selbst wenn er direkt an mir vorbeiläuft. Lasse ich es darauf ankommen? Habe ich eine Alternative? Ich kann weglaufen, doch das würde so viel Lärm machen, dass ich ihm meinen Standpunkt definitiv verrate. Er ist zweifellos langsamer als ich, doch ich bin nicht scharf darauf, herauszufinden, um wie viel.

Im Vogelgezwitscher geht jeder meiner Laute unter. Das Schlagen meines Herzens – nein, es schlägt noch immer nicht laut hörbar bis zum Hals – und mein Atmen. Fest stehen meine Beine auf dem Boden. Es wäre fatal, das Gleichgewicht zu verlieren, wenn er direkt neben mir stünde.

Seine Stiefel kommen in mein Blickfeld.

Kapitel 11

Ich halte meinen Blick zwanghaft gesenkt und atme ruhig und still. Er sieht mich nicht. Er sieht mich nicht. Er sieht mich nicht! Ich rede es mir ein, obwohl sich seine Stiefel mir nähern. Still! Ruhig! Ich bin unsichtbar! Ich bin ein Baum, der stumm neben Seinesgleichen steht. Meine Wurzeln sind fest im Boden verankert. Ich konzentriere mich darauf, sie noch fester in den Boden zu drücken, das kühle Nass durch meine Wurzeln aufzunehmen und meine kahlen Äste der Sonne entgegenzustrecken, damit im baldigen Frühling viele Knospen …

Er dreht ab und verschwindet zwischen zwei Bäumen. Seine Schritte entfernen sich, werden leiser. Ich bleibe, wo ich bin.

»Bist du verletzt?« Die Wut ist aus seiner Stimme verschwunden, doch noch immer brüllt er. »Sarah! Ich will dir helfen!«

Ich konzentriere mich darauf, meine Wurzeln in den Boden zu strecken. »Fall nicht darauf herein«, sagt der Teufel auf meiner Schulter. »Wenn er dich in die Finger bekommt, dann war's das. Er hat es immer wieder versucht. Beim Fischen, mit dem Wasserschierling, als du geschlafen hast … Und er würde es jederzeit wieder tun.« Ich ignoriere die Stimme. Beide Stimmen. Nils' und die des Teufels, die wohl eigentlich meine eigene ist. Der gefräßige Treibsand der menschlichen Gesellschaft droht, mich in den Abgrund zu ziehen. Ich befehle ihm, still zu sein. Weder habe ich einen Beweis, noch eine Widerlegung, dass er mir schaden möchte.

Nils ist mittlerweile weit genug von mir entfernt, dass ich mich wieder aufrichte. Der Schlamm auf meiner Haut trocknet und ich widerstehe dem Drang, mich zu kratzen. Ich habe es gemeistert, obwohl die Tarnspiele mit Paps Jahre zurückliegen und ich vermute, dass er mich zu Motivationszwecken meist gewinnen ließ. Obwohl ich es nie in einer Gefahrensituation anwenden musste. Nur ein Zucken, ein Erschrecken, als die Stiefel vor mir auftauchten, der Verlust des Gleichgewichts, ein kurzes Heben des Kopfes, um zu schauen, ob er mich übersieht – eine Kleinigkeit hätte das Aus für mich bedeutet. Ich schicke ein stummes »Danke!« an Paps, wo auch immer er sich gerade befinden mag.

Es wurmt mich, dass Nils nun vor mir ist. Ich will mich nicht von ihm jagen lassen, nicht vor ihm weglaufen, aber ich möchte zu Hause sein, bevor er dort ist.

Langsam erhebe ich mich. Wie kann ich Nils überholen, ohne dass er mich bemerkt? Wenn ich erst einmal im Haus bin, kann ich mich verschanzen. Ich weiß nicht, ob das Telefon funktioniert. Es wurde nie abbestellt, von wem auch? Aber die Rechnungen wurden bestimmt seit Jahren nicht mehr bezahlt.

Ich folge Nils in einiger Entfernung. Entweder gibt er sich nicht Mühe, leise zu sein, oder er kann es einfach nicht. Ich tippe auf beides.

Die Gelegenheit, ihn zu überholen, bietet sich mir gegen Mittag. Er sammelt Pflanzen, schöpft Wasser aus einem Bach und setzt sich am Bachufer nieder, um Rast zu machen. Die Vögel zwitschern um die Wette und bieten mir die perfekte Geräuschkulisse, um von Nils weg zum Wanderweg zu schleichen. Langsam und ruhig, immer darauf bedacht, Bäume zwischen ihm und mir zu haben, nicht auf lose

Äste zu treten, sondern nur auf dichte Blätterhaufen oder Steine.

Ich bin so leise, dass ich mich nicht einmal selbst höre. Das jahrelange Training macht sich ausbezahlt und nun weiß ich, wofür ich das Waldleben von klein auf gelernt habe. Ich würde es gerne Nils erzählen. Er hatte mich nach dem Warum gefragt und jetzt liefert er die Antwort. Vielleicht. Einer von uns ist der Verrückte in diesem Szenario. Er oder ich. Ich kann jedoch nicht mit Bestimmtheit sagen, wer es ist.

Nur noch wenige Schritte, dann habe ich den Wanderweg erreicht. Nils wird bestimmt noch eine Weile am Bach sitzen. Er ahnt nicht, dass ich in seiner Nähe bin. Ich bin zu gut für ihn. Er wird noch ein wenig nach mir suchen und es dann aufgeben. So kurz vor dem Ziel wird er aus dem Wald herausfinden. Ich werde nicht schuld daran sein, dass er umherirrt und in wenigen Wochen vertrocknet im Wald gefunden wird.

Drei, zwei, eins – KNACK!

Auf dem letzten Schritt vor dem Waldweg befindet sich ein Stock unter dem Blätterhaufen. Er zerbricht mit Getöse. Wahrscheinlich war es kaum wahrnehmbar, doch bei der Ruhe, die ich zu verbreiten versuche, klingt es wie ein Donnerschlag.

Wie ein Echo folgt ein Knacken aus dem Wald. Nils. Er muss mich gehört haben.

Jetzt ist es egal, ob ich Geräusche mache oder nicht. Wenn ich mich jetzt langsam, tarnend durch den Wald bewege, wird er mich einholen und dann – ich weiß es nicht. Ich muss es auch nicht wissen.

Ich nehme die Beine in die Hand und renne los.

Gehetzt blicke ich mich um. Baum an Baum, Hilfe ist nicht zu erwarten. Wie stumme Zeugen stehen sie nebeneinander. Keiner von ihnen wird später ein Wort sagen. Die Frage ist nur: Wie wird es enden? Wen werden sie finden? Ihn oder mich? Ich weiß es nicht. Ich weiß nur, dass es mein größter Wunsch ist, zu überleben.

»Sarah!« Nils‘ Stimme dringt an mein Ohr, doch ich laufe blind vor Verzweiflung immer weiter. Ich kann nicht klar denken. Wer ist hier der Verrückte? Er oder ich? Ich weiß es nicht mehr. Bin ich so fixiert auf Hannah und alles Schlechte auf der Welt, dass ich in Nils‘ Verhalten Dinge hineininterpretiere, die nicht da sind?

Hinter mir knacken die Zweige auf dem Waldboden. Er gibt sich keine Mühe leise zu sein, also was möchte er? Sich mir erklären? Alles zum Guten wenden? Mich umbringen und meine Leiche hier verscharren? Das erklärt, weshalb er so oft danach gefragt hat. Vielleicht ist er auch derjenige, der Hannah entführt hat und nur deshalb ist ihm die Ähnlichkeit zwischen uns aufgefallen. Weil er sie noch immer kennt. Früher wurde uns immer gesagt, wie ähnlich wir uns sehen, doch ich habe keine Ahnung, wie sie heute aussieht.

Meine Lungen brennen. Ich gebe alles, doch ich ermüde schneller als sonst beim Laufen, da der Rucksack auf meinem Rücken hin- und hergeworfen wird. Aber ich kann ihn nicht absetzen und mein Gewehr zurücklassen. Was, wenn Nils es findet?

Meine heißgeliebten Wanderstiefel offenbaren mir jetzt, dass sie für Renneinlagen nicht gedacht sind. Sie sind unglaublich schwer, schützen meine Füße vor Steinen, Unebenheiten, Pfützen, Umknicken, sind jedoch ein zusätzliches, ungewohntes Gewicht.

»Sarah, bleib steh'n!«, brüllt Nils hinter mir. Der Abstand zwischen uns wird geringer und ich treibe meine Beine weiter dazu an, schneller zu laufen. Vergeblich. Wann hat das Muttersöhnchen so zu rennen gelernt? Kein Sport, Partys, da wird man nicht so schnell. War alles, was er mir erzählt hat, eine Lüge? Habe ich den Feind in meine geschützte Zone gebracht und ihm alles verraten, was er benötigt, um mich niederzumachen?

Ich bin enttäuscht. Von mir, von ihm. Und ich renne. Niemals darf er mich bekommen. Wenn er mich zwischen die Finger bekommt, ist es aus. Das darf ich nicht zulassen. Für Hannah und Paps muss ich hier lebend herauskommen.

Mittlerweile ist Nils so nah, dass ich sein Keuchen hinter mir höre. Es kann nicht mehr lange dauern, bis er mich einholt. Verzweifelt versuche ich, schneller zu rennen. Ich traue mich nicht, mich umzublicken. Zu schnell kann ein Hindernis vor mir auftauchen, das ich zuvor nicht gesehen habe, das meiner Flucht ein jähes Ende bereitet.

Was kann ich tun? Es gibt nichts, was mir einfällt. Ich könnte stehenbleiben und mein Messer ziehen, doch ich weiß, dass ich ihn nicht verletzen kann, solange ich nicht restlos davon überzeugt bin, dass er mir schaden möchte. Und dann wird es zu spät sein.

Ich schreie auf, als seine Fingerspitzen meine Jacke berühren. Die Angst gibt mir neuen Schwung und ich schaffe es, den Abstand wieder zu vergrößern.

»Jetzt bleib doch endlich steh'n!«, stößt Nils keuchend hervor. Er holt wieder auf und in dem Moment, in dem er meine Schulter packen möchte, ducke ich mich unter seiner Hand hinweg, schlage einen Haken und renne in den Wald hinein.

Hinter mir ertönt ein dumpfer Schlag, dann Stille.

Ich renne einen Moment weiter, doch es ist niemand mehr hinter mir her. Zögerlich werde ich langsamer und bleibe schließlich stehen. Zwischen den Bäumen hindurch sehe ich Nils reglos am Boden liegen. Erschrocken presse ich meine Faust auf die Lippen und setze zögerlich ein paar Schritte zurück. Vielleicht ist es eine Falle.

Als ich näherkomme, sehe ich, dass von Nils definitiv keine Gefahr ausgeht. Egal, was zuvor gewesen ist. Er liegt merkwürdig verdreht und mit weit aufgerissenen Augen auf dem Rücken. Sein Kopf ruht sanft auf einem Stein, der sich langsam rot färbt.

Vorsichtig trete ich näher, hocke mich neben ihn und taste nach seiner Halsschlagader. Nichts. Kein Zeichen, dass alles wieder gut werden wird.

Meine Augen quellen über. Leise bahnen sich die Tränen ihren Weg hinab. Tränen, von denen ich nicht wusste, dass ich sie noch weinen kann.

Wieder und wieder taste ich nach seinem Puls, doch die Antwort ist jedes Mal dieselbe: Nichts. Ich beuge mich über sein Gesicht, doch ich spüre keinen Lebenshauch.

Kapitel 12

Reglos sitze ich neben Nils auf dem kalten Boden. Ich spüre die Kälte nicht, die sich langsam durch meine Kleidung frisst, meinen schweißnassen Körper weiter und weiter auskühlt. Ich sitze bloß da und betrachte ihn. Wie ruhig er daliegt. Welch starker Kontrast zu dem vorherigen Rennen. Laut – leise. Schnell – langsam. Schwarz – weiß.

Ich kann nichts mehr für ihn tun. Er kann mir nichts mehr tun.

Rotglühend versteckt sich die Sonne hinter den Bäumen. Rot, wie der Stein, auf den Nils seinen Kopf bettet. Soll ich ihn nun essen? Liegenlassen? In den Wald zerren? Ihn in viele kleine Teile zersägen und per Post verschicken? Schauen, ob der Boden weit genug aufgetaut ist, sodass ich ihn vergraben kann?

Ich tue nichts von alledem. Sitzen und ihn beobachten. Zu mehr bin ich nicht in der Lage.

Er gibt ein Brummen von sich. Es verstört mich. Ich kann das Geräusch nicht einordnen, obwohl es alltäglich zu sein scheint. Er brummt immer weiter. In dem Moment, in dem mir bewusst wird, dass ich das Vibrieren seines Smartphones höre, verstummt das Brummen. Es ist mir egal. Ich war eh nicht in der Lage, das Gespräch anzunehmen. Es ist falsch, ohne seine Erlaubnis, die er mir nun nicht mehr erteilen kann.

Über sein Telefon könnte ich einen Notruf absetzen. Meins verkündet noch immer, dass es keine Signale empfängt und versendet. Genau in dem Moment, in dem ich es benötige. Dennoch werde ich nicht einen Toten nach seinem Telefon durchsuchen und mir anmaßen, es zu verwenden.

Also bleibe ich einfach sitzen und schaue ihn weiter an.

Ein Toter.

Hatte es so weit kommen müssen? Hätte ich nicht einfach bei den ersten Anzeichen gehen können? Mein Bauchgefühl hatte mir ununterbrochen zugeschrien, dass der Ausflug mit ihm als Begleitung nicht gut endete, doch ich habe meine Scheuklappen aufgesetzt und es ignoriert. Dies war die Quittung. Bloß, dass nicht ich, sondern er sie zu tragen hatte.

Und, dass ich jetzt nie erfahren werde, wie wir eigentlich zueinander standen. Hatte ich mich in ihm getäuscht? War er das brave Muttersöhnchen, das er vorgab zu sein? Der, der am liebsten mit einer heißen Schokolade am Kaminfeuer saß? Oder war er derjenige, der mich für eine kranke Psychopatin hielt, die er auszuschalten versuchte? Oder war er gar derjenige, der ein Psychopath war und deshalb versuchte, mich auszuschalten?

Hundert Fragen wirbeln durch meinen Kopf. Eine abstruser als die andere, während der leuchtendrote Feuerball hinter den Bäumen verschwindet und ein zartes Rosa am Himmel zurücklässt.

Die Sonne ist noch nicht lange hinter den Baumwipfeln verschwunden, als mich der wippende Kegel einer Taschenlampe erwischt. Mein Kopf ist wie leergefegt und ich weiß nicht, ob es gut oder schlecht ist, dass man Nils und mich findet.

»Sarah?« Es ist die zögerliche Stimme von Sascha. Das Licht blendet mich, dann eilen die Schritte hastig näher. Je näher er kommt, desto schneller rennt er, bis er schließlich atem- und fassungslos vor mir steht, sich zu mir hinunterbeugt und mich in seine Arme schließt. Ich bleibe regungslos sitzen und betrachte Nils, der vom Schein der Taschenlampe erhellt wird.

Wie durch eine Wand bekomme ich mit, dass Sascha mich packt, schüttelt und anschreit. Merkt er nicht, dass er es damit nicht besser macht? Ich stehe unter Schock. Es macht wohl doch einen Unterschied, ob ein Mensch stirbt oder ein Kaninchen.

Florian und Martin ziehen ihn von mir weg. Wie schön. Sie haben ihn begleitet. Meine großen Brüder. Alle versammelt in meinem Wald.

Und Nils. Nils, der reglos und stumm vor mir liegt, als hätte unsere Wanderung ihn so sehr angestrengt, dass er sich jetzt ausruhen muss. Wir müssen ihn schlafen lassen, damit wir weiterwandern können. Es ist nicht mehr weit bis nach Hause. Dann können wir zusammen nach Hinweisen auf Hannahs Verbleib suchen.

Martin hockt sich vor mir auf den Boden, sodass wir auf Augenhöhe sind. Er greift nach meinen Händen. Ich blicke ihm direkt in die grauen Augen, doch ich sehe nichts.

»Geht es dir gut?« Seine sanfte Stimme klingt beruhigend vor dem langsam verblassenden Gezeter von Sascha. Warum regt Sascha sich so auf?

Ich nicke. »Nils ist tot.« Meine Stimme zittert, als ich die Worte ausspreche, die jetzt wahr machen, dass er nicht mit uns weiterwandern wird. Lange habe ich darauf gewartet, dass er wieder aufsteht. Ich wusste, dass er es nicht tun würde, doch jetzt habe ich die Worte ausgesprochen. Ich bin schuld daran, dass er nicht mehr aufstehen wird.

»Ist dir kalt?« Martin mustert mich kritisch und fährt mit seinen Augen meinen Körper entlang. Er bleibt an meinem Hals hängen. Die Taschenlampen erhellen den Wald wohl ausreichend, dass die Wunde am Hals deutlich zu sehen ist.

Ich fühle in mich hinein. Ja, tatsächlich denke ich, dass mir kalt ist. Ich fühle es nicht, aber es wäre nur logisch. Zögerlich nickte ich.

»Komm, steh auf!« Er erhebt sich und streckt mir die Hand entgegen, öffnet seine Daunenjacke, als ich neben ihm stehe und hilft mir hinein. Sie glüht beinahe durch den Stoff meines Funktionsshirts. Es war leichtsinnig, das Zelt und alles zurückzulassen und nur mit Notausrüstung und dem, was ich am Leib hatte, nach Nils zu suchen. Die Quittung dafür werde ich in den nächsten Tagen bekommen.

»Möchtest du reden?« Martin ist der ruhigste meiner Brüder und ich danke ihm im Stillen dafür, dass er mich aus meiner misslichen Lage holen möchte. Doch ich möchte nicht reden. Was sollte ich erzählen? Dass ich selbst nicht weiß, was in der letzten Woche passiert ist? Ist es überhaupt passiert oder war alles nur ein schlechter Traum, aus dem ich jeden Moment aufwache?

»Was ist mit deiner Tetanus-Impfung?«

Da hat jemand seine Hausaufgaben gemacht. Ich hätte mich nicht mit Schlamm getarnt, wenn meine Tetanus-Impfung überfällig wäre. Aber ich bin froh, dass Martin danach fragt. Nachdem Sascha vor Jahren vom Baum gefallen war, hat er die Notwendigkeit einer guten Erste-Hilfe-Ausbildung erkannt. Er frischt seinen DRK-Kurs regelmäßig auf, obwohl die Gültigkeit des Scheins für Führerscheinbesitzer nicht abläuft. Sollte er jemals bei einem Unfall helfen müssen, können die Verunfallten froh sein, ihn zu haben.

Leise mischt sich Sirenengeheul unter den Balzgesang der Vögel. Jetzt fällt mir ein, was ich hätte tun müssen: Die Polizei rufen! Ich kann Nils hier nicht einfach liegen lassen. Schutzlos. Der Natur ausgeliefert. Jemand muss seine Eltern informieren.

»Das habe ich bereits gemacht«, antwortet Sascha auf mein Nachfragen. Er wirkt niedergeschlagen. Ringt mit sich selbst, was er von mir halten soll. Die Anwesenheit meiner Brüder hilft, zu mir selbst zurückzufinden. Ich wünsche, sie wäre früher aufgetaucht. Eine Woche oder so.

»Ich weiß nicht, was passiert ist«, erkläre ich Sascha, ohne danach gefragt worden zu sein. »Im einen Moment lief er hinter mir, im nächsten lag er dort. Er muss im nassen Gras ausgerutscht sein.«

Saschas Blick lässt sich nicht deuten. Glaubt er mir?

Die Sirenen kommen näher. Flackerndes Licht durchbricht die Dunkelheit. Ein Rettungswagen hält neben uns. Er kommt zu spät. Ich kann ihnen bereits sagen, dass Nils tot ist.

Doch der Rettungswagen ist nicht für Nils. Ich bin diejenige, die sie in den warmen Patientenraum des Fahrzeugs bitten.

Kapitel 13

Ich fühle mich furchtbar. Dass meine Aussage so lieblos und ohne echtes Interesse aufgenommen wird, setzt mir zu. Ich bin froh, als der Polizist keine weiteren Fragen mehr hat und mich entlässt.

Auf den Stühlen vor dem Vernehmungszimmer sitzt ein Paar in den frühen Fünfzigern. Er sieht mitgenommen aus, dunkle Schatten unter seinen Augen, obwohl er sichtbar bemüht ist, nicht die Fassung zu verlieren. Sie starrt mit wächsernem Gesicht vor sich hin, nimmt ihre Umwelt nicht wahr. Abgemagert und blass, obwohl ich nicht weiß, ob das unvorteilhafte Licht der Neonröhren sie so wirken lässt. Beide sehen aus, als hätten sie es nicht schlecht im Leben getroffen. Ihre Kleidung schreit nach Geld und Macht, wenn sie auch so zusammengesunken nicht die dazu passende Haltung an den Tag legen.

»Herr und Frau Franke«, bittet der gelangweilte Polizist sie herein und bestätigt so meine Vermutung: Nils‘ Eltern.

Ich weiß nicht, ob es etwas gibt, was ich ihnen sagen kann, sagen sollte. Dass mir so unendlich leidtut, was geschehen ist, wird für sie kein Trost sein. Und auch wenn ich mir nicht sicher bin, ob ich nun Schuld an seinem Tod trage oder nicht, wird es für sie keinen Unterschied machen.

Ich gehe an ihnen vorbei, während sie sich schwerfällig erheben. Ein letztes Mal schaue ich zurück. Ihre Mienen sind unverändert. Sie nehmen mich nicht wahr. Bis mich plötzlich der Blick der Frau streift und sie mit einem Mal ihre Umgebung wahrnimmt. Erschrocken starrt sie mich an, kann ihre Augen nicht abwenden. Der Mann rüttelt ungeduldig an ihrem Arm, dreht seinen Kopf, um herauszufinden, was sie so verstört, und blickt mich an. Seine Augen verengen sich. Er wirkt alarmiert. Doch nur einen kurzen Moment, dann blickt er weg und zieht seine Frau am Ellenbogen in den Raum. Die Tür schließt sich.

Ich verlasse das Gebäude. Sascha lehnt mit verschränkten Armen an seinem Auto. Er lächelt, als er mich sieht. Obwohl ich mich freue, ihn zu sehen, kann ich sein Lächeln nicht erwidern.

Er öffnet mir die Tür und drückt mir beim Einsteigen tröstend die Hand.

Sascha weiß, dass ich kein Bedürfnis habe, über das Geschehene zu reden. Ich habe die Geschichte bei der Polizei schon so knapp wie möglich gehalten, kein unnötiges Wort gesagt. Ich kann nicht einordnen, was passiert ist. Bin ich schuld? Bin ich krank im Kopf und kann es einfach nicht ertragen, dass jemand Interesse an mir zeigt und habe ich ihn deshalb umgebracht? Vielleicht nicht bewusst, aber hatte ich es nicht genau darauf angelegt, dass nur einer von uns den Wald verlässt?

Keine zwei Wochen ist es her, dass wir nichtsahnend in der Uni gesessen und für unsere Klausuren gelernt haben. Nils wird seine Ergebnisse nie erfahren.

Nils.

All die kleinen, nervtötenden Dinge fallen mir ein. Dass er sich unbedingt neben mich setzen musste. Dass er mich interessant fand. Dass er mit zum Wandern gekommen ist, obwohl er ein verdammter Stadtmensch, ein verwöhntes Muttersöhnchen war. Dass er all diese komischen Fragen gestellt hat. Dass er sich so komisch benommen hat. Dass er jetzt in einer Kühlkammer liegt.

Meine Pflegeeltern hatten nach der missglückten Wanderung beschlossen, dass es am besten wäre, ich würde für eine Zeit bei ihnen bleiben. Ich war dankbar, dass sie diese Entscheidung getroffen haben, denn ich weiß derzeit nicht, wohin mit mir. Meine Pläne waren so klar gewesen. Doch ich kann nicht einfach weitermachen. Ich brauche Abstand. Und Antworten. Doch derjenige, von dem ich sie will, kann sie mir nicht mehr geben.

»Wir sind da!« Sascha stellt den Motor ab und schaut mich an. »Bist du okay oder brauchst du einen Moment?«

Ich lächle. »Es geht schon.«

Er nickt zustimmend.

Es geht nicht.

Diese Erkenntnis treffe ich kurz nach unserer Ankunft. Alle schleichen um mich herum, versuchen besonders nett zu sein und mich mit Samthandschuhen anzufassen. Es erinnert mich an die Zeit, als ich zu ihnen gekommen bin und meine Reaktion ist die gleiche.

»Verdammte Scheiße, hört auf damit!« Ich brülle meine Wut auf mich, auf Nils, meine Familie und diese Welt, in der Menschen einfach zu zerbrechlich sind, heraus. Mama, die mit einem Teller Keksen und einer heißen Schokolade in mein Zimmer gekommen ist, flüchtet hektisch und schließt die Tür von außen. Endlich habe ich meine Ruhe, doch ein noch schlechteres Gewissen, da sie nicht der Grund für meine Wut ist. Seit fünf Jahren sorgt und kümmert sie sich um mich, behandelt mich wie ihre eigene Tochter, und bekommt zum Dank mein Unverständnis über die Ungerechtigkeit des Lebens ab.

Ich zwinge mich, ruhig ein und aus zu atmen und langsam bis zehn zu zählen. Wenn ich mich beruhigt habe, werde ich mich bei ihr entschuldigen und ihr die ganze Geschichte erzählen.

Verschwitzt öffne ich die Haustür. Meine Lunge droht herauszuspringen, so sehr habe ich mich bei dem Lauf verausgabt. Es hat gutgetan, die schlechten Gedanken hinter mir zu lassen.

Mama sitzt in der Küche und löst ein Sudoku-Rätsel. Nie geht sie ins Bett, solange einer von uns noch nicht heimgekehrt ist. Auf mich hat sie selten warten müssen. In der Sturm- und Drangphase meiner Brüder litt sie an chronischem Schlafmangel.

Sie blickt auf und lächelt mich an, als ich die Küche betrete. Die Sorge in ihrem Blick ist unübersehbar, doch sie hält sich zurück.

»Möchtest du etwas trinken?« Sie deutet auf die Weinflasche, die neben ihrem leeren Glas steht. Natürlich hat sie ein Glas Wein mit Papa zusammen getrunken, bevor er ins Bett gegangen ist. Wie jeden Abend.

Sie weiß, dass ich keinen Alkohol trinke, aber ich höre ihr Angebot aus der Frage heraus und hole mir ein Glas, das ich am Spülbecken befülle. Dann setzte ich mich zu ihr und ehe ich mich versehe, sprudelt es aus mir heraus.

Mit trauriger Miene lauscht sie meinem Ausbruch. Kein Wort kommt über ihre Lippen, aber sie nickt dann und wann, als verstünde sie, wie es in mir aussieht.

Ich berichte ihr auch von meinem Plan, Hannah und Paps suchen zu gehen. Die Sorgenfalte auf ihrer Stirn wird tiefer. Bislang war Nils der einzige, mit dem ich über dieses Vorhaben geredet habe. Alle anderen haben mich für eine sportfanatische Spinnerin mit einem Hang zur Natur gesehen.

»Ich kann verstehen, dass es für dich schwierig ist, weil du nichts über den Verbleib deiner Familie weißt.« Sie wählt ihre Worte vorsichtig, sodass ich am liebsten wieder aus der Haut fahren würde. Ich bin kein rohes Ei! »Pass bitte gut auf dich auf und komm heil zu mir zurück.«

Es kostet sie unglaublich viel Überwindung, diese Worte auszusprechen und ich werde alles in meiner Macht stehende tun, um ihr diesen Wunsch zu erfüllen. Nicht für mich. Für sie. Weil sie in all den Jahren trotz meiner oft widerspenstigen Art zu meiner Mutter geworden ist.

Zwei Tage später sitzen wir bei dem letzten gemeinsamen Frühstück vor meiner erneuten Abreise nach Berlin zusammen. Die letzten Tage haben uns als Familie enger zusammengeschweißt. Ohne Ausnahme steht meine Familie hinter mir. Keiner von ihnen macht mich für Nils‘ Tod verantwortlich. Kein verräterisches Flackern in ihren Augen, kein nervös ausweichender Blick, wenn ich sie anschaue. Sie vertrauen mir. Ich vertraue ihnen.

Jeder einzelne von ihnen hat mir eingeschärft, dass ich nicht zögern soll, um Hilfe zu bitten, wenn ich sie brauche. Sascha hat sich noch an dem Abend, als sie mich im Wald fanden, mein Handy und dessen fehlenden Empfang angeschaut. Die SIM-Karte war verrutscht. Ein so alltägliches Problem, dass Sascha ein Fremdverschulden ausschloss. Ach, Nils, nimmt das denn gar kein Ende?

Natürlich verspreche ich Sascha, mich regelmäßig zu melden, da er sich nach der jüngsten Erfahrung noch mehr Sorgen macht. Die Alternative wäre, ihn mitzunehmen, doch ich kann und will vorrübergehend niemanden in meiner direkten Gesellschaft haben.

»Hast du alles?«

Ich verdrehe die Augen bei dieser typisch mütterlichen Frage.

»Mama, ich bin nur mit meinem Notfallsack angekommen und reise mit allem möglichen Kram wieder ab. Was soll ich vergessen haben?«

»Ich weiß auch nicht … Sollen wir nicht lieber mitkommen?« Sie hat mir geholfen, meinen Plan aufzustellen, aber im Praktischen kann ich sie nicht gebrauchen. Wenn sie wüsste, dass in diesem Moment ein Klappmesser in meinem Stiefel steckte, würde sie mich vermutlich nicht gehen lassen. Und obwohl sie es nicht weiß, fällt es ihr sehr schwer.

Florian zwinkert mir zu, als ahne er, was in meinem Kopf vor sich geht. Meinen Rucksack inklusive des Gewehrs hatten meine Brüder bei sich gelassen, als ich von dem Rettungswagen aus dem Wald gebracht worden war. In stiller Übereinkunft hatten sie weder der Polizei, noch den Eltern davon berichtet. Sie kannten mich schließlich und es mussten keine überflüssigen Fragen gestellt werden.

Dennoch amüsiert mich die Vorstellung von Mama in Kampfmontur mit Messer und Gewehr. Das liebevolle, mit Lachfältchen übersäte Gesicht zu einer schlammbedeckten Grimasse verzogen. Die langen, straßenköterblonden, mit grauen Strähnen durchsetzten Haare unter einer schwarzen Kappe verborgen. Nein, auch wenn ich jeder Frau an den Kopf werfen möchte, sich nicht von einem Mann abhängig zu machen, hat sie ihren Platz definitiv am heimischen Herd mit einem immer offenen Ohr für Mann und Kinder gefunden. Nie habe ich sie laut werden hören. Sie hatte immer für alles und jeden Verständnis.

»Ich mache mich jetzt auf den Weg, bevor ich meinen Zug verpasse.« Mit einem Ruck schiebe ich den Stuhl nach hinten und erhebe mich, werfe mir den fertig gepackten Rucksack über die Schulter.

Sascha schließt mich in seine Arme, lässt nicht locker, als ich versuche mich loszumachen, als hätte er Angst, mich nie wiederzusehen. »Wir stehen alle hinter dir«, flüstert er so leise, dass es außer mir keiner hört. Dann entlässt er mich aus seiner Umarmung und ich mache mich auf den Weg zum Bahnhof.

Kapitel 14

Die Größe der Bibliothek erschlägt mich wie bei jedem meiner Besuche. Trotz der Semesterferien wuseln Studenten durcheinander, bringen Bücher zurück, suchen nach denen für das folgende Semester oder lernen gemeinsam mit anderen an einem der vielen Tische. Geredet wird natürlich nur im Flüsterton, dennoch hallt der Geräuschpegel durch die riesige, mehrstöckige Halle.

Es scheint ewig her zu sein, dass ich die Bücher, die ich bei mir trage, ausgeliehen habe. Damals, als die Welt noch in Ordnung war. Unwirsch schüttele ich den Kopf. Es gibt keine Zeit, an die ich mich erinnere, in der die Welt für mich in Ordnung war. Da ich nicht weiß, wann ich von meiner Suche zurückkommen werde, bringe ich die Bücher lieber jetzt zurück, als von dem Kaffeegeld meiner Penner eine Mahnung zu zahlen.

Nacheinander lege ich die Bücher in den Rückgabeautomaten und warte auf die Quittung.

Ich nehme die Abkürzung von der Bibliothek zum Bahnhof Zoo. Von dort aus fährt die U-Bahn, die mich nach Hause bringt, und ich kann meinen Pennern einen Kaffee vorbeibringen, um mein schlechtes Gewissen zu beruhigen. Als ob das etwas brächte. Als würde ich mich nicht schon schlecht genug fühlen, verfolgt mich der Blick von Nils' Mutter ständig.

Die meisten Studenten wählen nach dem Bibliotheksbesuch den längeren Weg zu dem U-Bahnhof Ernst-Reuter-Platz, da ihnen der andere Weg suspekt ist. Ich gebe zu, dass die Geruchsbelastung der in einem Pumakäfig gleichkommt, aber wer kann es den Obdachlosen verdenken? Sie haben keine Toiletten, keine Duschen. Wo sonst sollten sie sich erleichtern als hier oder im nahegelegenen Tiergarten?

Dicke Flocken fallen schwer vom Himmel. Um mich herum wird es weiß und weißer, die wenigen Menschen auf der Straße eilen schnell und schneller. Sie schauen nicht rechts und links, streben nur ihrem Ziel zu und vergraben Hände und Gesicht tief in den Jacken.

Eine Hand legt sich mir von hinten auf die Schulter und für einen Moment habe ich die irrationale Hoffnung, dass es Nils ist, der mich fragt, ob wir einen Kaffee zusammen trinken wollen. Ja, einen stinklangweiligen Kaffee, mehr nicht und es klingt wunderbar. Kein Ausflug in den kalten Wald, keine bösen Überraschungen. Nur Kaffee.

Erwartungsvoll drehe ich mich um und sehe eine Faust auf mich zufliegen, bevor es um mich herum dunkel wird.

Als ich zu mir komme, steht die MacBook-Gang vor mir. Mein Kopf dröhnt und meine Nase fühlt sich an, als wäre sie gebrochen. Ich hebe die Hand, um sie abzutasten, doch ich komme nicht weit. Das kunstvoll drapierte Hanfseil gibt mir kaum fünf Zentimeter Spielraum.

Ich gehöre nicht zu den Frauen, die in einer Gefahrensituation unkontrolliert zu schreien beginnen, aber auch wenn ich es gewollt hätte, hätte der Lappen in meinem Mund jeden Schrei erstickt.

Ich weiß nicht, wie lange ich bewusstlos gewesen bin, aber die drei Männer, die sich bedrohlich vor mir aufbauen, haben ganze Arbeit geleistet. Sie mussten mich unbemerkt zu einem leerstehenden Seminarraum in der Uni geschleppt und am Heizkörper fixiert haben, wenn ich die Streben in meinem Rücken richtig deute.

Was wollen sie von mir?

Einer von ihnen tritt näher, als er sieht, dass ich die Augen geöffnet habe. Die blutunterlaufenen Augen stechen aus dem bleichen Gesicht hervor und verraten, was ich schon seit Semesterbeginn vermutet hatte: Drogen scheinen der Gang nicht fremd zu sein. Bei dem einen mehr, bei dem anderen weniger.

Seine Bewegungen sind fahrig, als er auf mich zutritt. »Schlampe!«, brüllt er mir entgegen und tritt mir mit seinen feinen Lederschuhen in die Seite.

Vor Schmerz bleibt mir die Luft weg. Ich schließe die Augen. Das war es dann wohl jetzt. Ein zweiter und dritter Tritt folgen. Der Schmerz zieht sich bis zu den Haarwurzeln und Tränen schießen mir in die Augen. Er wird erst aufhören, wenn mein Körper ebenso kalt und schlaff ist wie der von Nils. Ich brauche ihn nicht danach fragen. Ich weiß es.

Fäuste trommeln auf meinen Oberkörper, mein Gesicht. Seine Kumpane greifen ein, helfen ihm. Ein roter Schleier legt sich über mich, Knochen brechen. Die Schmerzen nehmen überhand und ich bin dankbar, als ich wieder bewusstlos werde.

»Steh auf, Schlampe!« Ein Tritt in die Seite holt mich zurück in den Alptraum.

Benommen öffne ich die Augen. Ich liege auf dem Bauch, das Gesicht auf dem Boden, über den sonst Horden unmotivierter Studenten schlurfen. Meine Hände sind noch immer gefesselt. Ich fühle mich, als hätte mich ein Lastwagen überrollt. Schlimmer kann es nicht mehr werden.

Der Anführer des Trios zeigt mir, dass ich falsch liege, indem er mich wieder in die Seite tritt. Ich krümme mich stöhnend zusammen und gebe mir dann Mühe, aufzustehen. Jede Bewegung schmerzt und lässt mich beinahe wieder in die Ohnmacht abdriften, doch ich schaffe es, die Beine soweit anzuwinkeln, dass ich denke, mich hinhocken zu können.

»Geht das schneller?« Ein Tritt gegen das Schienbein. Ich hasse ihn, doch ich schaffe es nicht mich aufzurichten. Die folgenden Tritte, sollte ich es nicht schaffen, sind mir bewusst und ich bemühe mich weiter. Das Ergebnis bleibt das gleiche.

Entnervt packt er mein Sweatshirt und zieht mich hoch auf die Beine. Kaum lässt er mich los, geben meine Beine nach und ich lande härter als zuvor auf dem Boden. Mein Schluchzen ist kaum hörbar.

»Hilf mir mal. Die Schlampe kann nicht allein stehen.«

Links und rechts werde ich gepackt und hochgehoben. Mir ist schwindlig, schlecht. Wie einen nassen Sack schleifen sie mich zur Tür, wo der Dritte im Bunde wartet und nach unerwünschten Zuschauern Ausschau hält.

Ich bete zu einem Gott, an den ich nicht glaube, dass irgendjemand den Gang entlangkommen möge, doch das riesige Hauptgebäude ist menschenleer. Am Haupteingang sitzt ein Pförtner, der die ein- und austretenden Besucher überwacht, doch das Gebäude hat ausreichend Neben- und Hintereingänge.

Sie wählen den rechtsseitigen Ausgang, der zu einer Einfahrt für die Bediensteten auf das Unigelände führt. Wie praktisch. Ihr Auto steht direkt vor dem Eingang, so dass niemand sieht, wie Nummer eins und zwei mich auf die Rückbank schmeißen, während Nummer drei um das Auto herumgeht und sich hinter das Lenkrad quetscht. Direkt vor dem Gebäude führt die Hauptstraße entlang und doch ist niemand da, den ich auf mich aufmerksam machen könnte. Es ist dunkel und schneit wie verrückt. Im Sommer säße an jeder Ecke eine Studentengruppe mit Bierflaschen und guter Laune. Doch auch die brächten mir jetzt nichts. Ich kann nicht schreien, nicht mit den Armen fuchteln, nicht mich wehren. Einer meiner Geleiter nimmt neben mir Platz, der andere auf dem Beifahrersitz.

Ich muss aus dem Auto herauskommen, bevor es anfährt. Wenn ich Glück habe, läuft zufällig ein Passant vorbei, der Hilfe holen kann. Unter größter Anstrengung versuche ich, den Türgriff zu fassen zu kriegen. Meine Finger haben ihn noch nicht ganz erreicht, da trifft mich von rechts eine Faust mitten ins Gesicht. Wieder und wieder schlägt mein Sitznachbar auf mich ein, bis die selige Dunkelheit mich umhüllt.

Ein furchtbarer Gestank umgibt mich, als ich das nächste Mal die Augen öffne. Von »Augen öffnen« kann jedoch kaum die Rede sein. Meine Augen sind dermaßen zugeschwollen, dass ich froh bin über den kleinen Spalt, den mein rechtes Auge mit Mühe hergibt. Nützen tut es mir jedoch nichts. Tiefste Dunkelheit umgibt mich.

Meine übrigen Sinne verraten mir jedoch genug, sodass ich weiß, dass keine Hoffnung für mich besteht. Im Grunde habe ich nun das, was ich immer wollte: Ruhe. Keine Menschenseele um mich herum, Einsamkeit, niemand, der mich und meine Gedanken stört.

Keine Menschenseele schließt jedoch nicht unbedingt keinen Menschenkörper ein. Süßlicher Verwesungsgeruch durchdringt jede meiner Poren. Mensch? Tier? Ich weiß es nicht, will es nicht wissen. Mir reicht zu wissen, dass der Gestank auf ältere Kadaver schließen lässt. Kadaver, bei denen sich keiner die Mühe macht, sie von hier fortzubringen. Allzu schnell wird demnach keiner bei mir vorbeischauen.

Außer dem Klopfen meines Herzens stört kein Laut die Stille. Das ist kein Umstand, an dem ich etwas ändern möchte, denn ich weiß nicht, wen ich riefe, wenn ich auf mich aufmerksam machte. Falls ich überhaupt jemanden riefe. Völliges Fehlen von Geräuschen bedeutet entweder, dass absolut nichts und niemand in meiner Nähe oder der Raum schalldicht ist. Ich tippe auf letzteres, obwohl es in meiner Situation egal ist, solange meine Peiniger nicht zurückkommen und sich weiter an mir austoben. Egal, in welcher Situation ich mich befinde: Schreien und Panik bringen mich nicht an mein Ziel.

Mein Herzschlag geht ruhig und gleichmäßig. Das ist gut, denn so verbrauche ich keine unnötigen Reserven. Vier Wochen kann ich ohne Nahrung überleben, wenn ich nichts weiter tue, als zu existieren. Vier Wochen sind eine lange Zeit, wenn man darauf wartet, dass jemand zurückkehrt.

Dass mir gar nichts anderes bleibt, als still zu existieren, wird mir klar, als ich versuche, den Kopf zu bewegen. Schmerzerfüllt stöhne ich auf und versuche, meinen Herzschlag wieder zu beruhigen. Obwohl der Gestank droht, mich umzubringen, tief einatmen, Luft anhalten, langsam ausatmen. Stopp. Tief einatmen, Luft anhalten, langsam ausatmen. Stopp. Nach einigen Durchgängen habe ich meinen Ruhepuls erreicht. Er liegt deutlich niedriger als der anderer, durchschnittlicher Menschen, da ich ihn jahrelang darauf trainiert habe. Was viele Diätler nicht wissen, ist, dass der Verbrauch des Körpers sich nach der Herzfrequenz richtet. Drei Stunden am Tag spazieren zu gehen ist demnach besser als auf der Couch zu sitzen, aber das Gewicht beeinflusst eine halbe Stunde joggen mehr. Mit meinem Ruhepuls ist es demnach vielleicht mehr als vier Wochen möglich, zu überleben. Wenn ich irgendwo Flüssigkeit herbekäme. Ansonsten wäre nach drei Tagen Schluss. Aber daran denke ich jetzt nicht. Ich schließe lieber meine Augen und schlafe mich gesund.

Ein Scharren lässt mich hochschrecken – oder hätte, wenn ich in der Lage dazu wäre. Jede Zelle meines Körpers schmerzt und mir entfährt ein rostiges Stöhnen. Tief einatmen …

Es ist hell um mich. Engelchen und Teufelchen auf meiner Schulter streiten sich, ob ich mein Augenlid bemühen soll, oder ob das alles schlimmer macht. Schwarz – weiß. Ja – nein. Richtig – falsch. Mein Bauchgefühl ist wieder da und schreit mich an, unter allen Umständen das Auge geschlossen zu lassen. Ich benötige keine weitere Tracht Prügel.

Wenn es doch immer so einfach wäre.

Etwas berührt meinen Arm. Sanft, doch es schmerzt, als bohre sich Stacheldraht hinein. Ich verkneife mir das Stöhnen, stelle mich tot, doch es ist wohl zu spät. Eine kleine Hand legt sich auf meinen Arm und die Verwirrung lässt mich nun doch wider jede Vernunft handeln. Ich öffne mein Auge – und erschrecke.

Kapitel 15

»Irgendwas stimmt nicht.« Frustriert ließ Sascha sein Smartphone sinken und schaltete den Fernseher stumm.

»Was genau meinst du?« Florian kniff die Augen zusammen und streckte sich. Was auch immer seinen Bruder störte, konnte auch bis zum nächsten Tag warten.

»Sarah. Sie meldet sich nicht. Ihr Handy ist aus und sie war nicht laufen.« Tiefe Furchen durchzogen Saschas Stirn. Sarah war definitiv nicht die geselligste Person, die er kannte, aber sie war grundsätzlich zuverlässig. Sie gab keine leichtfertigen Versprechen, um jemanden abzuwimmeln. Eine einmal gegebene Absprache hielt sie ein, solange ihr nichts dazwischen kam. Wie eine verrutschte SIM-Karte.

»Bestalkst du sie?« Florian war hin und her gerissen zwischen der Sorge um die kleine Schwester und dem Wissen, dass sie alles alleine schaffen wollte und Hilfe kategorisch ablehnte. In den allermeisten Fällen war sie allein zurechtgekommen. Doch es war erst eine Woche her, dass die Brüder sie völlig verstört neben einer Leiche im Wald gefunden hatten. Nach dem Wanderausflug hatte sie allen klargemacht, wie sehr sie gerade jetzt die Distanz zu anderen Menschen brauchte.

»Ja«, gab Sascha unverblümt zu, »und das weiß sie auch. Unsere Vereinbarung ist, dass sie sich jeden Abend meldet. Ihre letzte Nachricht ist zwei Tage her.«

»Vielleicht hat sie es vergessen. Oder zu viel um die Ohren.« Florian glaubte nicht daran, dass Sarah sich zweimal hintereinander in heikle Situationen brachte. Sie alle hatten von der kleinen Schwester lernen können, die in jeder Situation eine Lösung kannte.

Sascha zog die Augenbrauen hoch. »Glaubst du das ernsthaft?« Er schaltete den Fernseher vollends aus, erhob sich von der Couch und legte die Fernbedienung auf den Couch-Tisch.

Die Antwort kam prompt in Form eines bestimmten Kopfschüttelns. »Nein, das passt nicht zu ihr. Vielleicht hat sie das Handy verloren oder die SIM-Karte spinnt wieder.«

Sascha nahm das Smartphone wieder zur Hand und tippte mit beiden Daumen auf dem Display. »Sie war heute auch nicht laufen. Das ist noch merkwürdiger.«

»Und woher weißt du das schon wieder?« Es passte nicht zu Sarah, sich so kurz hintereinander zweimal in Gefahr zu begeben. Klar, sie hatte angekündigt, dass sie sich auf die Suche nach ihrer ersten Familie machen wollte, aber die Suche sollte in Zellendorf beginnen und dorthin wollte sie erst in zwei Tagen aufbrechen. In Berlin hatte sie gar keine Veranlassung dazu. Sie war lediglich zu ihrem Studentenzimmer gereist, um alles Notwendige zusammenzupacken.

»Ihre Lauf-Uhr synchronisiert sich automatisch mit ihrem Laufprofil im Internet.« Sascha starrte noch immer wie gebannt auf das Smartphone und tippte hin und wieder etwas an. »Sie geht normalerweise jeden Tag laufen. Manchmal lässt sie einen Tag aus, aber niemals, wenn sie unter Stress steht. Seit sie aus dem Wald zurück ist, übertreibt sie es eher.«

Florian stellte die vorher überschlagenen Beine auf den Boden und erhob sich ebenfalls von der Couch. »Lass uns morgen darüber reden.« Er rieb sich die Augen. »Ich bin heute nicht mehr aufnahmefähig.«

»Wir haben keine andere Wahl, als nach Berlin zu fahren.«

Martin stellte seine Kaffeetasse auf den Frühstückstisch und blickte von Sascha zu Florian. »Wir haben beim letzten Mal schon zu lange gezögert, als sie unsere Hilfe brauchte.«

»Meint ihr wirklich, dass sie in Gefahr ist?« Ingrid, ihre Adoptivmutter, presste ängstlich die Faust gegen die Lippen. »Wir hätten sie niemals alleine gehen lassen sollen.«

Martin beugte sich vor und legte ihr beruhigend die Hand auf den Oberarm. »Vielleicht ist ja gar nichts passiert.«

»Außerdem weißt du, dass Sarah uns gar nicht dabei haben wollte«, schaltete sich Florian ein. »Du brauchst dir also nichts vorwerfen.«

»Und wenn nun doch etwas passiert ist?« Aufgebracht griff Ingrid nach der Kaffeekanne und warf dabei ihren leeren Kaffeebecher um. Sie schüttelte Martins Hand ab und sprang auf, um einen Lappen zu holen und die über den Tisch verteilten letzten Tropfen des hellbraunen Getränks aufzuwischen.

»Setz dich, Liebes.« Wolfgang, der dem Gespräch bereits seit einiger Zeit gefolgt war, ließ die Zeitung sinken und drückte seine Frau sanft auf ihren Stuhl zurück. Er erhob sich seinerseits, um den Lappen zu holen. »Jeder einzelne von uns hat Sarah versichert, dass wir geschlossen hinter ihr stehen. Wenn auch nur der geringste Zweifel besteht, dass es Sarah gut geht, werden die Jungs und ich nach Berlin fahren.« Er wischte die wenigen Tropfen weg und goss Ingrid Kaffee in den Becher. Er mochte es nicht, sie so fahrig zu sehen. Ihre Hände zitterten, die Lachfalten waren sorgenvoll verzogen. Er war ihr Fels in der Brandung und hatte dafür zu sorgen, dass seine Familie nicht so auseinandergerissen wurde, wie Sarahs erste Familie.

Verstohlen wischte Ingrid sich über die Augen.

»Wann hast du zuletzt von Sarah gehört?« Florian ärgerte sich darüber, dass er Sascha am Vorabend nicht richtig zugehört hatte. Er hatte Saschas Sorge nicht für voll genommen, doch umso länger er darüber nachdachte, desto eher glaubte auch er, dass Sarah in Gefahr war.

»Sie schrieb mir vorgestern, dass sie gut in Berlin angekommen ist.« Sascha suchte die Nachricht in seinem Smartphone und las sie vor, als er sie gefunden hatte.

»Bin gut angekommen. Gehe jetzt laufen, morgen zur Bib. Fr fahre ich nach Zdorf. LG, S«

»Versuch doch noch einmal, sie anzurufen«, forderte Martin ihn auf. »Sie wird jetzt bestimmt auf dem Weg zum Haus sein und wir machen uns umsonst Sorgen.«

Sascha tippte den grünen Hörer an und hielt sich das Smartphone ans Ohr. Deutlich hörte die gesamte Runde die Ansage, dass der angerufene Teilnehmer derzeit nicht erreichbar sei. Niedergeschlagen ließ Sascha das Smartphone sinken und unterbrach die Ansage. Er schob den Teller mit seinem halb gegessenen Brötchen von sich und stand auf. »Ich packe meine Sachen und mache mich auf den Weg.«

»Du setzt dich erst einmal hin und frühstückst zu Ende!«, befahl Ingrid mit einer Stimme, die keine Widerworte zuließ. So liebevoll sie auch wirkte, konnte sie doch in Sekundenschnelle von Mutter zu Feldwebel wechseln. »Wenn ihr total ausgehungert bei Sarah ankommt, werdet ihr keine große Hilfe für sie sein.«

Die Brüder verdrehten die Augen und griffen gehorsam nach den Brötchen. Sie hätten sich bei der Laune der Mutter zugegrinst, wenn die Situation nicht so ängstigend wäre. Doch so frühstückten sie gezwungenermaßen fertig und machten sich dann gemeinsam mit Wolfgang auf den Weg nach Berlin, um Sarahs Verbleib aufzuklären.

Das Tor zu dem Studentenwohnheim Eichkamp war verschlossen, als Wolfgang den Volvo V60 auf das Grundstück fahren wollte.

»Moment«, rief Florian, sprang aus dem Wagen und ging durch das Fußgängertor. Er nahm das Hollandrad, das an der Laterne rechts des Weges lehnte, fuhr damit über die in den Boden eingebrachte Induktionsschleife und öffnete so das Tor.

Wolfgang parkte den Wagen direkt vor dem Haus, in dem Sarahs Zimmer lag. Außerhalb der Parkanlage fand sich selten ein freier Parkplatz, doch da die meisten Studenten aufgrund des bezugspflichtigen Semestertickets auf ein Auto verzichteten, wurde man auf dem Grundstück des Wohnheims meist fündig.

»Sarah ist nicht da«, sagte Sarahs Mitbewohnerin asiatischer Herkunft in perfektem Deutsch. »Sie ist gestern zur Bibliothek gegangen, danach habe ich sie nicht mehr gesehen. Ich war aber lange unterwegs, also habe ich es vielleicht nicht mitbekommen, als sie heimkam.«

Alarmiert blickten sich die Brüder an. Das ausgeschaltete Handy hatte bereits darauf schließen lassen. Es war unwahrscheinlich, dass sie jemanden besucht hatte. Sie pflegte keine Freundschaften in Berlin. Obwohl sie auch niemandem von der Freundschaft mit dem nun toten Jungen erzählt hatte. Vielleicht war sie einen Tag früher zum Haus gefahren?

»Dürfen wir uns vielleicht in ihrem Zimmer umschauen?« Sascha versuchte, freundlich zu lächeln, doch ihm war bewusst, dass er sich nicht so gut unter Kontrolle hatte, wie seine kleine Schwester. Die Angst musste ihm deutlich ins Gesicht geschrieben stehen.

»Ja, klar.« Die Asiatin trat beiseite und öffnete ihnen die Tür zu der Wohnung, die sich sechs Studenten teilten. Hinter der Küche betraten sie einen Flur, von dem links und rechts jeweils drei Türen abgingen. Die letzte Tür auf der rechten Seite führte zu Sarahs Zimmer. Sascha hatte vorsorglich den Reserveschlüssel eingepackt und öffnete die Tür, nachdem er sich vergewissert hatte, dass sie verschlossen war. Seine Augen weiteten sich bei dem Anblick, den Sarahs Zimmer bot.

Da Sarah keinen Wert auf Materielles legte, besaß sie nur die vom Wohnheim gestellten Möbel und einen schmalen, hohen Tresor, in dem sie ihr Gewehr aufzubewahren pflegte. Kein Schnickschnack, keine Fotos. Wie oft hatte ihre Mutter die Brüder ermahnt, sich an Sarah ein Beispiel zu nehmen, die niemals Kleidung herumliegen ließ, deren Zimmer immer tadellos aufgeräumt gewesen war.

Mitten im Zimmer lagen diverse Packungen Fertignahrung, ein aufblasbares Kopfkissen, Gaskartuschen, als hätte sie sich auf einen Campingausflug vorbereitet, bei dem sie all ihren Prinzipien untreu zu werden gedachte.

»Das ist nicht ihres«, stellte Martin fest und zog ein Paar Jeans aus dem Haufen, das definitiv zu einem Menschen gehörte, der größer und breiter als Sarah war. Es waren Männerhosen. Sarah hätte zweimal hineingepasst.

»Das gilt dann wohl auch für den Laptop, der auf ihrem Schreibtisch steht«, stimmte Sascha zu.

»Wozu brauche ich einen Laptop?«, hallte Sarahs rauchige Stimme durch seinen Kopf. »In der Bib stehen mir etliche Rechner zur Verfügung, falls ich mal einen brauche.«

»Martin, kannst du dich dort einhacken?« Wolfgang schaute seinen jüngsten Adoptivsohn fragend an.

Zögerlich zuckte Martin mit den Achseln. »Ich kann es versuchen. Mal schauen, ob es klappt.

Ratlos saßen Wolfgang und seine Adoptivsöhne ein paar Stunden später in Sarah Zimmer verteilt. Weder das Durchsuchen der fremden Sachen, noch die Analyse des Laptops hatte einen brauchbaren Hinweis ergeben.

Martin hatte festgestellt, dass er zwar das Computergenie der Familie war, aber es dennoch nicht schaffte, das Passwort zu umgehen. Er hatte im Internet mehrere Sicherheitslücken bei Apple-Produkten ausfindig gemacht, doch Nils Franke, wie der eingravierte Name auf dem MacBook verlauten ließ, schien brav alle Updates durchgeführt zu haben. Martin kam an seinen Account nicht heran.

»Fällt euch sonst etwas ein?« Sascha durchstöberte wieder sein Smartphone. Vielleicht hatte er eine Nachricht von Sarah übersehen? Vielleicht war sie in einem anderen Stadtteil joggen gegangen? Vielleicht war sie längst auf dem Weg nach Zellendorf?

»Ich glaube nicht, dass der Tote etwas mit Sarahs Verschwinden zu tun hat.« Florian sah skeptisch drein. Er drehte sich auf Sarahs Schreibtischstuhl unablässig von links nach rechts und wieder zurück. »Er ist tot. Wie sollte er sie von hier fortschaffen?«

»Vielleicht hat er ihr auf der Wanderung etwas verraten, das Sarah näher zu Hannah bringt«, mutmaßte Martin. »Sie wirkte ziemlich verstört, als wir sie gefunden haben und keinem von uns hat sie die ganze Geschichte aufgetischt. Vielleicht wusste er etwas.«

»Oder sie ist einfach nur durchgeknallt und jagt einem Gespenst hinterher.« Florian sah alle Augen in den entsetzten Gesichtern auf sich gerichtet und spürte, sich verteidigen zu müssen. »Ich glaube Sarah jedes einzelne Wort, das sie erzählt hat. Aber was, wenn sich alles nur in ihrem Kopf abgespielt hat und die Hilfe, die sie benötigt, ganz anders aussieht? Sie hat es selbst in Betracht gezogen, dass nichts von dem wahr ist, was sie erlebt zu haben scheint.«

Betretene Stille senkte sich über den Raum. Keiner traute sich, dem Gesagten zuzustimmen oder zu widersprechen. Es war alles möglich, Sarah hatte es selbst gesagt. Sie wusste nicht, woran sie war. Dass sie jetzt verschwunden war, änderte nichts daran.

Kapitel 16

Sie sieht genauso aus wie beim letzten Mal, als ich sie sehen durfte. Etwas verwahrloster und magerer, aber es gibt mir die Gewissheit, dass ich tot bin. Wie könnte ich sonst bei ihr sein?

Wieso schmerzt es nur so sehr, tot zu sein? Was ist mit der Erlösung von jedem Leiden, dass uns die Kirche glaubhaft machen wollen? Nichts als Lüge?

Es erklärt zumindest den Gestank. Es muss meine eigene Verwesung sein, die mir in der Nase sticht.

Demnach bin ich schon länger tot.

»Hannah?« Das heisere Krächzen des einzelnen Wortes jagt eine Schmerzwelle durch meinen Körper. Ich starre das Mädchen ungläubig an. Sie kann es nicht sein, schließlich wäre meine Schwester jetzt eine erwachsene Frau. Und doch ist sie Hannah wie aus dem Gesicht geschnitten. Vielleicht hat der Tod ihr Altern beendet.

Sie weicht vor mir zurück, als habe sie Angst, dass ich sie verletze. Sieht sie nicht, dass ich kaum in der Lage bin, einen Finger zu rühren?

»Ich heiße Sarah«, widerspricht sie mir trotzig.

Ich zwinge mich, zu lächeln und eine weitere Schmerzwelle erfasst meinen Körper. Gequält stöhne ich auf.

»So heiße ich auch.« Ich blicke zu ihr auf, unfähig, mich zu bewegen. Am liebsten würde ich mich hinhocken, um auf Augenhöhe mit ihr zu kommunizieren. Stattdessen hockt sie neben mir und blickt auf mich herab. Ich fühle mich so schwach, so hilflos. Wie nie zuvor in meinem ganzen Leben. »Sind wir alleine?«

Sie dreht das Gesicht weg. Entweder darf sie nicht mit mir reden oder sie will es nicht.

»Ist deine Mutter auch hier?«, frage ich sanft. Mir wird bewusst, dass »sanft« nicht gerade ein Ausdruck ist, der zu mir und meiner Stimme passt. »Rostiger Nagel« trifft es wohl eher.

Aber trotzdem nickt die Kleine. Sie deutet auf die Tür.

Es kostet mich große Anstrengung, den Kopf zu drehen und die Tür in Augenschein zu nehmen. Die Schmerzen sind nicht der einzige Grund, der mich plötzlich aufkeuchen lässt. Der Gestank wird greifbarer, als ich seine Ursache sehe. Zumindest das, was ich für seine primäre Ursache halte.

Auch vor dem Eintreffen der anderen Sarah, habe ich mich nicht alleine in dem Raum befunden. Mehrere Körper, allesamt eindeutig weiblich, liegen in den Ecken, teilweise aufeinander, teilweise nackt, teilweise bekleidet. Allesamt nicht mehr in der Lage sich zu regen. Noch weniger als ich. Nie wieder.

Ein oder zwei von ihnen sind bereits skelettiert, die übrigen weisen unterschiedliche Verwesungsgrade auf. Im Gegensatz zu ihnen habe ich es vorzüglich getroffen. Vielleicht sind meine neuen Freunde davon ausgegangen, dass sie mich ebenso endgültig zugerichtet haben. Doch anscheinend vergeht Unkraut nicht und glücklicherweise trage ich bis auf die Winterjacke meine vollständige Kleidung.

Mit einem ängstlichen Blick zu mir schleicht das Mädchen zur Tür.

»Halt, warte!«, will ich ihr hinterherrufen, doch bevor die qualvollen Worte aus meinem Mund kommen, ist die Kleine aus der Tür geschlüpft und hat sie hinter sich zugezogen.

Fragen über Fragen stürmen meinen Kopf. Keinen klaren Gedanken kann ich fassen, da die Schmerzen all meine Empfindungen und meinen Verstand dominieren.

Wer ist sie?

Wer bin ich?

Wo sind wir?

Was ist passiert?

Warum sind wir hier?

Ich schließe mittlerweile aus, dass ich tot bin, doch die Erscheinung des hannahähnlichen Mädchens namens Sarah kann ich nicht zuordnen. Ist sie ich? Fantasiere ich?

Schmerzvoll drehe ich mich auf die Seite, krümme mich zusammen und bin froh, dass meine Beine sich Mühe geben, zu gehorchen. Viel mehr als ein paar Zentimeter bewegen sie sich nicht. Doch obwohl ein aufmerksamer Betrachter kaum einen Unterschied zu vorher sähe, gibt mir die Pose Geborgenheit.

Ich wünsche mir, dass das Mädchen zurückkommt. Ich mag nicht alleine zwischen den Leichen der anderen Frauen liegen, doch alleine werde ich kaum aus diesem Raum herauskommen. Weder kann ich mich vernünftig auf die Seite drehen, noch aufstehen, erst recht nicht gehen. Doch ich weiß auch nicht, ob ich der anderen Sarah vertrauen kann. Ist sie hier ebenfalls eingesperrt? Steckt sie mit der Gang unter einer Decke?

Wer beantwortet alle meine Fragen?

»Du wirst hier unten sterben«, flüstert mein Teufelchen. »Du brauchst keine Antworten auf die Fragen. Es ist völlig unerheblich, wer du bist oder wer die Kleine ist. Niemals wirst du zurückkehren ans Tageslicht. Du wirst hier unten verrotten, wie so viele Frauen vor dir.«

Die Wahrheit treibt mir Tränen in die Augen. Ich treibe meinen Tod dadurch schneller voran, verliere kostbare Flüssigkeit und hasse mich dafür, dass ich aufgegeben habe.

Die Wände kommen näher, schwanken. Das Gesicht der Kleinen taucht vor mir auf, verschwimmt zu einer Grimasse, verschwindet wieder.

Ich zittere und schließe mein tränenblindes Auge.

Wassertropfen benetzen meine spröden Lippen. Ein Regenschauer ist genau das, wonach ich mich sehne. Ich bin durstig, so unglaublich durstig. Doch als ich die Tropfen von meiner Lippe lecken möchte, schmerzt mein Gesicht so sehr, dass ich nicht in der Lage bin, mich zu rühren. Auch mein Auge lässt sich nicht mehr öffnen. Es stört mich nicht. Ich bin viel zu kraftlos, um das Auge zu öffnen. Schlafen. Das ist mein einziger Wunsch.

Hundert Arme greifen nach mir. Der Boden unter mir bewegt sich. Der Gestank wird schwacher, eine Tür knallt. Unsanft lande ich auf dem nun wieder stillstehenden Boden. Etwas Kaltes tupft mein Gesicht ab. Es kühlt und lindert die Schmerzen, während jede Berührung neue Schmerzen hinzufügt.

Aufgeregtes Stimmengemurmel umgibt mich, doch kein einziges Wort durchdringt den mich umgebenden Nebel. Stattdessen wabert er weiter um mich herum, hüllt mich ein, wird dichter und dichter, bis alles um mich herum in der Dunkelheit verschwindet.

Ich erwache, als hätte ich hundert Jahre geschlafen. Die Müdigkeit zerrt an mir, will mich wieder hinabreißen, doch ich bin stärker. Meine Augen öffnen sich. Ich blicke in einen Spiegel und stelle fest, dass ich mitgenommen aussehe. Da mein Empfinden jedoch deutlich schrecklicher als mein Äußeres ist, akzeptiere ich das Spiegelbild.

»Hallo«, grüßt mein Spiegelbild. Ich muss so lange geschlafen haben, dass sich mein ansonsten schulterlanges Haar zu einer rapunzelgleichen Länge entwickelt hat. Wäre es nicht so ungepflegt könnte man es glatt als engelsgleich bezeichnen.

Es ist nicht notwendig, zu antworten, da sich die Unterhaltung ohnehin in meinem Kopf abspielt. Engelchen und Teufelchen streiten häufig in meinem Kopf und ich fahre gut damit, ihre Streitigkeiten auszublenden.

»Hallo!«, wiederholt mein Ich im Spiegel und ich will mich genervt abwenden. So penetrant habe ich mich schon lange nicht mehr erlebt. Die Drehung gelingt mir einigermaßen und sogar das Zähne zusammenbeißen bekomme ich hin. Kaum habe ich mich umgedreht, da erscheine ich wieder vor mir.

»Wie fühlst du dich?«

Es ist ziemlich eigenartig, sich mit sich selbst zu unterhalten, wenn man sich dabei direkt vor sich sieht. Gespräche im Kopf, Diskussionen, Abwägen, aber niemals habe ich mich vor mir gesehen.

Ein zweites, unbekanntes Gesicht taucht vor mir auf. Es scheint mit meinem zweiten Ich ziemlich vertraut zu sein, denn es lächelt mein Spiegelbild an und beugt sich über dessen Schulter.

»Hallo«, sagt auch die zweite Frau. Sie hält mir einen Becher hin und lächelt. »Trink, das wird dir helfen.«

Mein zweites Ich kann nicht tatsächlich ich sein, da die beiden Frauen mir in eine aufrechte Position verhelfen, sodass ich den Becher an meine Lippen führen kann. Kühl rinnt das Wasser meine ausgetrocknete Kehle herab. Ich kann mich nicht erinnern, dass Wasser jemals so herrlich geschmeckt hat, obwohl ich schon immer ein begeisterter Wassertrinker war. Ich will den kompletten Becherinhalt hinabstürzen, doch die Frau, die mir den Becher hingehalten hat, stoppt mich.

»Nicht so schnell.« Sie lässt mich noch einen kleinen Schluck trinken, dann stellt sie den Becher beiseite. »Ich bin übrigens Maria.« Sie streicht sich die langen, dunklen Haare mit den blonden Spitzen hinter die Ohren und lächelt mich weiterhin freundlich an.

»Ich bin Hannah«, sagt die Frau, die so aussieht wie ich. Ihre Stimme klingt hell wie die eines Rotkehlchens, während meine eigene tief und dunkel wie die eines Stars ist. »Aber das weißt du wohl, Sarah.«

Meine Welt bleibt stehen. Hannah! Ich wollte sie suchen gehen und nun habe ich sie schneller gefunden, als ich es mir zu träumen gewagt hatte. Obwohl sie wohl eher mich gefunden hat. Ich bin noch nicht vollends davon überzeugt, dass ich mich nicht in einem wunderschönen Traum befinde. Doch in einem Traum hätte ich nicht so fürchterliche Schmerzen.

Langsam und schmerzvoll hebe ich meine Hand und streiche über das Haar meiner verlorenen Schwester. Es fühlt sich echt an. Und in dem Moment begreife ich, dass es echt ist. Ich habe Hannah wiedergefunden.

Eine Träne läuft langsam über mein Gesicht. Ich strahle, wie ich es seit zwölf Jahren nicht mehr vermocht habe.

»Willkommen zurück unter den Lebenden!« Sie kommt näher, legt ihren Arm um mich und drückt sich vorsichtig an mich. »Willkommen in unserem bescheidenen Heim!«

Mein Hals schmerzt so sehr, dass ich nicht zu sprechen vermag, doch die Fragen stehen mir wohl in den Augen.

Sie deutet auf das Mädchen, an das ich vage Erinnerungen habe und das nun in einer Zimmerecke auf einem Kissen sitzt und mit einem Teddybären spielt. Gelegentlich schaut sie zu uns hinüber. Ihr Blick ist befremdlich.

»Sarah hat dich mehr tot als lebendig in der Leichenkammer gefunden. Wir haben dich zu uns geholt und dich so gut es ging versorgt. Ich bin froh, dass es dir besser geht.« Hannah reicht mir wieder den Becher und ich trinke ein paar Schlucke. Dann blicke ich mich im Zimmer um und zähle drei weitere Frauen. Zwei davon ebenfalls unbekannt, eine erinnert mich entfernt an jemanden. Ich versuche, mich zu erinnern, doch die Erkenntnis bleibt aus.

Neugierig, aber auch ängstlich beobachten mich die anderen Frauen. Es ist, als trauten sie mir nicht recht über den Weg, auch wenn ich die Schwester von Hannah bin.

Maria gibt sich Mühe, mir gegenüber freundlich zu sein, aber ich werde das Gefühl nicht los, dass sie es eher Hannah zuliebe tut. Die beiden scheinen sich über die Jahre angefreundet zu haben, wenn auch es lediglich dem Umstand geschuldet ist, dass sie gemeinsam hier festsitzen.

Die bedrückte Stimmung macht mir zu schaffen. Kaum ein Wort verlässt die Lippen der Gefangenen. Die meiste Zeit des Tages starren sie stumm vor sich hin.

Für gewöhnlich fühle ich mich gestört von unentwegtem Geplapper, doch jetzt stört mich die Stille. Sie alle haben sich damit abgefunden, dass sie hier eingesperrt sind und nie wieder das Tageslicht erblicken werden. Sie alle haben aufgegeben.

Ich wünschte, sie würden Ausbruchspläne schmieden, sich an das Leben draußen erinnern und sich mehr als alles andere auf der Welt wünschen, dorthin zurückzukehren. Und etwas dafür tun.

Doch wenn ich in ihre Augen blicke, sehe ich nur abgestumpfte Leere. Kein Funke berichtet davon, dass irgendwo in ihrem Inneren noch etwas schlummert, für das es sich zu leben, zu kämpfen lohnt.

Ich denke an die Tage, die ich mit Nils im Wald verbracht habe. Wie ich ihn fortgewünscht habe, meine geliebte Ruhe und Einsamkeit herbeigesehnt habe. Mir war die Gesellschaft eines Menschen bereits zu viel. Jetzt habe ich fünfeinhalb Menschen auf unabsehbare Zeit um mich herum.

Ob Nils von Anfang an geplant hatte, mich hierher zu bringen? Hatte er deshalb darauf bestanden, außerhalb der Uni Zeit mit mir zu verbringen? Oder war ihm lediglich die Ähnlichkeit zwischen Hannah und mir aufgefallen und er hatte herausfinden wollen, ob ich zu ihr gehöre?

Mir kommen die Telefonate in den Sinn. Ich hatte nicht viel verstehen können, aber langsam dämmerte mir, dass der charmante Nils nichts außer meiner Verschleppung im Sinn gehabt hat. Nein, nicht Verschleppung. Meine Hand wandert zu der noch immer deutlich spürbaren Verletzung am Hals. Der Morgen, an dem ich mich so schlapp gefühlt habe. Das Zelt, mit meinem Blut getränkt. Die Frage, ob ich mir im Schlaf etwas habe antun wollen. Der Nebel, der im Laufe des Tages immer weiter nachgelassen hatte und schließlich vollends verschwunden war. Natürlich! Es konnte gar nicht anders sein. Er musste mich unter Betäubungsmittel gesetzt und dann versucht haben, mich umzubringen. Sein entgeistertes Gesicht am nächsten Morgen galt nicht dem vielen Blut, sondern der Tatsache, dass ich tatsächlich noch lebendig herumsprang. Ein wenig abgekämpft, aber definitiv lebendig. Wie hatte ich nur einen Moment daran glauben können, dass ich selbst das Messer geführt haben könnte?

Neugierig, das bin ich auch. Es ist nicht die Art Neugierde, die einen befällt, wenn man den neuesten Klatsch hören möchte. Ich will wissen, was mit mir geschehen ist. Mit Hannah und all den Frauen hier.

Wo sind wir?

Wie kommen wir hier heraus?

Der Raum, in dem wir uns befinden, ist fensterlos. Das einzige Licht fällt von einer Glühbirne, die so nackt ist wie die Ziegelwände. Sie leuchtet so schwach, dass ein von draußen Hereinkommender Probleme hätte, die Hand vor Augen zu erkennen. Doch wir sind zu lange nichts anderes gewohnt und ich kann das gesamte Zimmer von meinem Platz aus gut überblicken.

Ein paar Matratzen liegen nebeneinander an der Wand. Keine Betten, lediglich die Matratzen mit fadenscheinigen Bettlaken. Mein kritischer Blick offenbart mir, dass sie sauber sind, aber dennoch wirken sie alt und schäbig. Auf einer dieser Matratzen sitze ich und spiele gedankenverloren mit dem Metall einer Feder, die aus dem Stoff der Matratze herausschaut. Auch die anderen Matratzen sehen nicht besser aus, doch keine der anderen Frauen stört sich daran. Stumm sitzen sie um mich herum und starren vor sich hin oder werfen mir gelegentlich einen argwöhnischen Blick zu.

Das ebenfalls Sarah benannte Mädchen scheint, wie ich, eine Einzelgängern zu sein. Sie sitzt in einer kärglich eingerichteten Spielecke, die nichts außer dem Teddy, ein paar Büchern und einem Ball enthält. Kein Teppich ziert den Betonfußboden, doch das ist es nicht, was mich stört. Ihre nackten Füße müssten sich im Waldboden vergraben, die langen, dunklen Haare voll Blätter und Stöckchen sein, die Knie blutig geschlagen und das Gesicht voll Dreck. Das ist die Art, wie ich meine Kindheit verbracht habe. Bei Wind und Wetter draußen, eins mit der Natur.

Es schmerzt mich beinahe mehr als meine körperlichen Qualen, zu wissen, dass sie noch nie die Sonne gesehen hat. Nie hat sie beobachtet, wie geschickt ein Eichhörnchen von einem Baum zum nächsten springt, auf den dünnsten Zweigen landet und forsch weiterklettert. Sie weiß nicht, wie Gras riecht und wie sich das Singen der Vögel anhört. Alles, was sie kennt, sind Erzählungen ihrer Mutter, doch auch Hannah ist schon so lange hier, dass ich bezweifle, dass ihre Erinnerungen an die Draußenwelt ungetrübt ist.

Das einzige, was das schmächtige Mädchen kennt, ist der dunkle Kellerraum, der zwar von seinen Bewohnern möglichst saubergehalten wird, aber dennoch ein heruntergekommenes, kärglich eingerichtetes Loch ist.

Die einzigen Möbel in dem Raum sind ein quadratischer Tisch mit zwei Stühlen und eine Kommode mit drei Schubfächern, wo wohl alles Hab und Gut der Frauen untergebracht ist. Viel wird es nicht sein. Ich habe ja auch nicht mehr mitgebracht als das, was ich am Leib trage. Doch zumindest ist davon noch alles da. Ich bin nicht entblößt, trage meine Stiefel noch und das ist es, was mir Hoffnung gibt.

Am anderen Ende des Zimmers führt ein Durchgang mit einer offenstehenden, baufälligen Tür zu einem Badezimmer, das auf den ersten Blick zwar sauber, aber dennoch heruntergekommen aussieht. Ich kann von meinem Platz aus nicht viel sehen, aber ich bemerke sehr wohl, dass die eine oder andere Fliese an der Wand fehlt.

Neben der Kommode befindet sich eine solide Holztür und das ist auch schon alles, was sich über unsere Hausung sagen lässt.

Ich lasse meinen Blick erneut durch den Raum schweifen, entdecke aber nichts, was mir bei der vorherigen, groben Betrachtung entgangen wäre.

Noch immer starren mich die anderen Frauen unverhohlen an, als überlegten sie, mich bei der erstbesten Gelegenheit loszuwerden. Ich habe nie viel Wert auf Freundschaften gelegt, bin immer für mich geblieben, doch mir ist klar, dass das hier nicht funktionieren wird. Wenn ich hier drin überleben möchte, muss ich zusehen, dass ich mich mit den anderen gutstelle. Doch ich bezweifle, dass sie mir ernsthaft etwas antun würden. Sie wirken viel zu lethargisch, um auch nur den Hintern hochzubekommen. Wenn mir jemand etwas antun möchte, sollte er sich beeilen, bevor ich mich von dem Überfall erholt habe und wieder zu Kräften gekommen bin. Denn eins ist mir klar: Ich werde mich nicht mit meinem Schicksal abfinden. Ich werde kämpfen und alles in meiner Macht stehende tun, um hier herauszukommen.

Ein Geräusch, als ob jemand über den Boden gezogen würde, reißt mich aus meinen Gedanken. Zunächst kann ich es nicht einordnen, doch dann wird mir klar, dass es Schritte sind, die hinter der soliden Holztür zu hören sind. Langsame schlurfende Schritte, die sich uns nähern.

Mir schwant Übles und ich spanne meine Muskeln an, wohlwissend, dass mein geschundener Körper nicht in der Lage ist, sich zu verteidigen, wenn es jetzt darauf ankommen sollte. Jede einzelne meiner Zellen schmerzt. Ich bin übersät mit Blutergüssen und Schwellungen und ich weiß, dass mein noch immer angeschwollenes Auge für wenig Treffsicherheit sorgt. Dennoch will ich vorbereitet sein auf das, was mich erwartet.

Die Türklinke sinkt langsam nach unten.

Kapitel 17

In der sich öffnenden Tür erscheint eine ältere Frau, die mir auf den ersten Blick bekannt vorkommt. Ich kann sie nicht sofort zuordnen, doch dann erkenne ich in ihr die Mutter von Nils. Sie sieht noch eingefallener aus, als bei unserer letzten Begegnung. Ihr linkes Auge wird von einem Hämatom umrahmt, das andere ist von Tränen verquollen. In ihren Händen trägt sie ein Tablett, das sie auf dem Tisch abstellt.

Mir kommt unsere kurze und einzige Begegnung auf der Polizeistation in den Sinn. Jetzt wird mir klar, warum ich ihre Aufmerksamkeit erweckt habe. Hannah sieht mir zum Verwechseln ähnlich, wenn man davon absieht, dass sie abgemagert ist und kaum Muskeln hat. Dafür hat sie noch immer diese unglaublich langen Haare, die mir das Gefühl geben, es kann alles wieder gut werden. Wir müssen nur das Spielfeld für Himmel und Hölle auf den Beton malen, ein Steinchen werfen. Wenn sie die völlig falschen Lieder singt und dazu über die Felder hüpft, ihre langen Haare fliegen lässt, werden wir von ihnen eingehüllt und zurück in unsere Kindheit getragen, damit wir alles noch einmal machen können. Und diesmal richtig.

Ich ließe sie nicht allein auf dem Spielplatz, nähme sie mit nach Hause. Paps würde sich mit uns beiden im Wald auf die Lauer legen, mit uns zelten gehen, uns beiden beibringen, wie wir uns im Wald ernähren und verteidigen.

Aber wir werden nicht in unsere Kindheit zurückkehren. Weil uns Nils‘ Mutter alles kaputt gemacht hat. Nicht Nils war auf unserer Wanderung der Psychopath von uns beiden.

Er hat lediglich das Pech gehabt, unter einer psychopathischen Mutter aufzuwachsen, die Kinder verschleppt und gefangen hält. Nils war vor zwölf Jahren viel zu klein, um Hannah zu verschleppen. Die Kranke in dieser Geschichte ist seine Mutter.

Meine Augen verengen sich hasserfüllt. Wäre ich nicht so schlapp, so unglaublich müde, würde ich sie mit bloßen Händen erwürgen. Wenn ich Glück hätte, wäre der Schlüssel für dieses Verlies bei ihr und wir wären alle wieder frei.

Als ihr Blick auf mich fällt, lächelt sie traurig und kommt mit schlurfenden Schritten auf mich zu, lässt sich neben mich auf die Matratze sinken. Von meinem hasserfüllten Blick lässt sie sich nicht abschrecken. »Hallo Sarah!«

Noch mehr Fragen stürmen auf mich ein. Nichts von alledem kann ich einordnen.

Bin ich hier gelandet, weil ich ihren Sohn auf dem Gewissen habe? Aber warum ist dann Hannah hier? Geilt sie sich daran auf, junge, wehrlose Frauen einzusperren. Ist sie neidisch, weil sie nicht mehr jung und schön ist? Auch wenn ich mich nicht für hübsch oder schön halte, sind es die anderen Frauen ausnahmslos. Das einzige, was ihnen zu der perfekten Schönheit fehlt, ist ein Lächeln und Lebensmut.

Wenn ich mir Nils‘ Mutter anschaue, kann ich nicht einmal sagen, dass sie unter ihren Blessuren hässlich wäre. Das, was sie hässlich macht, ist, dass sie uns hier festhält.

Bei ihrem Anblick zerreißt mir der Schmerz um Nils und das, was ich getan habe, das Herz.

»Es tut mir leid!«, krächze ich heiser. Vielleicht wird sie zur Besinnung kommen, wenn sie weiß, dass ich ihn nicht umbringen wollte. Dass es wirklich ein Unfall war. Dann kann sie uns gehen lassen. Damit ich sie dann für den Raub meiner Schwester für immer hinter Gitter bringen kann.

Ihre Augen werden feucht. Sie nickt und wischt sich verstohlen die Tränen beiseite. »Ich weiß, Sarah, ich weiß.« Ihre Hand legt sich beruhigend auf meinen Oberarm und ich muss mich zusammenreißen, sie nicht wegzuschlagen. Sie ist zwar nur eine alte Frau, aber ich traue ihr zu, dass sie mit mir in diesem Zustand fertig wird.

Hannah weicht zur Seite, winkt die kleine Sarah zu sich heran. Aus den Augenwinkeln sehe ich, dass die Kleine sich erhebt und ihrer Mutter zum Tisch folgt, doch ich richte meine ganze Konzentration auf Nils' Mutter. Die Kopfschmerzen machen es mir schwer.

»Dir braucht nichts leid zu tun«, fährt sie fort und streicht über meinen Arm, als wäre ich ein kleines Kind.

Ich spüre, wie sich meine Nackenhaare bei der Berührung durch die verhasste Frau aufrichten. Meine Fäuste beginnen, vor Wut zu zittern.

Es war nicht richtig, Nils mit in den Wald zu nehmen. Das war mir bewusst, bevor wir losgezogen sind und in jedem einzelnen Moment unserer Wanderung. Er hätte nicht dort sein sollen. Er war ein Stadtkind, dass bei seiner kranken Mutter hätte bleiben sollen, auf sie hätte aufpassen müssen. Er war nicht gemacht für den Wald. Aber er hatte darauf bestanden, hatte sich über meinen Wunsch, allein zu sein, hinweggesetzt. Dass er gestorben war, war einzig und allein seine eigene Schuld. Ich konnte absolut nichts dafür. Außer, dass ich weggerannt war.

»Ich bin die, die versagt hat, schon vor langer, langer Zeit«, fährt sie fort. Ihre Stimme verliert sich und ich warte geduldig, bis sie weiterredet. Ich würde ihr am liebsten Fragen stellen, doch mein Hals ist rau wie Sandpapier. »Es war längst an der Zeit, dass jemand dem Grauen ein Ende bereitet. Umso trauriger, dass ich dich trotzdem hier wiederfinden muss.«

Ihre Worte ergeben in meinem Kopf keinen Sinn. Wieso bin ich hier, wenn sie mich nicht hier haben möchte? Sie hat doch Nils' Kumpels auf mich angesetzt. Bereut sie es, dass ich nicht tot zwischen den anderen Mädchen liege?

Sie setzt sich bequemer hin, lehnt ihren Rücken neben mir an die Wand und schaut stur geradeaus. »Alles fing an, als ich Rainer kennenlernte. Er bekam immer alles was er wollte. Wenn er etwas nicht sofort bekam, hat er alles darangesetzt, es dennoch zu bekommen. Ich kenne keinen Menschen, der hartnäckiger ist, als er. Mir hat das gefallen und so hat er sich auch um mich nicht lange bemühen müssen. Kurz nach unserer Hochzeit kam Nils auf die Welt und es schien alles perfekt. Ein winzig kleines Mädchen wünschten wir uns, um unser Glück komplett zu machen, doch je länger wir es versuchten, desto mehr begriffen wir, dass uns eine Tochter verwehrt blieb.«

Ich nicke, obwohl ich ihr noch immer nicht über den Weg traue. Diese Geschichte habe ich in ähnlicher Form bereits von Nils gehört. Wie in einem schlechten Film wird sie mir jetzt alles beichten, was sie jemals in ihrem Leben getan hat, mit dem einzigen Unterschied, dass niemand weiß, dass wir hier sind, und deshalb auch niemand im letzten Moment unser Versteck stürmen wird, um uns zu retten.

Seine Mutter zieht ein benutztes Taschentuch aus der Hosentasche, pflückt es auseinander und wischt sich an den Fetzen die Nase ab. Sie könnte mir leidtun, wenn sie nicht dafür verantwortlich wäre, dass wir alle hier unten festsitzen. Doch sie hat die Rechnung ohne mich gemacht. Ich werde mich von den Verletzungen erholen, mein Training wieder aufnehmen und dann werde ich die alte Frau überwältigen und mit Hannah von hier verschwinden. Was die anderen Frauen tun, ob sie weiter die Mimosen spielen und sich nicht zur Wehr setzen, bleibt dann ihnen überlassen.

»Zehn lange Jahre haben wir gewartet. Ich hatte die Hoffnung längst aufgegeben. Natürlich habe ich mir die Schuld gegeben. Rainer hat ja im Leben immer alles erreicht.«

Hannah stellt einen Teller mit Kartoffelsuppe und einem Löffel neben mir ab und lächelt mir auffordernd zu. Jetzt erst bemerke ich den Hunger, der an mir nagt, als hätte ich seit Wochen nichts gegessen, was wohl auch stimmt.

Ich lasse meinen Blick kurz schweifen. Die anderen Frauen haben sich allesamt einen Teller voll Suppe geholt und sitzen nun am Tisch oder auf dem Boden und tun so, als würden sie der Geschichte von Nils' Mutter nicht lauschen. Vermutlich haben sie die Geschichte schon zehnmal gehört, wahrscheinlich ist es die Willkommensgeschichte für eine jede Frau hier, und dennoch werde ich das Gefühl nicht los, dass jede einzelne die Ohren spitzt und sich Mühe gibt, das kleinste Kratzen des Löffels auf dem Teller zu vermeiden.

Zaghaft nehme ich ein Stück Kartoffel auf meinen Löffel, stecke es in den Mund und zwinge mich, langsam und gründlich zu kauen. Wenn ich jetzt anfange, zu schlingen, tue ich mir keinen Gefallen.

Das Essen schmeckt gut, wenn auch es kein Vergleich zu einem frisch gerösteten Kaninchen zu Brennnesselsalat unter einem dichten, schattenspendenden Blätterdach ist.

Nils' Mutter lässt sich nicht beirren. »Eines Tages kam Rainer ganz aufgeregt nach Hause. Er verschwand mit Nils im Keller. Mehrere Wochen drang der Baulärm herauf, bis er wieder verstummte. Dann fuhren Rainer und Nils für mehrere Tage weg. Als sie wiederkamen war Nils sehr aufgekratzt. Auf der einen Seite stolz und erfreut, auf der anderen Seite eingeschüchtert.« Sie machte eine Pause und wischte sich erneut die Tränen aus dem Gesicht. Kein Laut störte die gespenstische Stille. »Sie hatten das Mädchen dabei. Hannah.« Jetzt konnte sie nicht mehr ruhig reden. Jedes Wort kam unter Schluchzen aus ihr heraus, während die Tränen ihr in Bächen das Gesicht herabrannen.

Ich blicke zu meiner Schwester. Ihr Teller ist leer. Der Löffel liegt obenauf. Ihre Hand greift nach der meinen und drückt sie fest. Es muss schwer für sie sein, diese Geschichte zu hören. Doch sie kennt sie. Hat sie miterlebt. Ich habe so lange Zeit nach Antworten gesucht und finde sie nun endlich.

Doch wem will Nils' Mutter etwas vormachen? Rainer alle Schuld in die Schuhe schieben, damit sie wie ein Lamm mit blütenweißer Weste erstrahlen kann?

Der Mann sagt, die Frau springt.

Solche Frauen habe ich seit jeher abgrundtief verachtet. Jeder ist seines eigenen Glückes Schmied. Wenn man einmal von Kindersklaven absieht, die gezwungen sind, mit den bloßen Händen Diamanten aus dem Fels zu kratzen. Aber hier wachsen die meisten Menschen wohlbehütet auf, sind abgesichert, haben ein Dach über dem Kopf. Sie ist in der Lage, alleine über ihr Glück zu bestimmen. Sie trifft ihre Entscheidungen. Und sie hat entschieden, dass wir hier unten bleiben. Aus welchem Grund auch immer.

»Sie sagten, sie hätten nun endlich die lang ersehnte Schwester, die ich ihnen so lange verwehrt hatte, und sperrten Hannah in den Keller. Ich tobte, wollte Hannah zurück zu ihren Eltern bringen, doch es war das erste Mal, dass ich

Rainers Wut zu spüren bekam. Er drohte, mich umzubringen, falls ich ihm die Tochter wieder wegnehmen wolle. Er schlug so lange zu, bis ich wünschte, er würde die Drohung wahr machen. Als er endlich von mir abließ, erklärte er mir, dass ich zwei Möglichkeiten hätte. Erstens, dass ich Hannah großzog, als wäre sie meine eigene Tochter. Zweitens, würde er beenden, was er begonnen hatte und ich würde ihm dankbar sein, wenn er den letzten Funken Leben aus mir herausgeprügelt hätte. Er sperrte mich im Keller ein, sodass ich genug Zeit hatte, die wunderschön eingerichtete Wohnung zu bestaunen und eine Bindung zu Hannah aufzubauen. Ich hatte keine Wahl. Hätte ich mich geweigert, mich um sie zu kümmern, hätte er uns beide in dem Keller verhungern lassen. Wäre ich zur Polizei gegangen, hätte er uns beide umgebracht.«

Ihre Worte verstummen und ich lasse sie wieder und wieder durch den Kopf gehen. Die Geschichte ist noch nicht zu Ende, denn es sind zu viele Fragen offen. Sie erhebt sich, nimmt das Tablett mit dem Topf und Geschirr und verlässt das Zimmer auf die Weise, wie sie es betreten hat.

»Wie fühlst du dich?« Hannah sieht mich besorgt an.

Wieder diese Frage.

Ich fühle mich, als hätte mich ein Lastwagen überrollt, aber in Anbetracht der Geschehnisse kann ich froh sein, hier zu sitzen.

Die Worte von Nils‘ Mutter gehen mir wieder und wieder durch den Kopf. Ich kann nachvollziehen, dass sie im ersten Moment zugestimmt hat, Hannah großzuziehen. Aber da sie frei herumlaufen kann, hätte sie, sobald sie die Gelegenheit dazu bekam, zur Polizei gehen können. Bei einem gewalttätigen Mann kann man nie sicher sein, wie weit er beim nächsten Mal gehen würde. Und dass er noch immer gewalttätig ist, ist nicht zu übersehen.

»Es geht.« Jammernde Menschen waren mir von klein auf zuwider. Wenn man an einer Situation etwas ändern kann, soll man es tun, aber unaufhörlich darüber zu meckern brachte es einem nur mehr ins Bewusstsein, sodass ein Entfliehen aus der Situation immer unmöglicher wurde. »Ich glaube, ich brauche noch einen Moment, um begreifen zu können, was hier passiert.« Mein Hals schmerzt furchtbar. Ich greife erneut nach dem Wasserbecher und trinke vorsichtig.

Hannah grinst. »Ich weiß nicht, ob du schon immer so warst, aber du musst hier nicht die Heldin spielen.«

Die Heldin. Der Klang des Wortes löst etwas in mir aus, doch bevor ich es greifen kann, ist es verschwunden, denn Hannah redet weiter.

»Ich kann dir sagen, was passiert ist.« Sie schaut mich ernst an. »Vor zwei Wochen haben wir auf dem Flur lärmende Männerstimmen gehört. Das ist für uns das Zeichen, im Zimmer zu bleiben, denn du kommst nicht lebendig zurück, wenn du ihnen begegnest. In der nächsten Nacht hat sich Sarah zur Leichenkammer geschlichen und dich dort gefunden. Sie müssen dich für tot gehalten haben. Sarah hat mir gesagt, dass du noch lebst und wir haben dich hierhergeholt. Ich habe gehofft, dass wir dich durchbekommen. Als dein Fieber endlich sank, wusste ich, dass wir es geschafft haben. Ich habe mir nie zu träumen gewagt, dich jemals wiederzusehen, aber dass es hier ist, hätte ich nicht gewollt.«

Für den Moment ist sie ernst, doch ich habe das Gefühl, dass sie sich vollkommen mit ihrer Situation abgefunden hat. Sie hinterfragt nichts, lebt einfach vor sich hin. Kein Gram gegenüber Nils‘ Mutter ist erkennbar. Im Gegenteil.

»Wo sind wir?«

»In der wunderschönen Villa meiner lieben zweiten Familie. Rainer, Britta und Nils.« Ihre Stimme ist voller Hohn und Sarkasmus, doch ich erkenne sofort, dass sie es nicht so meint. Ich freue mich ernsthaft für sie, dass es ihr gut geht und sie glücklich ist, aber in meinen Augen ist sie für die Situation zu glücklich. »Mach dir keine Hoffnungen. Wir sitzen im Keller und du kannst ihn bloß von außen öffnen.«

»Aber Britta kann doch ein und aus gehen, wenn ich es richtig sehe?«

Hannah weicht meinem Blick aus.

»Was möchtest du mir sagen?« Müdigkeit zerrt an mir und mit ihr kommt die Gereiztheit. Jedes Teil der Lösung muss ich ihr einzeln aus der Nase ziehen. Weshalb muss man so groß drumherum reden? Brittas Hintergründe interessieren mich nicht. Mich interessiert nur, wie ich von hier wegkomme und zumindest meine Schwester mitnehme. Von mir aus dürfen die anderen Frauen mir folgen, doch wenn ich jemanden zurücklassen müsste, um Hannah und mich zu retten, würde ich es tun, ohne mit der Wimper zu zucken. Und die kleine Sarah, an der Hannah trotz der Umstände zu hängen scheint.

»Du kannst hier nicht raus«, herrscht sie mich an und dreht sich von mir weg. Sie steht auf, geht einige Schritte und dreht sich dann um, um auf mich hinabzublicken. »Wenn sich Britta von uns abwendet, haben wir niemanden mehr hier unten, der uns versorgt. Keine Kleidung, kein Essen, keine Medizin. Wenn sie nicht wäre, hätte ich dich sterben lassen müssen. Außerdem weißt du nicht, wer auf der anderen Seite wartet. Wie viele? Mindestens Nils, Rainer, und andere.«

»Nils ist tot«, unterbreche ich sie tonlos.

Ihre Augen weiten sich, der Mund steht offen. »Nils ist …«

»… tot«, beende ich ihren Satz. »Es war ein Unfall. Ich konnte ihm nicht helfen.«

Hannah wendet sich ab. Ich sehe, dass ihr Nils' Tod nahegeht. Wer kann es ihr verdenken? Ich habe darunter gelitten, tue es immer noch, und das, obwohl ich ein emotionaler Krüppel bin, nicht in der Lage, normale menschliche Empfindungen an den Tag zu legen.

Obwohl ich die letzten zwei Wochen durchgeschlafen habe, bin ich so müde, als wolle ich auch in den nächsten zwei Wochen nichts anderes tun. Das Sitzen, Reden, die vielen Menschen strengen mich an. Informationen, die mein Kopf verarbeiten muss. Ich weiß, dass ich wieder mein gewohntes Level erreichen werde. Ich weiß, dass ich jetzt dringend schlafen muss. Aber ich weiß vor allem eins: Dass wir hier herauskommen werden.

Zu viele Frauen liegen auf zu wenig Matratzen. Meine Penner kommen mir in den Sinn und wie sehr sie sich über diesen Schlafplatz freuen würden. Sollte ich hier lebend herauskommen – nein: Wenn ich hier herausgekommen bin, werde ich dafür sorgen, dass alle, die von dem Keller wissen, verhaftet werden. Wenn die Villa dann leer steht, werde ich meinen Pennern den Tipp geben, wo sie ein lauschiges Plätzchen zum Schlafen finden.

Das gedämmte Licht brennt die Nacht hindurch. Hannah hat mir erklärt, dass sie es immer brennen lassen, damit sie nicht in Panik geraten. Es ist schon schlimm genug, eingesperrt zu sein, aber noch viel schlimmer ist es, im Dunklen eingesperrt zu sein.

Es dauert nicht lange, bis ich von allen Seiten das untrügliche, schwere Atmen der Schlafenden höre. Bis auf eine am Tisch sitzende Frau schlafen alle.

Sie dreht mir ihr trauriges Gesicht zu. Es ist die, die mir merkwürdig bekannt vorkommt und nach einem Moment weiß ich auch, woher ich sie kenne.

»Hallo Katja«, krächze ich ihr leise zu, um die anderen nicht aufzuwecken. Verschwunden ist das tadellose Make-up, der knallrote Lippenstift, der Mascara, der so herrlich dichte Wimpern zaubert. Verschwunden sind auch die Highheels von ihren Füßen. Ich blicke mich um und entdecke, dass ich die einzige bin, die ihre Stiefel trägt. Entweder haben sie sich nicht getraut, mir während des Deliriums die Stiefel zu entfernen, oder ich muss mich unbewusst dagegen gewehrt haben. Niemals ließe ich freiwillig jemanden meinem Messer zu nahe kommen. Vielleicht funktionierte die Abwehr auch reflexartig im Fieberwahn.

»Hi.« Ihrem mürrischen Unterton entnehme ich, dass sie heute nicht in Plauderlaune ist. Wenn es nicht so traurig wäre, würde ich breit grinsen, doch mein Gesicht bleibt starr wie zuvor.

Mir kommt das Gespräch zwischen Nils und Katja in den Sinn, dem ich vor ein paar Wochen gelauscht habe.

»Du solltest deinen Krav-Maga-Kurs wechseln«, rate ich ihr. »Mehr richtige Gegner, große, kräftige Kerle, weniger Highheels im Alltag.«

Sie zieht die Augenbrauen hoch. »Und wie kommst du hierher?«

Punkt für sie. Bevor ich Nils kannte, hätte ich mich niemals ohne erhobene Fäuste umgedreht. Jetzt weiß ich, warum.

»Drei gegen einen aus dem Hinterhalt.«

Sie nickt wissend und betrachtet gründlich ihre Fingernägel. Von der ehemals perfekten Maniküre ist nach mehreren Wochen Gefangenschaft nicht viel übriggeblieben. Dann hebt sie den Kopf. Das schiefe Grinsen ist mehr zu erahnen, als dass es wirklich da ist. »Kommt wohl aufs Gleiche raus.«

Ich gebe mir Mühe, den geschundenen Körper hochzuhieven. Zumindest sitzend möchte ich Katja in die Augen blicken. Mit zusammengebissenen Zähnen schaffe ich es schließlich und blicke Katja triumphierend an. Es war ein Fehler, mich hierherzubringen. Ich bin eine Psychopathin und habe einen Menschen auf dem Gewissen. Die Mauern des Kellerverlieses werden mich nicht aufhalten können.

Stöhnend stütze ich mich mit der Hand am Boden ab um den Rest meines Körpers gegen die Wand zu lehnen. Nun gut. Ich muss erst einmal wieder heil werden, dann kann der große Ausbruch starten.

»Und?«, frage ich Katja, als das Stechen in der Hand nachlässt. »Was für Pläne hast du?«

Katjas Augen verengen sich. »Was soll ich für Pläne haben? Wir sitzen eingesperrt in einem bescheuerten Keller, aus dem wir nie mehr rauskommen.« Sie schlägt mit den Fäusten auf den Tisch und springt auf. Mit einem lauten Krachen fällt ihr Stuhl um.

Hannah regt sich neben mir im Schlaf und schlingt ihren Arm fester um die kleine Sarah. Wie ein großer Schutzengel, der auf seinen kleinen Engel aufpasst. Die Gesichtszüge sanft und entspannt. Wie vor nicht allzu langer Zeit bei Nils. Bloß, dass er dazu verdammt ist, bis in alle Ewigkeit wie ein Engel zu schlafen.

Aufgebracht läuft Katja im Zimmer auf und ab. Es würde mir genauso gehen, wenn ich sie wäre und mich damit abgefunden hätte, für den Rest meines Lebens in einem stickigen, heruntergekommenen Keller eingesperrt zu sein.

»Du bist seit mindestens einem Monat hier drin und hast dir noch nicht überlegt, wie du hier herauskommst?« Hauptsache, sie hat manikürte Fingernägel und Highheels. Doch selbst das interessiert sie nicht mehr, seit sie hier ist.

»Was schlägst du denn vor, Fräulein Oberschlau?« Sie stellt sich direkt vor mich, stemmt die Fäuste in die Seiten, beugt sich zu mir herab und funkelt mich wütend an.

Geheimnisvoll lege ich den Zeigefinger auf die Lippen, beuge mich unter Schmerzen vor und ziehe das Messer aus dem Stiefelschaft. Kaum war ich erwacht, hatte ich mich davon überzeugt, noch meine Stiefel zu tragen. Unter den Schmerzen, die ich am ganzen Körper litt, konnte ich keine einzelnen Berührungen ausmachen, aber ich ging davon aus, dass niemand das Messer gefunden hatte.

Ich hoffe nur, dass es kein Fehler ist, Katja das Messer zu zeigen. Menschen, vor allem in Gefangenschaft, neigen dazu, komische Dinge zu tun.

»Es ist zwar kein Plan«, flüstere ich, um möglichst niemanden zu wecken. Umso weniger Leute eingeweiht sind, desto größer ist die Wahrscheinlichkeit, dass ein Vorhaben gelingt. Ich schätze jede meiner neuen Mitbewohnerinnen so ein, dass sie sich das Messer schnappten und auf eigene Faust loszögen, wenn sie die Gelegenheit dazu bekämen. »Aber es hilft ungemein, einen Plan auszuarbeiten.«

Ehrfürchtig starrt Katja auf das Messer. Sie nimmt die Hände aus den Seiten und schlägt sie vor den Mund. »Das heißt ja …«

»… dass es gar nicht so abwegig ist, hier herauszukommen.« Ich verstaue das Messer wieder an seinem angestammten Platz. »Aber bevor ich einen Plan ausarbeiten kann, muss ich alles wissen. Wer sind die Leute auf der anderen Seite der Tür? Wie viele gibt es? Wie ist das Gebäude aufgebaut? Wo genau sind wir?« Ich schaue sie ernst an. »Aber das schwierigste von allem ist: Ich brauche eure Hilfe.«

»Alles, was du willst!«, verspricht Katja unbedacht. »Wenn du uns nur hier herausholst!« Sie kommt zu mir herüber, lässt sich neben mir auf die Matratze sinken und lehnt sich ebenfalls gegen die Wand. »Wenn du uns nur hier herausholst!« Ihre flehenden Augen werden so groß, dass sie beinahe aussieht, wie ein Kleinkind.

»Habt ihr Sport gemacht, während ihr hier wart?« Ich gehe im Kopf alle Möglichkeiten durch.

Verwundert blickt sie mich mit den weiterhin großen Augen an. »Nein, wozu?«

»Es kann passieren, dass wir rennen müssen, sobald wir einmal das Haus verlassen haben.« Sie trägt nur Strümpfe. Das ist nicht optimal, macht das Rennen zumindest angenehmer als mit Highheels.

»Rennen?« Sie verzieht das Gesicht, beschwert sich aber nicht weiter. Ihr leuchtet ein, was ich sage, sie ist bloß nicht begeistert davon. Schließlich nickt sie. »Und was sollen wir deiner Meinung nach tun?«

»Es gibt drei Punkte: Wir werden ab sofort jeden Tag ein Sportprogramm absolvieren. Ich muss wieder heil werden. Und ihr müsst mir alles erzählen, was ihr über die da draußen wisst.«

Kapitel 18

Der Großteil der Frauen lauscht Katjas Worten, als sie von unserem Vorhaben berichtet. Ich bin froh, sie an meiner Seite zu haben, denn ich bin nicht geübt im Überzeugen von Menschen. Außerdem strengt mich das Reden zu sehr an.

Die Reaktion der Frauen ist jedoch genau das Gegenteil von dem, was ich erwartet habe.

Denise, mit knapp dreißig Jahren die Älteste von uns, hält unser Vorhaben für undurchdacht, gefährlich und naiv.

»Vergiss es, wir kommen hier nicht lebend raus. Du reißt uns alle in den Tod!« Wer kann Denise ihre Verbitterung verdenken?

Sie hatte im vergangenen Jahr Marcel kennengelernt, ihren Beschreibungen nach der Junkie, der auch mich zusammengeschlagen hat. Er hatte ihr schöne Augen gemacht, sie nach einem Date gefragt, doch sie hatte nicht alleine kommen wollen. So hatte sie ihre beste Freundin mitgebracht und er Nils. Das hoffnungsvolle Doppeldate endete darin, dass Denise hier landete und ihre Freundin einen Raum weiter. Natürlich konnte Denise nichts dafür, aber ihre Freundin wäre Marcel und Nils ohne ihr Zutun nicht über den Weg gelaufen. Sie wollte nicht, dass noch mehr Menschen ihretwegen sterben mussten.

»Alle werden es hier eh nicht herausschaffen«, verdeutlicht sie noch einmal ihren Standpunkt. »Die haben doch gezeigt, dass ihnen nichts an uns liegt. Annika hatte damals auch einen tollen Plan und liegt jetzt in der Leichenkammer.«

Betreten schauen alle Frauen außer Katja und mir zu Boden und ich erkenne, dass vor unserer Zeit eine Frau hier gelebt haben muss, die mir nicht unähnlich war. Es tut mir leid um sie, aber ich habe nicht vor, mich aufhalten zu lassen. Ich werde alle hier herausholen, die gerettet werden möchtet.

»Vergesst es, ich bin raus.« Sie dreht sich demonstrativ von uns weg. Wenn sie die Möglichkeit hätte, wäre sie aus dem Raum gegangen, aber auf dem Flur lauert der Tod, dem keine von uns begegnen möchte.

Ich kann sie verstehen und doch wieder nicht. Sie hat hier alles, was sie zum Leben braucht. Sie wird nicht misshandelt, ausgebeutet, hat ein Dach über dem Kopf und bekommt Essen, das gar nicht mal so schlecht schmeckt. Britta kümmert sich gut um uns. Wenn da nur nicht die störende Tatsache wäre, dass wir den Keller nicht verlassen dürfen.

Es gibt Leute, denen es deutlich schlechter geht, aber ich vermisse meine Freiheit. Den Wald, das Laufen, das Gezwitscher der Vögel. Die Sonne, die ihre Strahlen in den frühen Morgenstunden durch die Zweige und den finsteren Nebel schickt. Morgens aus dem Zelt zu treten und die kühle, frische Waldluft einzuatmen. Auf die Jagd zu gehen, ein Wildschwein über dem Feuer zu rösten und zu verspeisen. Wie sehr mir das alles fehlt. Ich verstehe, wenn jemand die Sicherheit, die er in unserem Wohnzimmer hat, als beruhigend empfindet und sie nicht durch unbedachte Aktionen gefährden möchte. Aber für mich ist das Leben im Keller schlimmer als der Tod.

Ich muss hier heraus.

Die immer gleich ablaufenden Tage ziehen sich in die Länge.

Morgens, mittags und abends kommt Britta und versorgt uns mit Nahrung. Morgens gibt es Toasts mit Marmelade, mittags Hausmannskost, abends Schnittchen.

Gelegentlich bringt sie uns Hygieneartikel oder Waschmittel, denn wir müssen unsere Kleidung im angrenzenden Badezimmer selbst waschen, so wie wir auch für die Sauberkeit in unseren Räumen selbst zuständig sind.

Abgesehen von Brittas Besuchen passiert nicht viel. Meine Mitgefangenen sitzen im Raum verstreut und starren vor sich hin. Sogar die kleine Sarah sitzt meist in ihrer Ecke und beschäftigt sich mit sich selbst. Gelegentlich liest Hannah ihr eine Geschichte vor. Sie scheint alles über unsere Kindheit vergessen zu haben oder warum singt sie ihr nicht die Lieder vor, die sie als Kind so sehr geliebt hat? Warum legen sie nicht aus der wenigen Ersatzkleidung, die in der Kommode schlummert, ein Spielfeld für Himmel und Hölle?

Ich stelle mir vor, wie es ist, zwölf Jahre in diesem Keller eingesperrt zu sein, doch ich verstehe, dass ich es nicht begreifen kann. Mir fällt bereits nach wenigen Tagen die Decke auf den Kopf. Hannah war ein Kind, als sie hier gelandet ist. Sie hatte gar keine Möglichkeit auszubrechen. Britta hätte hier die Verantwortung übernehmen und Rainer anzeigen müssen.

Nach drei Tagen schmerzt mein Kopf so sehr, dass ich es nicht mehr aushalte. Mein Körper schreit nach Bewegung, nach Sonne, nach Leben. Nur eine Runde durch den Grunewald joggen. Die Frühlingsluft schnuppern, den Knospen beim Wachsen zusehen. Ich liebe den Herbst und den Winter, wenn die Bäume ihre Blätter abwerfen und schließlich als kahle Gerippe in der Landschaft stehen. Wenn die Natur herunterfährt, tief schlummert und sich auf das neue Jahr vorbereitet. Wenn der Boden gefriert und das Überleben in der Wildnis zum Kampf wird, auf den man vorbereitet sein muss. Dennoch würde ich jetzt alles dafür geben, den Frühling draußen zu erleben.

Mein Zeigefinger kratzt mit dem Fingernagel an der Fuge zwischen den Wandziegeln entlang. Ich gebe so viel Druck auf den Finger, dass ich fürchte mein Fingernagel bräche ab, und beobachte die abgekratzten Steinchen, die staubig zu Boden rieseln. Der Schmerz des beinahe herausspringenden Nagels hilft mir, nicht verrückt zu werden. Doch es reicht nicht.

Schwerfällig erhebe ich mich von meinem neuen Stammplatz. Die Blicke der anderen Frauen verfolgen mich argwöhnisch. Ich spüre sie, ohne hinzusehen, und versuche, sie zu ignorieren. Hier im Keller bin ich eine Attraktion, stehe im Mittelpunkt, weil ich keine drei Tage ruhig auf einem Fleck sitzen kann. Ich hasse es.

Vorsichtig mache ich einen kleinen Hüpfer und spreize die Beine beim Landen. Der Schmerz zieht durch meinen ganzen Körper. Ich kann keine Stelle nennen, die mir nicht wehtut. Ich schließe für einen kurzen Moment die Augen, atme tief durch und beiße die Zähne zusammen. Als ob ich mich von einer Pussy wie Marcel außer Gefecht setzen lasse. Ein Junkie, der Drogen braucht, um Mädchen schlagen zu können. Das bisschen Schmerzen werde ich aushalten können.

Ich springe und schließe die Beine wieder. Dieses Mal bin ich besser auf den Schmerz vorbereitet und lasse mich nicht von ihm aufhalten.

»Mann oder Memme?«, fragt das Teufelchen auf meiner Schulter und ich antworte stumm: »Mann!«

Beim nächsten Sprung nehme ich die Arme hinzu, doch ich achte darauf, beim Zusammenschlagen der Hände über dem Kopf kein Klatschgeräusch lautwerden zu lassen. Es erscheint mir hier unten fehl am Platz.

Bei dem dritten Hampelmann erwecke ich das Interesse der kleinen Sarah. Mit großen Augen lässt sie den Teddy sinken und starrt mich neugierig an. Im Gegensatz zu der Neugier der anderen ist ihre völlig frei von Abwertung. In ihren Augen flackert etwas auf, das ich in den letzten drei Tagen nicht ein einziges Mal beobachtet habe: Sehnsucht. Wenn ich daran denke, wie sehnsüchtig ich Hannah als kleines Kind beim Hüpfen zugeschaut habe, verstehe ich, was in ihr vorgeht. Sie möchte es so gern auch einmal ausprobieren, traut sich aber nicht vor den Blicken der anderen.

Nach dem fünften Hampelmann bin ich erschöpft und weiß, dass sich morgen ein furchtbarer Muskelkater zu meinen Schmerzen gesellen wird. Die Quittung für zu langes Nichtstun.

Trotzdem ist noch nicht der Punkt gekommen, an dem ich mich befriedigt fühle. Zu lange habe ich geruht und meinen Körper nicht gefordert. Ich muss vorsichtig sein, dass ich ihm nicht zu viel zumute, aber ein bisschen geht noch und so lege ich mich in die Mitte des Raumes, mit dem Rücken auf den kalten Beton. Hüftheben, eine Übung, die ich immer belächelt habe. Eine Übung für Frauen, die auf ihre Bikinizone hintrainieren oder ihren Beckenboden verführerischer definieren möchten. Aber es ist genauso eine Übung für geschundene Kriegerinnen, die ihren Körper langsam wieder an das harte Training heranführen möchten.

Ich spanne meine Bauchmuskeln so fest es geht an, presse meine Kiefer aufeinander, hebe fünfmal meine Hüfte und senke sie wieder ab. Ich triefe vor Schweiß und bleibe einen Moment auf dem Rücken liegen und starre die Decke an. Muss es nicht irgendwo einen Lüftungsschacht oder ein Belüftungssystem geben? Doch die Luft hier unten steht und ich entdecke auch kein verräterisches Gitter in der Decke.

Ich will schwungvoll aufstehen, doch verharre mitten in der Bewegung. Mein Körper ist noch nicht so weit.

Also rolle ich mich langsam auf den Bauch, knie mich hin und stehe auf.

Aus der Kommode nehme ich mir frische Unterwäsche, ein Handtuch und ein knielanges, langärmeliges Shirt und verschwinde damit im Badezimmer. Die Tür lässt sich nicht abschließen, doch bislang habe ich die Erfahrung gemacht, dass man im Badezimmer seine Privatsphäre hat.

Ich wasche meine Kleidung lediglich am Waschbecken, da ich für die paar Sachen nicht die Waschmaschine anschmeißen möchte. Wenn ich unterwegs bin, werden meine Sachen auch maximal durch den Fluss gezogen.

Ich hänge meine Kleidung zum Trocknen über die Heizung und trete in die Duschkabine, deren milchige Plexiglaswände jederzeit aus den Schienen zu fallen drohen. Vorsichtig schließe ich die Türen, werfe mein Handtuch über die Scheibe und stelle das Wasser an. Es dauert einen Moment, bis das Wasser warm wird, aber dann schließe ich wohlig die Augen, lasse mich von dem Prasseln des Wassers einlullen und habe für einen Moment das Gefühl, als stünde ich draußen, mitten im Regen. Ich kann die Wärme der Sonne auf meiner Haut spüren und wenn ich genau hinhöre, zwitschern die Vögel ihre schönsten Lieder für mich.

Es ist meine erste Dusche, seit ich aus dem Dornröschenschlaf erwacht bin. Das Wasser spült die Schmerzen fort, den Schweiß und für einen Moment auch alle Sorgen.

Für den Moment stehe ich auf einer Frühlingswiese im Regen.

Die Badezimmertür öffnet sich und erschrocken reiße ich meine Augen auf, um zu sehen, wer mich in meiner Nacktheit stört, doch es ist bloß die kleine Sarah. Sie nimmt keine Notiz von mir, ist nur mit sich selbst beschäftigt und stellt sich in der Mitte des Badezimmers auf.

Ich kreuze meine Arme vor der Brust. Es ist mir unangenehm, dass sie mich nackt sehen könnte. Niemand hat mich nackt gesehen, seit … ja, seit Hannah damals verschwand.

Doch meine Neugierde siegt und ich beobachte Sarah, die einen kleinen Hüpfer macht, wobei sie die Arme in die Luft und die Beine auseinanderreißt. Und wieder zurück. Mir bleibt vor Staunen der Mund offenstehen. Sarah übt Hampelmänner.

Schlagartig wird mir klar, was das bedeutet: Ich bin eine richtige Tante! Ich habe meine Nichte dazu motiviert, etwas Gutes für sich zu tun.

Ich wasche mich gründlich, stelle die Dusche ab und hülle mich in das Handtuch, bevor ich aus der Dusche trete.

Erschrocken blickt mich Sarah an. Sie merkt erst jetzt, dass auch ich im Raum bin. Ihre Augen werden so groß, dass ich Angst habe, sie könnten aus den Höhlen herausfallen.

Ich lächle ihr zu und es fühlt sich gut an.

»Du machst das gut!«, ermuntere ich sie und wünsche mir zum ersten Mal in meinem Leben, ich hätte eine freundlichere Stimme. Wie ein Rotkehlchen, ich will Sarah schließlich nicht verschrecken.

Doch es ist schon zu spät. Starr beobachtet sie mich und das kleine Herzchen pocht so heftig und schnell, dass ich es durch ihr Shirt hindurch schlagen sehen kann.

Krampfhaft halte ich das Handtuch vor der Brust zusammen und steige ungeschickt in das mitgebrachte Höschen. Ich will Sarah nicht fortschicken, aber es ist mir unangenehm, dass sie mich beim Ankleiden beobachtet.

»Warum hast du das gemacht?«, fragt die Kleine mich, als ich in die Strümpfe gestiegen bin.

»Warum habe ich was gemacht?«, frage ich freundlich nach. So gut man eben mit einer Reibeisenstimme freundlich fragen kann.

Sie macht einen Hampelmann. »Das!«

Ja, warum mache ich Hampelmänner. Ich schätze, weil ich nicht anders kann, doch wie soll ich das Sarah erklären, die von dem echten Leben außerhalb des Kellers keine Ahnung hat.

»Das ist ein Spiel«, erkläre ich ihr, während ich umständlich das Shirt über meinen gerade so noch verhüllten Körperziehe. »Es heißt Hampelmann und man zählt, wer die meisten schafft.«

Erstaunt reißt Sarah die Augen auf. »Du hast fünf gemacht, ich habe es genau gezählt. Und ich habe schon zwanzig!«

Schon setzt sie sich wieder in Bewegung, während ich mich weiter zurecht mache. Meine Haare sind mittlerweile so lang, dass ich sie nach dem Duschen bürsten muss. Bislang reichte es, einige Male mit den Fingern durchzufahren und sie dann zu seinem Pferdeschwanz nach oben zu binden, doch jetzt reichen sie mir bis knapp unter die Schultern.

»Willst du sie wirklich mit Sarah alleine lassen?«, höre ich eine Frauenstimme im Nachbarzimmer. Sie macht sich nicht einmal die Mühe, zu flüstern, also ist es ihr egal, dass ich sie hören kann.

»Das ist meine Schwester!«, verteidigt Hannah mich empört und ich freue mich, dass sie so denkt. »Sie würde Sarah niemals etwas antun.«

»Ich wäre ja nicht so gutgläubig«, entgegnet wieder die erste Stimme. Ich bin noch nicht lange genug hier, um die Stimme einzuordnen. Sie könnte jeder der anderen Frauen gehören, aber es macht mich froh, dass Hannah hinter mir steht. »Du hast sie zwölf Jahre lang nicht gesehen. Und sie hat Nils auf dem Gewissen. Oder glaubst du etwa den Quatsch mit dem Unfall? Sie hat dir noch nicht einmal erzählt, wie er gestorben ist.«

Es folgt eine lange Zeit der Stille, während Sarah neben mir auf und ab hüpft und dabei in die Hände klatscht. Wie ein kleines Männchen aus Draht bewegt sie Arme und Beine, aber wer will es ihr verdenken? Fast ein Jahrzehnt durfte sie nicht hinaus, um die Sonnenstrahlen einzufangen und mit den anderen Kindern um die Wette zu rennen. Es ist nur natürlich, dass ihre Bewegungen ungelenk sind. Das werden wir mit der Zeit schon hinbekommen.

»Sie ist meine Schwester. Punkt. Ich weiß, dass sie niemals etwas tun würde, um mich zu verletzen«, höre ich die aufgebrachte Stimme von Hannah, bevor sie zu uns ins Badezimmer stürmt und die Tür hinter sich zuschlägt.

Die Tage ziehen sich weiter und den übrigen Frauen ist es mittlerweile zu langweilig geworden, mich bei meinem morgendlichen Mini-Sportprogramm zu beobachten. Die kleine Sarah leistet mir manchmal Gesellschaft dabei und freut sich, dass sie es ausnahmslos schafft, mich zu übertrumpfen. Ich bilde mir ein, dass ihre Arme und Beine etwas kräftiger werden, aber da wir erst seit ein paar Tagen gemeinsam hüpfen, ist es wohl tatsächlich mehr Wunschdenken.

Es interessiert die anderen Frauen auch nicht, dass ich unseren Raum Millimeter für Millimeter nach einer Fluchtmöglichkeit absuche. Sie haben im Lauf der Zeit zu viele Frauen gesehen, die nach ihrer Ankunft völlig euphorisch nach einem Ausweg suchten und Wochen später genauso lethargisch in den Ecken hockten oder tot in der Leichenkammer lagen. Mir ist es egal. Lieber bin ich tot als eingesperrt.

Ich hege die Vermutung, dass Katja sich mir ebenfalls gerne anschließen möchte. Ich habe die Hoffnung in ihren Augen gesehen, als sie mein Messer erblickte, und sie hat auch die Ansprache gehalten, um die Frauen auf unsere Seite zu ziehen. Doch sie ist schon immer zu sehr bedacht darauf gewesen, es anderen recht zu machen. Immer hübsch lächeln, gut aussehen und niemals negativ auffallen. Das ist Katja. Und deshalb schaut sie mir lieber sehnsüchtig zu, wobei ich glaube, dass auch sie heimlich im Badezimmer leichten Übungen nachgeht.

Fünfzehn Tage nach meinem Erwachen richte ich erneut das Wort an die Frauen. Sie haben mich stillschweigend in ihrer Mitte akzeptiert und scheinen Respekt davor zu haben, dass ich den Sport nicht schleifen lasse, sondern täglich weiter ausbaue. Die kleine Sarah findet großen Gefallen an den Übungen und die anderen Frauen werden langsam neugierig.

»Wer von euch hat schon einmal Liegestütze gemacht?«, frage ich in die Runde. Es bringt nichts, meine Mitgefangenen derart zu verausgaben, dass alle einen Muskelkater haben, wenn es auf ihre körperliche Fitness ankommt.

Maria hebt zögerlich die Hand. »Im Sportunterricht in der Schule.« Sie schaut sich um. Jetzt heben auch die anderen nach und nach die Hände.

»Aber das ist schon ewig her«, wirft Caroline ein. Auch ihre Hand ist erhoben.

»Beim Krav Maga haben wir Liegestütze zum Aufwärmen gemacht«, berichtet Katja. »Drei Sätze á zehn Stück.«

Bis auf Hannah und Sarah haben alle Frauen die Hand oben. Auch Denise, obwohl sie sich anfangs gegen mein Programm gesträubt hat. »Ich muss ja nicht mit ausbrechen, aber da ich eh nichts anderes zu tun habe, kann ich den Sport schon mitmachen.«

»Wir beginnen ganz langsam«, beruhige ich die angehenden Sportlerinnen. »Es bringt nichts, wenn ihr euch so verausgabt, dass ihr hinterher kaputter seid als vorher und eure Gelenke zu nichts mehr zu gebrauchen sind.«

Mit großen Augen lauschen mir die Frauen, die um mich herum auf den Matratzen und Stühlen verteilt sitzen.

Wenn ich könnte, würde ich weglaufen. Im Mittelpunkt zu stehen, ist der Horror für mich, aber ich habe das Ziel fest vor Augen. Ich opfere mich für die gute Sache.

»Schaut her!«, fordere ich meine Schülerinnen auf. Ich stelle mich mit gestreckten Armen vor die Wand, die Handflächen berühren die kalten Steine in Brusthöhe. Ich beuge die Arme eng am Körper, bis meine Stirn die Wand berührt, dann strecke ich sie wieder und drehe mich um. »Das ist eure erste Aufgabe. Zehn Wiederholungen.«

Bis auf die kleine Sarah bleiben alle sitzen und schauen mich irritiert an.

»Und damit willst du uns irgendwohin trainieren?«, spricht Katja die Frage aus, die wohl allen durch den Kopf geht, während Sarah die richtige Position an der Wand einnimmt. Zögerlich erhebt sich Hannah und stellt sich neben sie. Auch die übrigen Frauen erheben sich langsam und nehmen die richtigen Positionen ein.

Ich stelle mich neben Katja an die letzte freie Stelle an der Wand. Um mich herum beginnen alle fleißig mit dem Training.

»Es bringt nichts, euch bis zum Umfallen zu trainieren«, erkläre ich Katja. »Wenn ihr jedes Mal an eure Grenzen geht, mit schweren Armen und Beinen aus dem Training kommt, werdet ihr nie in der Lage zu sein, wegzulaufen, wenn es darauf ankommt.«

Ich verschweige ihr, dass mir bereits diese leichten Übungen Schmerzen bereiten. Maria hat ganze Arbeit geleistet, als sie mich gepflegt hat, aber mit den begrenzten Mitteln, die ihr zur Verfügung stehen, ist selbst sie nicht in der Lage, meine Knochenbrüche ordnungsgemäß zu versorgen. Von anderen, unbekannten Verletzungen zu schweigen. Es wird seine Zeit dauern, bis ich wiederhergestellt sein werde. Auch Marcel hatte ganze Arbeit geleistet.

»Wenn du dich fit fühlst, darfst du die doppelte Menge machen.« Ich zwinkere ihr zu und sie verdreht amüsiert die Augen. Ohne Make-up, Stöckelschuhe und aufgesetztem, kokettem Lächeln gefällt sie mir viel besser, muss ich zugeben. Von dem ehemaligen Püppchen ist nicht mehr viel übrig. Vor mir steht eine zukünftige Kampfmaschine.

Wenn wir das Training von Grund auf beginnen, langsam Schritt für Schritt vorgehen, wird es Wochen, Monate dauern, bis sie wirklich fit sind. Aber es ist effektiver, als sie jedes Mal bis zur Schmerzgrenze zu führen. Bis auf Katja sind sie in einer wenig sportlichen Verfassung, und dass sie hier eingesperrt sind, verschlimmert es noch. Natürlich haben sie hier keinen Antrieb. Wohin sollen sie gehen? Weshalb sollen sie Liegestütze und Hampelmänner üben?

Jetzt ist die Freiheit unser aller Motivator.

Mehrere Wochen nach meiner Ankunft in dem Keller wache ich plötzlich nachts auf. Etwas stimmt nicht. Es ist nicht meine gewohnte Zeit, aber das ist nicht alles. Jemand hockt schluchzend neben der Tür, die auf den Flur führt. Ich widerstehe dem Drang, mich schlagartig aufzusetzen. Man weiß ja nie. Den Schluchzern nach zu urteilen ist es Caroline. Vorsichtig rolle ich mich auf den Bauch und hebe den Kopf. Alle anderen schlafen friedlich. Leise stehe ich auf und laufe geduckt zu Caroline, hocke mich neben sie und lege meinen Arm um ihre Schultern.

»Was ist los?«, flüstere ich.

Statt sich zu beruhigen, schluchzt sie nur noch heftiger und schüttelt den Kopf, schiebt mich mit einer Hand von sich weg. Die andere Hand hält sie hinter dem Rücken, als wolle sie etwas vor mir verstecken. Ratlos warte ich auf eine anderweitige Reaktion von ihr. Sie schluchzt weiter, doch langsam wird ihr Schluchzen leiser.

»Ich halte es hier drin nicht mehr aus«, vertraut sie mir schließlich schniefend an. »Bevor du hier warst, habe ich nicht damit gerechnet, hier je wieder rauszukommen, aber jetzt …«

Trotz meiner fehlenden Empathie verstehe ich sie. Wenn ich ein Ziel vor Augen habe, tue ich alles dafür und erreiche mein Ziel. Andere Menschen tun alles dafür und bekommen im letzten Moment kalte Füße. Sie springen nicht über ihren Schatten, weil sie Angst haben, zu versagen. Sie resignieren, bleiben ihr Leben lang an einem Fleck, weil die Angst, was nach dem Erreichen des Ziels kommt, viel zu groß ist. Wenn sie dann jedoch gezwungen sind, den letzten Schritt zu gehen, verzweifeln sie, weil sie Angst haben zu versagen.

Ehe ich mich versehe, holt sie ihre Hand hinter dem Rücken hervor. Die Klinge eines Küchenmessers funkelt in dem dämmrigen Licht. Erschrocken kippe ich nach hinten, kann mich gerade noch mit den Händen abstützen, bevor ich auf dem Boden aufschlage. Ein stechender Schmerz zieht von den Handgelenken die Arme herauf und sammelt sich zu einem großen Crescendo in meiner Brust. Mir bleibt die Luft weg und ich zwinge mich, ruhig zu werden.

Kapitel 19

»Bring mich raus!«, fordert Caroline und tritt einen Schritt näher. Sie blickt von oben auf mich herab und hält mir das Messer entgegen.

Mein Teufelchen flüstert, dass sie niemals zustechen würde, doch ich sehe in ihren Augen, dass sie es ernst meint. Sie ist nicht in der Lage, klar zu denken. Sie lässt sich zu stark von ihren Gefühlen leiten und verliert darüber hinaus das Ziel vor Augen.

»Leg das Messer weg!«

Unsicherheit flackert in ihrem Blick. Sie nimmt die zweite Hand an das Messer, doch sie zittert am ganzen Körper. Ihre Brust bebt, doch sie hält das Messer entschlossen fest.

Ich zähle im Kopf bis drei. Trotz meiner Verletzungen bin ich ihr körperlich weit überlegen. Doch obwohl ich Schmerz in den letzten neunzehn Jahren meines Lebens erfolgreich ignoriert habe, tue ich jetzt alles dafür, die Schmerzen so gering wie möglich zu halten. Ich weiche dem Schmerz aus und weiß gleichzeitig, dass die spätere Heilung dafür umso länger dauern wird.

Ich wünsche mir, Caroline nicht angreifen zu müssen. Ich schätze sie als ein liebes, nettes Mädchen ein, das lediglich unter einer Kurzschlussreaktion leidet.

Als ich die letzte Zahl im Kopf erreicht habe, schnellt meine Hand vor und entreißt Caroline das Messer. Sie hält es so fest, dass ich noch einmal nachgreifen muss. Das Sägeblatt des Messers reißt an der Haut zwischen Daumen und Zeigefinger und prompt färbt sich die Klinge rot. Im ersten Moment spüre ich keinen Schmerz, sodass ich ihr das Messer vollständig entreißen kann, bevor sie sich auf mein Manöver einstellen kann. Dafür kommt er danach umso heftiger.

Erschrocken starrt Caroline zwischen dem Messer und meiner Hand hin und her. Sie schlägt die Hände vor das Gesicht.

»Sei mir nicht böse.« Schluchzend dreht sie sich um und legt die Hände auf die Türklinke. »Ich muss jetzt allein sein.«

Schweren Herzens lasse ich sie ziehen. Wer sollte den Wunsch, allein zu sein, besser nachvollziehen können als ich?

Als Caroline den Raum verlassen hat, schleiche ich zu der Kommode, in der Maria ihr Erste-Hilfe-Material aufbewahrt.

Die Wunde ist zum Glück nicht sehr tief. Ich reinige sie notdürftig mit Desinfektionsmittel, warte, bis es auf der Haut getrocknet ist, und klebe dann ein zurechtgeschnittenes Pflaster darüber.

Erleichtert registriere ich am nächsten Morgen, dass Caroline bei uns im Raum liegt und schläft. Nach den Geschichten, die ich gehört habe, ist mir nicht wohl dabei, eine von ihnen aus meiner Aufsicht zu entlassen. Ich fühle mich verantwortlich für sie. Meine Schäfchen. Jede einzelne möchte ich an den Platz zurückbringen, an den sie gehört.

Heimlich entferne ich das Pflaster von meiner verletzten Hand, bevor die anderen erwachen, und stecke es tief in meine Hosentasche. Ich muss die anderen nicht wegen des nächtlichen Zwischenfalls beunruhigen und Caroline bloßstellen.

Noch vor dem Frühstück starten wir unser Sportprogramm. Mittlerweile schafft jedes meiner Schäfchen perfekte Liegestütze. Zusätzlich haben wir Hampelmänner, Sit-ups und sogar Klimmzüge in unsere Routine eingefügt. Natürlich sind die Klimmzüge keine echten Klimmzüge. Dazu fehlt uns die passende Stange an der Wand, aber wenn man sich unter den Tisch legt, sich an der Platte festhält und daran hochzieht kommt es Klimmzügen schon so nah, dass ich meinen Schäfchen echte Klimmzüge zutraue, sollten sie die passende Stange finden.

»Es müffelt bei euch!« Britta rümpft die Nase, als sie uns das Frühstück bringt. Wir stehen morgens früh genug auf, sodass wir Sport und Duschen problemlos vor dem Frühstück schaffen, doch wir verbrauchen mehr Luft und es riecht wie in einer Turnhalle nach der Sportstunde.

Nur Katja schafft es, Britta ins Gesicht zu schauen. »Wir haben kein Fenster zum Lüften und werden immer mehr hier unten.« Sie wirft mir einen bösen Blick zu, als wäre ich Schuld an der Misere, weil ich als Letzte zu der Truppe gestoßen bin. Doch ich weiß, dass sie befürchtet, Britta könnte unseren Plan aufdecken, bevor wir ihn in die Tat umsetzen können.

Nachdenklich kaut Britta an ihrer Unterlippe. »Ja, das hat Rainer wohl nicht bedacht«, stimmt sie schließlich zu und stellt das Tablett mit den Marmeladen-Toasts auf den Tisch. »Ich werde mit ihm reden, damit er sich etwas einfallen lässt.«

»Britta?« Es kommt nicht oft vor, dass ich sie direkt anspreche, und sie blickt erfreut zu mir herüber, während sich die anderen hungrig vom Sport über die Toasts hermachen.

Ich akzeptiere, dass sie in den vergangenen Jahren versucht hat, den Frauen hier unten das Leben so angenehm wie möglich zu machen. Aber dennoch bin ich der Meinung, dass sie die Macht darüber hat, uns alle aus dieser Lage zu befreien. Sie darf nicht einfach die Augen verschließen und sagen, dass sie nichts tun kann.

Selbst wenn Rainer von der Polizei weggesperrt würde, käme er eines Tages wieder frei und seine Rache an ihr wäre umso schlimmer, so sagt sie.

»Ich kann keine Marmelade mehr sehen«, gebe ich kleinlaut zu. »Wäre es okay, wenn du uns zum Frühstück etwas Obst und Gemüse bringst?«

Sie lächelt mich an. »Ich möchte, dass ihr euch hier unten wohlfühlt. Ich werde dir morgen etwas bringen, das dir mehr zusagt«, verspricht sie mir.

Ich beobachte sie aufmerksam, während sie darauf wartet, dass der Teller sich leert. Ob sie mir auch zugestehen würde, draußen frische Luft zu schnappen?

Wohl eher nicht.

Ich erhole mich langsam, viel langsamer, als es notwendig wäre. Beim morgendlichen Sportprogramm beiße ich die Zähne zusammen, damit niemand merkt, dass ich noch immer Schmerzen habe. Die gebrochenen Rippen verheilen zwar von selbst, aber durch den Sport verzögert es sich. Ich weiß nicht, welche Blessuren ich ansonsten davongetragen habe, dass es so ewig dauert, bis sie heilen. Umso wichtiger ist es, dass ich hier schnellstmöglich herauskomme und ein Krankenhaus aufsuche.

Das Sportprogramm ist mittlerweile eine abgewandelte Form meines früheren Morgenprogramms. Es stört mich, dass wir nicht gemeinsam joggen gehen können, aber wir sprinten das kurze Stück von einer Wand zur anderen, wieder und wieder, und trainieren die Ausdauer, indem wir um die Wette Hampelmänner hüpfen.

Denise hält sich von unseren Ausbruchsplanungen noch immer fern, obwohl sich die Stimmung im Keller deutlich gebessert hat. Selbst die kleine Sarah, die sich am liebsten allein in ihre Ecke zurückzieht oder den ausgedachten Geschichten Hannahs lauscht, taut sichtlich auf. Sie lacht, wenn wir zusammen hüpfen, und bei ihrem Anblick kann ich nicht anders, als mitzulachen. Es ist, als wäre nach so langer Zeit ein grauer Schleier von mir abgefallen.

Wir haben es bislang tunlichst vermieden, Britta in unsere Ausbruchspläne einzuweihen. Doch da sie sich so standhaft weigert, unseren Freiheitswunsch verstehen zu wollen, frage ich sie eines Tages provokativ: »Was wäre, wenn wir ausbrechen?«

Alle im Raum blicken erschrocken zu mir und halten die Luft an. Denise zieht verächtlich die Augenbrauen hoch und wendet sich ab. Ich habe ihr nichts getan, außer ihr die Möglichkeit zu offenbaren, hier herauszukommen. Ich verstehe die Feindseligkeit nicht, die sie so oft an den Tag legt, seit ich bei ihnen im Keller lebe. Auch Hannah wundert sich über ihre Veränderung.

Britta lacht auf. Das Hämatom an ihrem Auge ist längst verschwunden, doch es kommt immer wieder vor, dass ihre Augen verquollen sind. Heute sind sie es nicht. Sie wirkt sogar einigermaßen zufrieden. »Warum solltet ihr das tun?«, fragt sie mich. »Ihr habt doch hier alles, was ihr wollt. Gefällt es dir nicht bei uns?«

Ich winke ab und bin froh, dass mir schon immer nachgesagt wird, dass meine Gesichtszüge mürrisch wirken. So sieht Britta meine wahren Gedanken und Gefühle nicht.

»Ich finde es super, wie ich von den anderen wieder aufgepäppelt wurde«, erkläre ich rasch. »Aber es ist doch ziemlich leichtsinnig von Rainer, dich so einfach bei uns ein- und ausgehen zu lassen.«

»Du solltest nicht glauben, dass ich es besser habe als ihr, nur weil ich scheinbar frei bin«, mahnt Britta und beugt sich leicht vor. »Ich gebe mir große Mühe, es für euch angenehm zu machen. Ihr müsst euch nicht schlagen oder anschreien lassen, wenn Rainer schlechte Laune hat. Du solltest dankbar sein, dass du dich um absolut nichts kümmern musst und alles auf dem Silbertablett serviert bekommst.«

Ich hatte befürchtet, dass sie unsere Lage nicht verstünde. Wenn wir ausbrechen sollten, wird sie nicht auf unserer Seite stehen, sondern sich verraten fühlen, dass wir ihre Gastfreundschaft nicht genossen haben. Auf der anderen Seite wird sie Angst haben, dass ihr unsere Flucht angelastet wird, sodass sie uns eher behindern als unterstützen wird.

Hier sind Katjas rhetorische Künste mehr als je zuvor gefragt. Wenn Britta in unserem Team spielt, wenn wir sie davon überzeugen können, dass auch sie durch unsere Flucht endlich frei sein wird, dann steht unserem Ausbruch nichts mehr im Wege.

Neben unserem alltäglichen Vorbereitungsprogramm erzählt mir Hannah abends, wenn die kleine Sarah schläft, alles, was sie im Laufe der Jahre mitbekommen hat. Sie ist diejenige, die am längsten hier ist, die am meisten erlebt hat, die am meisten weiß. Wie ein Schwamm sauge ich jede Information auf, die ich kriegen kann, und hoffe verzweifelt, dass ich sie im richtigen Moment abrufen kann.

Am liebsten würde ich mir die Ohren zuhalten. Nichts von den Dingen hören, die sie mir erzählt. Nichts von dem liebevollen, großen Bruder Nils, der ihr als Kind stundenlang mit Brett- und Kartenspielen die Zeit vertrieb. Der sie immer wie ein rohes Ei behandelte, außer in jener schicksalhaften Nacht als sie ungefähr vierzehn war und er meinte, sich von ihr nehmen zu dürfen, wonach ihm beliebte. Der sich hinterher tränenreich entschuldigte, als es zu spät war und die Idee der kleinen Sarah längst existierte. Ich möchte nicht hören, wie geschockt sie war, als plötzlich weitere Mädchen und Frauen zu ihr gesperrt wurden. Wie es erst immer mehr wurden und später, nachdem sie nachts Schreie gehört hatte, die ein oder andere verschwand.

»Sie ist ein Engel«, verrät mir Hannah flüsternd. Sie zeigt verstohlen auf ihre beste Freundin und ich sehe in ihrem Blick die Bewunderung für Maria. »Wenn wir sie nicht hätten, säßen einige von uns wahrscheinlich nicht mehr hier.«

Seit drei Jahren lebt die Krankenschwester hier unten bei Hannah. Sie ist diejenigen, die die Geschundenen zu den Lebenden zurückholt, wenn sonst keiner mehr daran glaubt. Sie behandelte auch Brittas Blessuren und so kann Britta ihr keinen Wunsch abschlagen, wenn sie nach Verbandszeug oder Medikamenten fragt. Ihre Tochter hatte sie zuletzt gesehen, als diese ein halbes Jahr alt gewesen war, daher ist ihr größter Wunsch, eines Tages aus dem Keller zu entkommen und wieder bei ihrer Familie zu sein. Doch sie will nichts Leichtsinniges tun, das ihre eigene Gesundheit auf Spiel setzen könnte. Wenn sie versucht, hier herauszukommen, muss es sicher sein.

Maria gehört zu den sonderbaren Menschen, die immer gute Laune haben. Egal, was passiert. Ich weiß, dass ich ihre Hoffnung geweckt habe. Ich weiß auch, dass ich meine Schmerzen nicht vor ihr verbergen kann. Aber ihre Lippen sind versiegelt und umso mehr Mühe gibt sie sich, mich wiederherzustellen. Es gelingt ihr auch. Die Schwellungen sind größtenteils abgeklungen, von den Blutergüssen zeugen nur noch blassgelbe Flecken. Hannah hat Recht. Sie ist ein wahrer Engel!

Hannah erzählt, dass es außer Rainer, Nils und Britta noch drei Männer in Nils' Alter gibt, die sich ab und an, aber eher selten, im Keller blicken ließen. Taten sie es jedoch, war die Leichenhalle hinterher besser bestückt. Begegnete man ihnen auf dem Weg dorthin, war die Wahrscheinlichkeit groß, sie auf dem Weg dorthin zu begleiten.

Das ist der Grund, weshalb mich Hannah und Maria davon abhalten möchten, in unserer Wohnung auf Erkundungstour zu gehen. Hannah tobt und schreit, klammert sich an meinen Beinen fest. »Ich kann dir doch genau sagen, wie es dort aussieht«, schluchzt sie. »Früher war alles anders und ich konnte mich dort frei bewegen.«

Doch ich muss mir selbst ein Bild davon machen. Wenn ich jede meiner Mitgefangenen hier herausbringen möchte, darf ich nichts dem Zufall überlassen. Langsam müssen wir Ernst machen. Wenn ich unseren Ausbruch aufschiebe, Tage, Wochen, Monate, werde ich mein Schicksal letzten Endes genauso akzeptieren, wie all die Frauen, die vor mir in dem Keller gelandet sind. Der Mensch ist von Natur aus faul und bequem. Er kann unzufrieden sein, sich über alles beschweren und bringt doch meist nicht die Energie auf, an seiner Situation etwas zu ändern. Bevor ich zu solch einem leidenschaftslosen Wesen werde, gehe ich jedes Risiko ein, das mich aus diesem Keller fortschafft. Mit meiner Familie.

Hannah tobt drei Tage lang. Wenn Britta uns besucht, uns Geschichten erzählt und uns Essen bringt, reißt sie sich zusammen. Ihre geröteten Augen sprechen Bände, doch Britta bemerkt es nicht, da sie genug mit einer geschwollenen, aufgeplatzten Lippe zu tun hat.

Nach drei Tagen habe ich Hannah so weit, dass sie mich nicht mehr festhält. Auch wenn ich es ihr gegenüber nicht zugeben will, bin ich sehr froh darüber, denn ihre Klammergriffe schmerzen sehr, obwohl die Schmerzen meiner Entführung nachlassen und ich in der Lage bin, einzelne Körperpartien wieder zu spüren. Ohne die Schmerzen hätte ich mich in den letzten Tagen nicht von ihr aufhalten lassen.

Jeden Moment bin ich mir der Gefahr bewusst, als ich vorsichtig auf den Flur hinaustrete und mich umschaue. Ich wünschte, ich könnte mich im Dreck wälzen, um mich zu tarnen, doch weder ist hier Schlamm, noch wirkt die Tarnung vor den nackten Wänden, und so bleibt mir nichts übrig, als flach zu atmen und zu hoffen, dass es niemand hört.

Der Keller besteht aus drei Räumen und einem Flur. Wohnzimmer, Küche und Leichenkammer, das kleine Badezimmer, das vom Wohnzimmer aus abgeht, nicht mitgerechnet.

Die Küche ist ordentlich und aufgeräumt, sieht aber aus, als wäre jahrelang niemand hier gewesen. Ein Staubfilter taucht sie in ein langweiliges Grau. Ich öffne Schubladen und Schränke und finde zwei Messer, die uns bei einem Kampf helfen können, wenn die anderen Frauen sich trauen, zu kämpfen. Es sind normale Küchenmesser, eigentlich nicht für den Kampf gedacht, aber es ist besser als nichts.

Ich ahne, woher Caroline das Messer hatte, das sie bei ihrem nächtlichen Gefühlsausbruch auf mich richtete, und nehme die Messer an mich.

Zum Schluss wartet jenes Zimmer auf mich, um das ich am liebsten einen großen Bogen machen würde. Ich war schon dort, mehr tot als lebendig und ich bin nicht scharf auf eine weitere Begegnung mit dem Tod.

Als ich die Tür zur Leichenkammer öffne, schlägt mir der befürchtete, grausige Geruch entgegen und ich sehe meine schwammige Erinnerung aus dem Fieberwahn bestätigt: Unzählige Frauenkörper in unterschiedlichen Zuständen der Verwesung. Sie sind teilweise nackt, teilweise in Unterwäsche, teilweise vollständig bekleidet. Es sind bestimmt zehn, fünfzehn Frauen. Entsetzt wende ich meinen Blick ab und schließe die Tür leise von außen. Sie verdienen es nicht, in ihrer Ruhe gestört zu werden, doch sie bekommen mein stummes Versprechen, dass ich auch ihnen Gerechtigkeit geben werde und ihre Familien erfahren sollen, was mit ihnen geschehen ist.

Trotz der Gefahr, entdeckt zu werden, nehme ich mir einen Moment zum Durchatmen. Die muffige Luft auf dem Flur ist nicht viel besser, aber ich muss das Grauen vor Augen loswerden, bevor ich mich wieder zu den anderen begebe.

Die Zimmer bringen mir keine Erkenntnisse, die für eine Flucht hilfreich sein könnten. Es gibt keine Ausgänge oder Fenster, kein erkennbares Belüftungssystem. Der Flur ist ein schmaler, für einen Keller üblichen Gang, voller Spinnweben und mit nackten Ziegelwänden und Betonboden. Eine flackernde, schwache Glühbirne beleuchtet ihn gerade so, dass ich mehr erahne, als tatsächlich erkenne. Am Ende des

Ganges führt eine ebenfalls nackte Betontreppe ohne Geländer zu einem Absatz, der knapp oberhalb meines Kopfes endet, hinauf.

Vorsichtig darauf bedacht, keinen Lärm zu machen, halte ich die Luft an und steige die Stufen hinauf. Die Treppe endet direkt an einer Stahlplatte. Vermutlich eine Tür, die sich nur von außen öffnen lässt. Ich taste sie ab, drücke links, rechts, oben, unten, doch die Tür bewegt sich keinen Millimeter. Durch die Tür hindurch dringt kein Laut von der anderen Seite. Ich presse mein Ohr noch fester gegen das kalte Metall und höre ganz entfernt, wie aus einer anderen Welt ein Frauenlachen. Das heißt, dass wir tatsächlich nicht an einem abgelegenen Ort mitten im Wald sind. Um uns herum tobt das Leben, während wir hier im Keller verrotten.

Kapitel 20

»Man gelangt in den Keller durch ein Bücherregal«, erklärt mir Hannah, als ich wieder zu ihnen stoße, ohne von dem Buch aufzuschauen, aus dem sie der kleinen Sarah vorliest. Sie hat geweint während meines Streifzuges. Ich sehe die roten Flecken in ihrem Gesicht, so sehr sie sich auch hinter Sarahs Kopf zu verstecken versucht. »Als Kind fand ich es aufregend, mein eigenes Geheimversteck hinter einem Bücherregal zu haben.«

Erschöpft lasse ich mich auf die Matratze sinken. Die morgendlichen und abendlichen Sporteinheiten verlangen meinem verletzten Körper viel ab. Als hätte ich Hummeln im Hintern, bin ich pausenlos unruhig, stehe auf, laufe hin und her, dehne und strecke meinen Körper und zwinge mich dann immer wieder zur Ruhe, um ihn nicht zu überlasten.

Trotzdem habe ich das Gefühl, mich nicht ausreichend zu bewegen. Immer wieder erinnert mich mein Kopf mit pochenden Schmerzen daran, dass ich nach draußen in die freie Wildbahn gehöre. Ich beginne zu begreifen, wie sich ein Raubtier im Zoo fühlt. Es hat alles, was es zum Leben benötigt – außer Freiheit.

Den anderen Frauen geht es nicht anders, auch wenn sie mittlerweile resigniert und sich der unausweichlichen Lethargie gefügt haben. Den Großteil des Tages sitzen sie nichts tuend auf den Matratzen oder auf dem Boden, schauen sich bedrückt an. Laut Hannah hat jede der Frauen nach ihrer Ankunft viel Energie darauf verschwendet, einen Ausweg zu finden, sich mit den anderen Frauen anzulegen, sie zu einem Ausbruch zu motivieren. Sie sind nervös im Zimmer umhergelaufen, kamen nicht zur Ruhe, bis sich nach und nach die Erkenntnis einstellte, dass dieser Keller die Endstation ist. Stundenlange Gespräche, Diskussionen, Streits verliefen im Sand, wurden immer weniger und verstummten vollends, da es nichts Neues mehr einzubringen gab.

Doch langsam fassen sie wieder Hoffnung. Erzählen sich gegenseitig, welche Dinge ihnen am meisten fehlen. Was sie tun werden, wenn sie endlich wieder unter der Sonne weilen dürfen. Wie sehr sie ihr bisheriges Leben vergeudet haben und es nicht zu schätzen gewusst haben, dass sie leben durften, bevor sie hier landeten.

Maria wünscht sich nichts sehnlicher, als ihre Tochter großwerden zu sehen.

Katja möchte sich mehr auf das Studium konzentrieren.

Hannah möchte ihren Schulabschluss nachholen, Erzieherin werden und all die verlorene Zeit mit mir aufholen. Mich bei der Suche nach Paps unterstützen.

Caroline möchte feiern gehen, viele Leute kennen lernen, Spaß mit Männern haben, bevor sie sich eines Tages einfangen lassen und sesshaft werden möchte.

Nur Denise hält sich zurück. Sie hat keine Pläne, glaubt nicht daran, dass auch nur eine von uns den Weg nach draußen schafft. Und sollte es doch einer gelingen, werden Nils' Freunde bestimmt dem Leben in der Wohnung ein Ende bereiten und das Wohnzimmer zu einer zweiten Leichenkammer umfunktionieren.

»Warum möchtest du weg, Tante Sarah?«, fragt mich die kleine Sarah. »Möchtest du nicht bei uns bleiben?«

Ich lächle. Hannah und Sarah waren der Schlüssel zu meinem Lächeln. Ich habe nicht das Gefühl, ein anderer Mensch zu sein, aber es gelingt mir mittlerweile, zu lachen und zu lächeln, wenn ich zufrieden bin. Kein kräftiges Lachen, das dich schüttelt, bis dir die Bauchmuskeln wehtun, aber ein Lachen.

»Es gibt so viel mehr zu erleben, als nur eure Wohnung«, beginne ich zaghaft. Für sie ist das hier das Leben. Sie kennt die Welt außerhalb des Kellers nicht. Ich will ihr nicht das Gefühl geben, dass die ersten Jahre ihres Lebens falsch waren. Ich berichte ihr von den Wäldern, in denen das Vogelgezwitscher den neuen Tag einläutet, während der Nebel geheimnisvoll durch das Unterholz zieht. Von der Sonne, die mit ihren wärmenden Strahlen die Schwaden vertreibt und die uns im Sommer faul und träge macht. Von vielen, vielen anderen Kindern, die Sarah kennenlernen und zu ihren Freunden machen kann. Denn ich habe nicht vor, alleine zu gehen. Ich bin froh, Hannah und Sarah gefunden zu haben und möchte sie in meinem weiteren Leben nie mehr missen müssen.

Ich ahme die Vögel nach und erinnere mich daran, wie es war, mit Paps durch die Wälder zu streifen, die Namen der Vögel zu lernen und ihre Geräusche zu imitieren. Wenn ich hier herauskomme, werde ich mit Sarah durch den Wald ziehen und sie all das lehren, was man über das Leben wissen muss. Fährten lesen, jagen, überleben.

Wir sitzen lange dort und während ich erzähle, erschüttert ein zartes Vibrieren mein Handgelenk.

Ich erstarre.

»It's time to move«, berichtet meine Sport-Uhr hochmotiviert und mir wird schlagartig klar, dass diese Uhr unser Weg nach draußen sein kann. Die ganze Zeit hätte sein können. Wie oft habe ich meine Läufe aufgezeichnet und für Sascha sichtbar meinem Profil hinzugefügt? Alle, die sich für mein Profil interessieren und von mir die Erlaubnis erhalten haben, können sehen, wie lange ich gelaufen bin, wie stark meine Herzfrequenz dabei in die Höhe geschnellt ist und vor allem, wo ich gelaufen bin.

Vor einigen Jahren wurde ein Stützpunkt des amerikanischen Militärs in Afghanistan in die Luft gesprengt, nachdem die dort trainierenden Soldaten ihre Läufe mit GPS-Uhren getrackt und so den getarnten Standort aller Welt verraten hatten. Die Anbieter der Software hatten die beliebtesten Laufstrecken auf einer Weltkarte sichtbar gemacht und veröffentlicht. In einer Großstadt konnten dadurch keine einzelnen Personen ausfindig gemacht werden, aber in völliger Menschenleere fiel es auf, wenn auf der Weltkarte immer gleiche Runden um einen Punkt gezeigt wurden.

Was dort funktioniert hatte, kann auch uns helfen. Es hätte das erste sein müssen, was ich nach meiner Gefangennahme hätte tun müssen. Einen Lauf simulieren, aus dem Sascha, denn niemand sonst hat Zugriff auf mein Sportprofil, erkennen kann, dass ich während der Aufzeichnung nicht laufe und wo ich bin.

Unter Sarahs fragendem Blick wähle ich mit zitternden Fingern das Sportprofil aus und betätige den Startknopf.

»Hannah, wo ist die kürzeste Distanz nach draußen?«, frage ich aufgeregt und springe auf. Ich ignoriere die Schmerzen, die sich von meinen Füßen aufwärts durch den ganzen Körper bahnen und halte die Uhr hoch an die Decke.

Aufgeregt zeigt Hannah auf die Wand, die der Tür gegenüberliegt. Sie weiß nicht, was ich vorhabe, doch sie spürt, dass es wichtig ist.

Kapitel 21

Nachts erwache ich wieder. Jemand schleicht im Zimmer umher zur Tür. Es ist Caroline. Immer häufiger werde ich nachts wach davon, dass sie das Wohnzimmer verlässt und sich in die Küche zurückzieht.

Ich weiß nicht, ob sich die Vorfälle häufen, oder ob ich zuvor nur zu schwach war, um nachts davon zu erwachen. Es zeigt mir zumindest, dass ich wieder zu meinem alten Ich zurückfinde. Jetzt müssen nur noch die äußeren Umstände wieder passen.

Wenn ich könnte, würde ich Caroline zurückhalten. Es ist eine Sache, das Zimmer einmal zu verlassen, um die Lage auszukundschaften, aber eine ganz andere, sich der Gefahr wieder und wieder auszusetzen. Ich warte auf den Tag, an dem sie nicht zurückkommt und wir sie tot im Flur auffinden.

Seitdem ich in dem Keller bin, hat sich außer Britta niemand von der Außenwelt blicken lassen. Aus den Erzählungen der anderen weiß ich, dass es durchaus ein halbes oder sogar ein Jahr dauern kann, bis sich Nils‘ Freunde wieder auf den Weg zu der Leichenkammer machen. Sie haben keine Routine. Manchmal kommen sie zweimal pro Woche herab, dann dauert es wieder Monate.

Mit jedem Tag steigt die Wahrscheinlichkeit, dass sie hier auftauchen. Und Caroline ihnen direkt in die Arme läuft.

Doch so sehr ich mir auch Sorgen mache, am nächsten Morgen liegt sie jedes Mal wohlbehalten auf ihrer Matratze.

Der Tag ist vergangen und der nächste, ohne dass Sascha unser Versteck stürmt. Wie hätte er auch? Das GPS ist nicht genau genug, um einen einzelnen Punkt ausfindig zu machen, und selbst wenn er die Villa eindeutig als den Punkt definieren könnte, an dem ich festgehalten werde, würde er uns nicht finden, wenn er direkt über mir stünde. Gut getarnt hinter einem gut gefüllten Bücherregal.

Ich sehe das Zweifeln in den Augen der anderen. Ich habe ihnen erzählt, dass Sascha uns herausholen wird, doch wir müssen ihm entgegenkommen. Wir müssen auf uns aufmerksam machen oder alleine aus dem Keller herauskommen.

Wahrscheinlich überprüft Sascha nicht täglich den Aktivitätsstatus aller seiner Kontakte. Vielleicht hat er es längst aufgegeben, nach einem Lebenszeichen von mir Ausschau zu halten. Hat anfänglich im Studentenwohnheim herumgefragt, dann an der Uni und dann aufgegeben. Selbst wenn er meinen letzten Kontakt zur Außenwelt, die Unibibliothek, aufsucht, wird er dort keinen einzigen Hinweis auf meinen Verbleib finden.

Wie ich es auch drehe und wende, wir müssen von alleine unsere Flucht beginnen. Mir ist es auch lieber so, denn auch wenn Sascha mein großer Bruder ist, verlasse ich mich nicht gerne auf andere und bin lieber auf mich allein gestellt.

»Erzähl mir von Rainer!«, bitte ich Britta, als der Tag meines Erwachens vier Monate zurückliegt.

Die Decke droht mir auf den Kopf zu fallen, die Wände rutschen immer näher zusammen, die Luft wird immer weniger. Nie zuvor habe ich eine derart lange Zeit in geschlossenen Räumen verbracht und ich fürchte, verrückt zu werden, wenn ich noch einen Tag länger eingesperrt bin.

Misstrauen steckt in Brittas Blick, als sie langsam den Kopf hebt. Sie hat sich Mühe gegeben, das Veilchen zu überschminken, doch es sticht dunkel unter dem Make-Up hervor. »Was möchtest du wissen?«

Ich muss vorsichtig sein, damit sie keinen Verdacht schöpft. In Gedanken verfluche ich Katja. Sie ist diejenige, die Fragen so stellen kann, dass die Leute von alleine plaudern. Sie liebt Kommunikation und alles, was damit zu tun hat, sofern sie nicht gerade von ihrem Flirtpartner entführt und eingesperrt wird. Doch sie hat sich geweigert. Sie wisse gar nicht, auf welche Informationen ich aus sei. Sie wolle es sich nicht mir Britta verscherzen, da sie sich so rührend um alle Frauen kümmere.

Keine außer mir erkennt, dass Britta in die ganze Geschichte genauso verwickelt ist wie Rainer, Nils oder Marcel. Ja, sie ist nur die liebe Mutti, die sich um alle kümmert, alle versorgt und ihnen ein angenehmes Leben ermöglicht. Nein! Sie ist Mittäterin, Mitwisserin und wir haben es vor allem ihr zu verdanken, dass wir nicht dort sind, wo wir hingehören.

Was hätte sie getan, wenn jemand beschlossen hätte, ihren Sohn zu entführen? Hätte sie tatenlos zugesehen, sich ausgeruht und gedacht: »Zum Glück ist dort jemand, der sich gut um mein Kind kümmert.« Nein! Sie wäre verrückt geworden vor Sorge, hätte alles in ihrer Macht stehende getan, um ihr Kind wiederzufinden. Oder einfach jammernd in der Ecke gesessen und gesagt, dass sie ja eh nichts dagegen tun könne.

Sanft streicht mein Finger über ihr verfärbtes Auge. Britta zuckt zusammen. »Er behandelt dich nicht gut.« Ich ringe nach Worten und verfluche mich selbst. »Warum gehst du nicht fort?«

Sie wendet sich ab. »Ich kann nicht fortgehen«, flüstert sie. Alle im Raum halten die Luft an, sodass ich ihre Stimme dennoch klar und deutlich verstehe. »Er wird mich finden und umbringen, weil er viel zu große Angst hat, dass ich sein Geheimnis verrate.« Schwerfällig erhebt sie sich von dem Stuhl, schlurft mit hängenden Schultern durch das Zimmer und bleibt mit dem Gesicht vor der Wand stehen.

Ich stelle mich hinter sie und lege ihr die Hände auf die Schulter. »Wir können zusammen weggehen«, schlage ich ihr vor. »Ich habe ein Haus außerhalb von Berlin. Dort findet er dich nicht.«

Die müden Augen sind erbost zusammengekniffen, als sie sich zu mir umdreht. Sie stößt meine Hände fort. »Keiner wird das Haus verlassen.« Unwirsch räumt sie das Geschirr zusammen und stapelt es auf dem Tablett. »Es war eine ganz, ganz schlechte Idee, dich hierher zu holen. Du wirst uns alle ins Unglück stürzen.«

Ich sitze in der dunklen Küche auf dem Fußboden. Der Staub kitzelt in meiner Nase und ich muss mich zusammenreißen, damit ich nicht niesen muss. Die Tür habe ich angelehnt, nicht verschlossen, nachdem ich mehrmals überprüft habe, dass sie nicht quietscht. Ausnahmsweise trage ich nicht meine Stiefel, um unnötige Geräusche auf dem Boden zu vermeiden. Das Messer halte ich einsatzbereit in meiner rechten Hand.

Ich warte darauf, dass Britta das Wohnzimmer verlässt. Wir müssen wissen, wie sie den Keller verlässt, wenn sie bei uns war. Wenn wir Glück haben, brauchen wir sie nicht als Schlüssel. Dann können wir uns nachts herausschleichen, wenn alle schlafen, sodass wir niemandem in die Arme laufen.

Seit ich sie dazu aufgefordert habe, mit uns die Villa zu verlassen, weicht sie mir aus. Sie beäugt mich misstrauisch, wenn sie denkt, dass ich es nicht mitbekomme, und ich stelle mir vor, dass sie überlegt, wie sie mich loswerden kann.

Es kommt mir vor wie eine Ewigkeit, bis ich die Tür vom Wohnzimmer höre. Langsame, schlurfende Schritte, die sich schließende Tür und wieder die Schritte, die sich auf dem Flur von mir wegbewegen.

Langsam erhebe ich mich von Boden und zähle stumm bis drei, dann trete ich leise auf den Flur und beobachte Britta, die schwerfällig die Treppe zum Ausgang hinaufsteigt. Oben angekommen legt sie die rechte Hand in Brusthöhe auf die Metalltür, wartet einen Moment und drückt dann dagegen. Die Tür ist oben und unten in der Mitte fixiert und dreht sich bei Brittas Aktion um die Fixierung, sodass ich das an der Rückseite angebrachte Bücherregal sehen kann. Die Tür ist ziemlich dick, was erklärt, weshalb sie kaum Geräusche durchlässt. Sie dreht sich, bis sie in einem rechten Winkel zu ihrer üblichen Stellung steht, dann tritt Britta hindurch, ohne noch einmal zurückzublicken, und die Tür schließt sich wieder.

Auf Zehenspitzen schleiche ich den Flur entlang und die Treppe hinauf. Ich untersuche die Tür an der Stelle, an der Britta ihre Hand aufgelegt hat. Ich kann keinen Unterschied zu dem Rest der Tür entdecken, also wird es wohl kein Handabdrucks-Sensor sein, durch den die Tür sich öffnen lässt. Die Stille dröhnt in meinen Ohren, doch ich weiß, dass sie trügerisch ist. Auf der anderen Seite lauert der Feind und nichts wird ihn mir ankündigen, wenn er beschließt, den Keller zu betreten. Fünfzehn Zentimeter nur trennen mich von der Freiheit. Nur ein einziger Schritt weiter und ich kann gehen, wohin ich will.

Ein leises Klicken von der anderen Seite der Tür unterbricht die Stille und bringt mir die Erkenntnis: Ein mechanischer Verschluss von außen hält uns gefangen. Keine Hightech-Sensoren, Fingerabdrücke, Wärmekameras. Ein simpler Riegel, der unverschlossen ist, wenn Britta zu uns hinabsteigt.

Langsam nimmt der Plan in meinem Kopf Gestalt an und ich wünsche mir nichts mehr, als dass die Frau, die meiner Schwester über all die Jahre eine Mutter war, in der Hölle dafür schmort, dass sie Hannah über Jahre in dem Glauben gelassen hat, sie könnte nicht von hier entkommen.

Kapitel 22

Ein lauter Krach schreckt uns allesamt aus dem Schlaf.

Hannah schlingt ihren Arm fester um die kleine Sarah, mit der freien Hand packt sie mein Handgelenk. Ihre Augen sind vor Schreck geweitet.

»Sei still!«, flüstert sie mir lautlos zu, doch ich blicke mich in dem schummrigen Licht um und zähle, ob wir vollzählig sind.

Erleichtert atme ich auf. Caroline liegt mit vor den Mund geschlagenen Händen auf ihrer Matratze.

Niemand schläft und doch ist kein Mucks in unserer Kammer zu hören.

Wir müssten nicht so leise sein, denn der Lärm vom Flur würde eh alles übertönen. Männergebrüll, Getrampel und dazwischen das leise Wimmern einer Frau.

Ich reiße mich von Hannahs Hand los. Bemerke nicht, dass sie mich panisch zurückzuhalten versucht, doch sie kann Sarah nicht zurücklassen und auch nicht nach mir rufen.

Ich kann nicht anders. Wie kann ich dort draußen eine Frau sterben lassen, wenn ich selbst von dort gerettet wurde. Wie kann ich den anderen Frauen eine Hoffnung sein, wenn ich dann zwischen den einzelnen von ihnen Unterschiede mache?

Mit wenigen Schritten bin ich bei der Tür, öffne sie leise und trete hinaus. Zwei Männer, zwei Frauen, die eine von ihnen regungslos, die andere kurz davor. Noch wehrt sie sich und ich überlege panisch, wie ich ihr helfen kann, da mir völlig klar ist, dass ich es nicht alleine mit beiden Männern aufnehmen kann. Ich kann mich auch nicht verletzen und umbringen lassen, schließlich habe ich eine Mission zu erfüllen.

Die Männer nehmen keine Notiz von mir. Sie sind viel zu sehr damit beschäftigt, die beiden Frauen, zu der Leichenkammer zu schleppen.

Zu viele Gedanken wirbeln durch meinen Kopf. Das offenstehende Bücherregal lädt mich in die Freiheit ein. Es wäre so leicht, hindurch zu schlüpfen, die Villa zu verlassen, zur Polizei zu gehen und die anderen befreien zu lassen.

Doch für die Dame, die gerade in die Leichenkammer eskortiert wird, käme dann jede Hilfe zu spät.

Was, wenn der Dritte im Bunde vor dem Bücherregal Wache schiebt und mich überwältigt? Könnte ich dem Tod noch einmal von der Schippe springen? Beim Zelten mit Nils und nach dem Angriff seiner Freunde habe ich mehr Glück als Verstand gehabt. Es war nicht mein Verdienst, dass ich am Leben geblieben bin. Hätte ich dieses Glück auch noch ein drittes Mal?

Konnte ich andererseits die beiden Männer überwältigen, um die noch wimmernde Frau zu retten?

Ich zwinge mich, ruhig zu atmen. Entscheidungen muss man gut überlegt treffen, doch das Teufelchen auf meiner Schulter, das mir in all den Jahren so gute Dienste geleistet hatte, schreit mir tausend Anweisungen gleichzeitig zu.

»Rette sie!«

»Lauf weg!«

»Kämpfe!«

»Hol die anderen Frauen, gemeinsam seid ihr stärker!«

Die Tür der Leichenkammer wird aufgestoßen und die beiden Frauen achtlos hineingeworfen. Ich kann mich gerade noch rechtzeitig durch die geöffnete Küchentür schieben, bevor die Männer sich umdrehen und mich sehen.

In der Dunkelheit der Küche warte ich ab, bis die beiden Männer den Keller verlassen haben. Das Bücherregal schließt sich, das unvermeidbare Klicken zerreißt die unheimliche Stille, die sich mit einem Mal über den Flur gelegt hat.

Ich beiße mir auf die Lippe, bete, dass sie nicht zurückkommen und schleiche zu der Leichenkammer, in der ich noch vor wenigen Monaten mehr tot als lebendig gelegen habe.

Der beinahe vertraute Gestank schlägt mir entgegen, als ich die Tür öffne, und ein halberstickter Aufschrei.

Ein junges Mädchen, kaum älter als sechzehn Jahre alt, kauert verstört in der hintersten Ecke. Ich öffne die Tür so weit es geht und lege die verfärbte, verwesende Hand einer der toten Frauen davor, sodass sie nicht wieder zufallen kann. Wenn ich mich richtig erinnere, lässt sich diese Tür nur von außen öffnen.

Als ich mich dem Mädchen nähere, drückt sie sich enger an die Wand, als wolle sie darin verschwinden und sich für mich unsichtbar machen.

Auf den ersten Blick sehe ich, dass sie in einer weit besseren körperlichen Verfassung ist als ich bei meiner Ankunft. Sie ist bei Bewusstsein, kann sich auf den Beinen halten, auch wenn sie überall Blutergüsse und offene Wunden hat. Dafür scheint sie unter Schock zu stehen und ich muss befürchten, dass sie mich angreift, wenn ich ihr näherkomme. Sie schluchzt leise, zieht in regelmäßigen Abständen die Nase hoch und beobachtet mich feindselig, als gehöre ich zu denen da draußen.

Woher soll sie es auch anders wissen?

Dennoch gehe ich mit dem Zeigefinger auf den Lippen hinunter in die Hocke und nähere mich ihr langsam und vorsichtig auf Augenhöhe.

Als uns nur noch wenige Schritte trennen, springt sie plötzlich vorwärts, trommelt mit ihren Fäusten auf mich ein und versucht, an mir vorbei aus dem Raum zu kommen, doch ich reagiere blitzschnell. Ich fange sie ein, halte ihre Arme fest und presse ihren Kopf an mein Herz, als wäre sie ein Säugling, den ich zu beruhigen versuche.

Sie wehrt sich, schreit, versucht die Arme frei zu bekommen, doch ich halte sie einfach fest, ignoriere den Schmerz, der gegen die Adrenalinstöße anzukommen versucht, und wiege sie sanft hin und her.

Lange stehen wir so da, bis sie sich endlich beruhigt und nur noch ihre leisen Schluchzer die Stille unterbrechen. Ich wiege sie dennoch weiter, bis auch die Schluchzer verstummt sind.

»Hey.« Meine kratzige Stimme klingt nicht gerade vertrauenserweckend, doch wenn ich sie hier herausbringen möchte, muss ich ihr klarmachen, dass von mir keine Gefahr ausgeht. »Ich bin Sarah.«

Sie zeigt keine Reaktion auf meine Worte. Weder verstört es sie, dass ich mit ihr rede, noch geht sie darauf ein.

»Mich haben sie vor vier Monaten hierher verschleppt. Es sind noch mehr Frauen hier. Wir haben eine Krankenschwester bei uns. Sie kann sich deine Verletzungen anschauen.«

Erneute Schluchzer packen das Mädchen und sie schaut sich panisch um, sucht nach der anderen, die mit ihr hierhergekommen ist. Als sie sie gefunden hat, reißt sie sich von mir los und stürzt auf ihre Freundin zu, rüttelt an ihrer Schulter.

»Kathrin!« Sie zerrt immer panischer an dem reglos daliegenden Körper und ich lasse mich neben ihr nieder.

Vorsichtig nehme ich das Handgelenk der Dunkelhaarigen, die vor wenigen Stunden noch alle Blicke der gleichaltrigen Jungen auf sich gezogen haben muss. Kein Puls.

»Es tut mir leid.« Ich senke den Kopf und lasse die Hand vorsichtig wieder los. »Kathrin wird nicht mehr aufstehen.«

Das Mädchen, dessen Namen ich noch immer nicht weiß, lässt ihre Wut auf diese Ungerechtigkeit an der einzigen Person aus, an der sie sie noch auslassen kann. Sie bearbeitet mich mit ihren Fäusten, tobt, schreit mich an und ich lasse sie gewähren in der Hoffnung, dass es ihr hilft.

Kapitel 23

Nina, das Mädchen, das ich aus der Leichenkammer zu uns geholt habe, weigert sich, sich in unsere Gemeinschaft einzufügen. Sie redet kaum, verweigert das Essen, zu dem Britta sie zu überreden versucht, und geht auch sonst auf nichts ein. Sie sitzt den ganzen Tag stumm auf der Matratze, den Rücken an die Wand gelehnt und starrt vor sich hin. Sie reagiert nicht, als Maria ihre Wunden versorgt und legt sich auch abends nicht hin.

Als wir morgens aufwachen, ist sie im Sitzen eingeschlafen, doch es ist kein erholsamer Schlaf. Sie wimmert und schreit, schlägt um sich und ich frage mich, wie sie es schafft, dennoch an die Wand gelehnt sitzen zu bleiben.

Nina braucht dringend Hilfe. Wir können nicht mehr länger warten. Wir müssen schnellstmöglich hier heraus.

Als ich am nächsten Morgen die Augen aufschlage und auf die Uhr schaue, ist es zwei Minuten vor meinem üblichen Weckerklingeln, und mir ist klar, was das bedeutet: Ich bin wieder da. Heute ist der große Tag. Der Tag unseres Ausbruchs.

Es gibt keinen Plan, bloß eine Horde Amazonen, die bereit ist, für ihre Freiheit zu kämpfen.

Doch bevor ich alle in Aufbruchsstimmung versetzen kann, stelle ich fest, dass Nina fehlt. Sie sitzt nicht auf ihrem Platz, liegt auf keiner der Matratzen und auch sonst kann ich sie nirgends entdecken.

Leise, um die anderen nicht zu wecken, stehe ich auf und schleiche mich ins Badezimmer, doch auch dort ist sie nicht.

Ich schlucke.

Sie muss hinausgelaufen sein und das bedeutet, dass ich mich zunächst in die feindliche Zone begeben muss, um sie zu finden. Zu groß ist die Gefahr, dass sie durch unbedachtes Handeln unsere Aktion gefährdet. Sollte sie sich allerdings in der Küche verschanzt haben, könnte sie dort bleiben, bis wir draußen sind und die Polizei gerufen haben.

So leise wie möglich öffne ich die Tür. Keine der Frauen regt sich. Sie schlummern sanft, tanken Kraft für das, was heute kommen möge.

Ich schließe die Tür genauso leise und schaue mich auf dem Flur um. Er liegt unverändert vor mir. Ich bin allein.

In der Küche stelle ich schnell fest, dass Nina auch dort nicht ist, es sei denn, sie hat sich im Kühlschrank versteckt, was ich jedoch für so abwegig halte, dass ich es nicht überprüfe.

Dann bleibt nur noch die Leichenkammer.

Ich atme tief durch, überlege, ob es noch irgendeine andere Möglichkeit gibt, wo ich sie finden könnte und mache mich auf den Weg. Alles in mir sträubt sich dagegen, die Kammer zu öffnen, doch ich bin auch nicht scharf darauf, länger als unbedingt nötig auf dem Flur zu verweilen.

Lautlos öffnet sich die Tür, als ich die Klinke hinunterdrücke und in dem schummrigen Licht entdecke ich sie sofort. Sie ist nicht freiwillig hier und ich kann nichts für sie tun.

Rasch schließe ich die Tür wieder, sinke davor in die Hocke und atme mehrmals tief ein und aus, doch es hilft nicht, das Bild von dem Mädchen, das splitternackt, mit aufgeschlitzter Kehle auf seiner Freundin liegt, aus dem Kopf zu bekommen. Sie muss entweder nachts hinaus und ihrem Mörder über den Weg gelaufen sein, oder sie haben sie geholt.

Ich schnappe nach Luft, als mir ein schrecklicher Gedanke kommt. Was, wenn es eine von uns gewesen ist? Die Männer haben immer einen furchtbaren Lärm verursacht, sodass jede einzelne von uns wach lag. In der vergangenen Nacht habe zumindest ich nichts Verdächtiges gehört. Was, wenn die Frauen hier drinnen langsam den Verstand verlieren? Bislang haben sie ihre Zeit damit verbracht, unmotiviert Löcher in die Luft zu starren. Was, wenn ich dafür gesorgt habe, ihnen wieder Antrieb zu geben, und sie ihn gegeneinander einsetzen?

»Heute ist es soweit«, verkünde ich, als Britta nach dem Frühstück den Raum verlassen hat. Ich habe ihnen nicht gesagt, wie ich Nina vorgefunden habe, bloß den Kopf geschüttelt, als sie fragten. Mir tut es leid um das junge Mädchen.

Ich sah den Frauen an, dass sie mich am liebsten weiter ausgefragt hätten, bis auf Maria. Maria war so unglaublich beschäftigt damit, mich nicht anzusehen, dass ich ahne, was passiert ist. Sie hatte nicht mit ansehen können, wie das junge Mädchen sich gequält hat. Mir war es ebenso ergangen, bloß dass ich deshalb heute als den großen Tag erwählt hatte. Doch das hatte Maria vorher nicht wissen können.

Wir müssen dringend hier heraus, bevor noch mehr Unglücke geschehen.

Nina ist für den Moment vergessen und mich starren fünf ängstliche Augenpaare und ein kleines an. Wir haben Monate auf diesen Tag hintrainiert, doch auf einen Schlag wird es Realität: Wir brechen auf!

»Wir müssen den Moment abpassen, wenn Britta uns das Mittagessen bringt, denn dann ist die Tür nach außen unverschlossen. Rainer wird vermutlich im Büro sein und Nils' Freunde werden sich tagsüber nicht hier blicken lassen.«

Mein Plan klingt gut. Wenn alles so läuft, wie ich es mir vorgestellt habe, müssen wir nur mit Britta fertig werden. Oder können sie sogar dazu überreden, mit uns zusammen fortzugehen.

Aufgeregtes Getuschel folgte meinen Worten.

»Glaubst du wirklich, dass wir schon so weit sind?«, spricht Katja die Bedenken aller aus.

»Wie viele Liegestütze schaffst du in einer Minute?«, frage ich lächelnd zurück. Lächeln, das wäre vor einem halben Jahr noch undenkbar für mich gewesen. Doch genau in diesem Moment habe ich alles, was ich zum Glücklichsein brauche: meine Familie und ein bevorstehendes großes Abenteuer. Und ich bin überzeugt davon, dass wir ohne Verluste hier herauskommen. Mein Plan ist so genial, weil er so einfach ist. Die entführten Frauen marschieren eine nach der anderen aus der Villa.

»Vierundzwanzig«, antwortet Katja prompt. Unser Training ist zwei Stunden her und ich erinnere mich allzu gut daran, wie stolz sie war, als ich ihr das Ergebnis ihrer Übung sagte.

»Ich wette, Nils' Freunde schaffen nicht einmal zusammen vierundzwanzig Liegestütze in einer Minute.«

Das Gelächter löst die Anspannung ein wenig. Aufregung macht sich unter meinen Schafen breit. Sie können es kaum glauben, dass wir nun endlich den Weg in die langersehnte Freiheit gehen.

»Ich werde vorangehen«, erläutere ich ihnen weiter den Plan, »und das hat zwei Gründe: Erstens habe ich kein Problem damit, jemandem die Kehle aufzuschlitzen, zweitens ist es nicht so schlimm, wenn mir etwas passieren sollte.«

Die Frauen brechen zum Protest an, doch ich bringe sie mit einer Handbewegung zum Schweigen.

»Hinter mir laufen Katja und Maria, Hannah, du läufst mit Sarah am Ende.« Ich blicke zu Denise hinüber. »Und dazwischen dürfen alle laufen, die sich uns anschließen möchten.«

Sie kämpft mit sich. Sie wagt es nicht, an die Freiheit zu denken, aus Angst, dass der Traum wie eine schillernde Seifenblase zerplatzt in eben jenem Moment, da sie danach zu greifen versucht. Doch ich sehe in ihren Augen, wie sehr auch sie sich wünscht, mit uns zu entkommen.

Ich bedränge sie nicht. Diesen Kampf muss sie mit sich allein ausfechten.

Wie auf heißen Kohlen warten wir hinter der angelehnten Küchentür darauf, dass das Klicken uns Brittas Ankunft ankündigt. Alle paar Sekunden schaue ich auf die Uhr und frage mich, ob sie uns vergessen hat. Sie hat keine feste Zeit, zu der sie zu uns kommt, aber dennoch bin ich der Meinung, dass sie heute später dran ist.

Ahnt sie etwas?

Will sie uns hier verhungern lassen, bevor wir ihr Leben oder das, was davon übrig ist, zerstören?

Bevor ich die Hoffnung aufgeben kann, ertönt das Klicken und die Tür dreht sich. Britta schlurft hindurch und dreht die Tür wieder zu. Ich frage mich, wie viele tausend Male sie diese Abfolge in den letzten Jahren genau so durchgeführt hat.

Das Schlurfen schallt bedrohlich und viel lauter als sonst durch den Flur. Ich warte, bis Britta auf der untersten Stufe angekommen ist, dann sprinte ich zu ihr, lege ihr die Hand auf den Mund und halte ihr das Messer an die Kehle.

Ich habe nicht wirklich vor, sie zu verletzen, doch das braucht sie nicht zu wissen.

Vor Schreck lässt sie das Tablett fallen und das Gulasch ergießt sich über den Boden und spritzt unsere Beine voll. Brittas unter dem wadenlangen Rock nackten Beine bekommen die heiße Soße direkt ab. Sie schreit vor Schmerz in meine Handfläche.

Auch die Hose kann die Hitze nicht völlig abwehren, doch darauf kann ich jetzt keine Rücksicht nehmen. Ich bin ein Soldat im Einsatz. Wenn ich falle, dann falle ich.

Die anderen Frauen kommen aus der Küche geschlichen und stellen sich hinter mir auf.

Ich drehe Britta um, nehme das Messer von ihrer Kehle und stoße es ihr leicht in den Rücken, um sie vorwärts zu bewegen.

»Wir werden jetzt die Villa verlassen«, flüstere ich ihr auf dem Weg nach oben ins Ohr und löse ein heftiges Kopfschütteln bei ihr aus. »Du hast jetzt zum letzten Mal die Wahl, meine Liebe: Schließt du dich uns an oder hältst du zu Rainer?«

Sie lehnt sich zurück, stemmt die Füße in den Boden und ignoriert das Messer in ihrem Rücken. Ihr Kopf dreht sich zu mir. Die Augen sind vor Angst geweitet, wieder und wieder schüttelt sie den Kopf, doch ich gebe ihr nicht die Chance, mir zu widersprechen. Meine Hand bleibt fest auf ihren Mund gepresst.

»Okay, du hast dich entschieden«, stelle ich fest. »Die Frage ist nur, was wir mit dir machen.« Ich tue, als würde ich grübeln. »Wir könnten dich ja hier im Keller lassen.« Ich sehe sie fragend an, doch sie schüttelt nur immer weiter panisch den Kopf, versucht, mir etwas zu sagen, doch meine Hand verschluckt jede Silbe.

Ist ihre Angst vor Rainer tatsächlich so groß?

Ich zwinge Britta, die Treppe weiter hinaufzusteigen, bis wir schließlich den Treppenabsatz erreicht haben.

»Öffne die Tür!«

Es ist, als würden alle vor Aufregung die Luft anhalten, doch Britta schüttelt weiterhin mit weit aufgerissenen Augen den Kopf.

»Öffne!« Ich lege all meine Wut darüber, dass sie über Jahre die Augen vor der Ungerechtigkeit verschlossen hat, in dieses eine Wort. Sie weiß eh, dass sie verloren hat. Ich bin die mit dem Messer und sie hat mir nichts entgegenzusetzen.

Britta wimmert. Die Tränen laufen über ihr Gesicht und sie weigert sich noch immer, die Tür zu öffnen.

Weshalb ist sie nur so stur? Sie macht noch alles kaputt. Am liebsten würde ich sie die Treppe hinabwerfen. So kurz vor dem Ziel brauche ich niemanden, der sich mir in den Weg stellt. Es fällt mir schwer, mich zusammenzureißen, aber ich will mir die Gerechtigkeit nicht entgehen lassen, sie als Mitwisserin hinter Gittern zu sehen.

Ich löse meine Hand von ihrem Mund, um die Tür zu öffnen.

»Nein, Sarah«, schluchzt Britta erstickt. »Tu das bitte, bitte nicht.« Mit flehenden, tränennassen Augen schaut sie mich an und schüttelt kaum merklich den Kopf.

»Vergiss es, Britta!« Wenn Blicke töten könnten, stünde sie nicht mehr neben mir.

Ich lege meine Hand in Brusthöhe auf das kühle Metall. Mein ganzer Körper prickelt vor Aufregung. In wenigen Minuten sind wir frei. Jetzt gibt es nichts, was uns noch aufhalten kann – außer vielleicht die heulende Kidnapperin an unserer Seite, indem sie uns zu Tode nervt.

Ich atme ein letztes Mal die muffige Kellerluft ein und stoße dann mit einem Ruck die Tür auf, die sich schwerfällig um die eigene Achse dreht. Hinter dem Bücherregal erscheint ein hübsches Wohnzimmer, doch als ich die Tür weiterdrehe, blicke ich in eine Pistolenmündung und mein ganzer Traum fällt wie ein Kartenhaus in sich zusammen.

Kapitel 24

»Hallo Sarah.«

Alles, was ich je zu wissen geglaubt hatte, zerplatzt wie eine schillernde Seifenblase. Tausend Gedanken rasen durch meinen Kopf und lassen mich sprachlos zurück. Hatte Ingrid, Mama, über all die Jahre gewusst, wo Hannah war? Hatte sie sich heimlich ins Fäustchen gelacht, als ich ihr offenbarte, dass ich Hannah suchen wollte? War alles, was sie mir je gesagt hatte, jede Umarmung, jede Sorgenfalte eine Lüge gewesen?

Sie lächelt mich freundlich an. »Ich habe deinen Mut schon immer bewundert«, gesteht sie mir ein, »doch diesmal wirst du leider scheitern.« Die Pistole in ihrer Hand widerspricht allem, wofür sie jemals Stand. Sicherheit, Zuflucht, Familie.

»Es war ja ganz amüsant, zu sehen, wie ihr zwei euch gequält habt, auch wenn ich bis vor Kurzem tatsächlich geglaubt habe, dass Hannah tot wäre. Vielen Dank, dass du deine Vermutungen und Erkenntnisse mit mir geteilt hast. Aber jetzt ist es an der Zeit, sich zu verabschieden.«

»Warum?« Ein kleines Wort, mehr fällt mir nicht ein, als ich beginne, zu ahnen, dass es keine Zufälle gibt.

Ingrid lacht und wirft dabei den Kopf in den Nacken. Ich schätze kurzzeitig ab, ob ich ihr mein Messer in den Bauch rammen kann, aber die Gefahr, dass sie wild um sich schießt und meine Schafe verletzt, ist zu groß. Auch wenn ich sie mir vor wenigen Monaten nicht mit einer Waffe in der Hand vorstellen konnte, zweifle ich nun keinen Moment daran, dass sie damit umzugehen weiß.

Ich blicke mich kurz um und sehe, dass Katja die anderen zurück hinter die Schrankwand in die vorläufige Sicherheit drängt. Wenn ich jetzt versage, sind sie alle verloren und der ganze Keller wird zur Leichenkammer.

»Weil deine Mutter eine Schlampe ist, die nicht davor zurückschreckte, ihre beste Freundin zu verraten.« Sie spuckt auf den Boden. Etwas, dass die Ingrid, die ich kenne, nie getan hätte. »Wie schade, dass sie bei einem Unfall gestorben ist.« Das Wort Unfall betont sie ironisch und lacht anschließend gehässig. »Ich hätte nicht gedacht, dass ich damit durchkomme. Aber hier stehe ich jetzt, das brave, kleine Hausmütterchen, das keiner Fliege etwas zuleide tun kann.« Sie klimpert unschuldig mit den Augen und bedeutet mir mit einem Wink der Pistole, dass ich zurück in den Wandschrank gehen soll.

Mit langsamen Bewegungen gehorche ich zögerlich. Mir graut davor, zurück in das Verlies zu gehen. Ich befürchte, zu wissen, was uns dort erwartet, wenn sie mit der Waffe in der Hand hinter uns herkommt.

Beim Zurückweichen stoße ich gegen Katja, die schützend vor den anderen im Eingang des Wandschranks steht. Ich bedeute ihr mit einer Handbewegung, dass sie weiter zurück gehen sollen. Ich werde den Eingang bestmöglich überwachen und niemanden hineinlassen.

»Hannah und ich können nichts dafür, was zwischen dir und unserer Mutter vorgefallen ist«, versuche ich Ingrid zu beschwichtigen. »Ich kannte meine Mutter nicht einmal.«

»Das spielt keine Rolle.« Unwirsch wischt sie meinen Einwand zur Seite, während sie mit der anderen Hand ruhig auf mich zielt. »Sie hat mir Bernhard weggenommen und deshalb werde ich ihr alles nehmen, was ihr lieb war.«

Bernhard. Paps! Sie ist der Schlüssel. Sie weiß, wo alle sind. Wo alle über die Jahre gewesen sind. Sie hat es jedes Mal gewusst, wenn sie mir morgens mein Frühstück auf den Tisch gestellt hatte. Jedes Mal, wenn sie mir in die Augen geblickt hatte. Und das einzige, worum es ihr leidtat, war vermutlich, dass ich nicht mehr gelitten habe. All die Jahre hat mich die Frage nach dem Verbleib meiner Familie innerlich aufgefressen, auch wenn ich es nach außen hin nicht gezeigt habe.

Doch jetzt, da ich weiß, dass sie hinter allem steckt, kann ich sie nicht einfach niedermetzeln und mit meiner Familie herausmarschieren. Ich muss sie zumindest so lange am Reden halten, bis sie verraten hat, wo sie Paps gefangen hält. Jetzt, da ich Hannah wiedergefunden habe, zweifle ich noch weniger daran, ihn heil aufzufinden.

»Wo ist er?«, frage ich sie gerade heraus.

Sie kommt ein paar Schritte näher. Gut für mich. Mein Messer hat eine niedrigere Reichweite als ihre Pistole.

Sie seufzt. »Als ob es drauf noch ankäme.« Sie schüttelt den Kopf, als verstünde sie meine Unvernunft nicht. »Bei uns zu Hause. Keine hundert Meter von deinem Kinderzimmer entfernt, in einer netten, kleinen Kammer, zu der Rainer mich motiviert hat, lange bevor ich Wolfgang kennen lernte. Er hätte dir also niemals bei der Suche helfen können.« Sie zwinkert mir zu.

»Jetzt aber genug geredet.« Sie dreht den Sicherungshebel der Pistole herunter und hält sie mit beiden Händen auf mich gerichtet. »Verabschiede dich von Hannah, damit ich euch alle endlich loswerden kann. Das ist schon längst überfällig.«

Sie tritt noch einen Schritt näher.

Ich springe auf sie zu, reiße das Messer hinter dem Rücken hervor, spüre stechende Schmerzwellen durch meinen Körper jagen. Ich lasse mich davon nicht aufhalten, nur darauf konzentriert, ihr das Messer mitten ins Herz zu stechen. Daher sehe ich auch nicht, dass Ingrid die Waffe erschrocken hochreißt und mir gegen die Schläfe knallt, wobei sich ein Schuss löst, der ein Fenster zum Bersten bringt.

Vor meinen Augen wird es schwarz. Bunte Sterne tanzen um mich herum, doch ich schätze Ingrids Position ab und greife erneut an, während mir ein Klicken verrät, dass die Pistole erneut entsichert wird.

Hinter mir schreien meine Schäfchen wild und schrill durcheinander. Sie versuchen, sich an mir vorbeizudrängen. Ein weiterer Schuss ertönt. Jemand fällt gegen mich und sinkt schlaff zu Boden.

Mein Sichtfeld wird wieder klar, doch ich habe keine Zeit, zu gucken, wer getroffen wurde.

Als ich wieder klar sehen kann, blicke ich direkt in die Mündung der Pistole. Wenn sie jetzt abdrückt, gibt es für mich keine Hoffnung. Sie vorher zu erreichen, scheint unmöglich. In Zeitlupe tobt das Chaos um mich herum, während ich beobachte, wie Ingrid den Hebel umlegt, mich teuflisch angrinst und in ebenjenem Moment, in dem ich zur Seite gestoßen werde, abdrückt.

Verwundert blicke ich nach rechts und sehe gerade noch, wie Brittas Körper durch die Kugel nach hinten geworfen wird und dort reglos liegenbleibt.

Ich zögere keinen Moment, nutze den Rückschlag, der auch Ingrid für einen Moment aus dem Konzept bringt, stolpere vorwärts und stoße Ingrid das Messer ins Herz.

Ein Schwall Blut spritzt mir entgegen und ich drehe mich weg, als ich Ingrids Körper zu Boden fallen sehe. Die Frau, die mir in den letzten fünf Jahren die Mutter gewesen war. Eine der wenigen Personen, denen ich blind vertraut habe.

Das Türläuten unterbricht den Krieg, der um mich herum tobt. Noch nicht jeder hat mitbekommen, dass von Ingrid keine Gefahr mehr ausgeht.

Es läutet wieder.

Schlagartig verstummt auch das letzte Geräusch. Dennoch lege ich den Finger auf die Lippen und drehe mich zu meiner Herde um.

So leise wie möglich nehme ich Ingrids Pistole an mich und schleiche zur Haustür. Auf dem Weg überprüfe ich, wie viel Munition noch geladen ist. Zwei Schuss. Das ist nicht viel, aber besser als nichts.

Ich blicke durch den Türspion. Nichts. Vor mir liegt der leere Weg zur Straße. Sonst nichts.

Ratlos trete ich hinter der verglasten Scheibe weg.

Hannah lotst die Frauen, die noch übrig sind, und die kleine Sarah zur Küche, die vom Eingangsbereich aus abgeht. Mit vor Schreck geweiteten Augen wirft sie mir einen letzten Blick zu, bevor sie die Tür hinter ihnen schließt.

Ich überlege. Es gibt nichts, hinter dem ich in Deckung gehen könnte. Die einzige Möglichkeit, die mir bleibt, ist mich eng an die Wand zu pressen und zu hoffen, dass, wer auch immer uns aufsucht, mich sieht, nachdem ich ihn gesehen habe.

Ein Schlüssel wird von außen auf das Schloss gesteckt. Er dreht sich einmal, zweimal, dann geht die Tür auf und ich halte die Luft an.

Als ich die Menschenmasse sehe, die sich durch die Tür drängt, ohne von mir Notiz zu nehmen, gefriert alles in mir zu Eis. Ich hatte gedacht, dass ich nicht noch enttäuschter sein könnte, doch jetzt fühle ich mich, als würde mir jemand bei lebendigem Leibe das Herz herausreißen und darauf herumtrampeln, bis es in Fetzen, völlig zerstört auf dem Boden liegen bliebe.

Den Beginn macht eine junge Frau, die sich in einem ähnlichen Zustand befindet wie ich, als ich hierherkam. Vielleicht nicht ganz so schlimm, denn sie ist in der Lage, selbstständig zu laufen, dafür ist sie deutlich leichter bekleidet. An ihren nackten Waden hätte kein Messer Platz gefunden.

Ihr bleibt nichts übrig, als vorwärts zu laufen, denn sie wird mit einem Messer in Schach gehalten, von dem weltbesten großen Bruder: Sascha. Ich hatte ihm mit meiner Uhr den Weg zu mir weisen wollen. Dabei hatte ich nicht geahnt, dass natürlich auch schon er längst wusste, wo ich mich befinde.

Der Anführer des MacBook-Trios ist noch nicht vollständig durch die Tür getreten, als ich auf Sascha losstürme. Blind vor Wut prügele ich mit der Waffe auf ihn ein. Die Schmerzen der letzten Monate sind wie weggeblasen und ich habe nur den Wunsch, all den Leuten zurückzugeben, was sie mir und den anderen über die Jahre angetan haben. Ich habe ihm das Leben gerettet und er unterstützte meine Verschleppung und Misshandlung.

Völlig überrascht dreht er sich zu mir um, als ihn der Lauf der Pistole an der Schulter trifft, und er schmerzerfüllt aufschreit. Ich hole erneut aus, kämpfe mit mir, ob ich ihn wirklich niederschlagen soll. Meinen großen Bruder. Mein Leuchtturm in finsterster Nacht. Der, auf den ich mich immer blind habe verlassen können. Spielt mir mein Verstand einen Streich oder sind tatsächlich alle, die mir je etwas bedeutet haben, in diese bescheuerte Geschichte involviert?

Ich schließe die Augen, will nicht sehen, wie ich dem besten Bruder von allen den Schädel einschlage.

Bevor ich zuschlagen kann, ertönt lautes Gelächter hinter mir.

Irritiert öffne ich die Augen, drehe mich um und erkenne in dem Moment meinen Fehler, als Sascha von hinten seine Arme um mich schlingt und mich festhält.

Der MacBook-Typ lacht weiter, laut und unkontrolliert. Er kann kaum laufen, so doll lacht er. Er lässt sich merkwürdig verdreht auf die Knie fallen und lacht dort weiter und erst jetzt sehe ich, dass seine Hände mit Handschellen auf den Rücken gefesselt sind.

»Sht«, flüstert Sascha nahe an meinem Ohr. Beinahe gehen seine Worte in dem Gelächter des offensichtlich unter Drogen Stehenden unter. »Es ist alles vorbei. Wir sind hier, um dir zu helfen.«

Hinter dem Lachenden folgen die anderen zwei Gang-Mitglieder. Auch ihre Hände sind mit Handschellen hinter dem Rücken fixiert. Hinter ihnen laufen Florian und Martin und stoßen sie unsanft vorwärts.

Ihre Augen weiten sich, als ihr Blick an mir vorbei durch die geöffnete Tür zum Wohnzimmer führt. In Anbetracht ihrer letzten Rettungsaktion, habe ich mich mit dem Schlachtfeld selbst übertroffen. Beim letzten Mal fanden sie Nils leblos vor. Über die genaue Anzahl der Leichen weiß ich dieses Mal nicht Bescheid.

»Ich weiß nicht, was hier los ist«, flüstert Sascha weiter, »aber ich werde persönlich dafür Sorge tragen, dass dieser ganze Spuk für dich endlich vorbei ist.« Er drückt mich fest an sich und vergräbt sein Gesicht in meinem mittlerweile deutlich längeren Haar. Blaues Licht und Sirenengeheul fallen durch die noch immer geöffnete Eingangstür, als mehrere Polizeiwagen davor halten und eine Horde Polizisten herausspringt und auf das Haus zustürmt.

Kapitel 25

Schweigend sitze ich im Auto neben Sascha. Wir sind auf dem Weg, das letzte Geheimnis zu lüften. Ich hatte ihm versprechen müssen, mich sofort ins Krankenhaus zu begeben, wenn wir Paps gefunden haben. Nachdem die tote Ingrid nicht mehr in der Lage ist, sich um ihre Gefangenen zu kümmern, falls sie es je getan haben sollte, zählt jetzt jede Minute.

Bei meiner polizeilichen Aussage hatte ich zwar schon erzählt, dass Paps in unserem Haus gefangen gehalten werden musste, doch die Polizisten, die sofort losgeschickt worden waren, hatten Paps in dem Haus nicht finden können.

Dieses Mal hatte ich nicht das Gefühl, nur eine Nummer zu sein, die abgearbeitet wurde. Der Polizeibeamte kannte meine Akte und dementsprechend schenkte er mir auch Aufmerksamkeit. Er befragte mich sogar zu den Ungereimtheiten bei Nils' Tod.

»Wir haben ein Zelt im Wald gefunden. Können Sie uns dazu etwas sagen?«

»Weshalb hatte der Verstorbene eine gebrochene Nase?«

»Die Spuren haben ergeben, dass Sie vor dem Sturz gerannt sein müssen. Wie kam es dazu?«

»Weshalb waren Sie nicht auffindbar, obwohl Sie sich für weitere Fragen bereithalten sollten?«

Bei der letzten Frage schossen meine Augenbrauen derart in die Höhe, dass selbst dem Polizisten der Unsinn dieser Frage auffiel. Er grinste, beendete die Fragerunde und erzählte mir von all den Bruchstücken, die sie zusammengetragen hatten und der Geschichte, die dabei herausgekommen war.

Vor langer Zeit war Ingrid mehrere Jahre mit Paps liiert gewesen. Sie war sich schon beinahe sicher, mit Paps den Rest ihres Lebens verbringen zu wollen und stellte ihn deshalb ihrer besten Freundin vor, um deren Meinung zu hören. Statt einer Meinung flogen die Funken und Paps trennte sich von ihr, heiratete Ingrids beste Freundin und bekam zwei Kinder mit ihr, bevor sie eines Tages starb, weil die Bremsen ihres Autos defekt gewesen waren. Aus Ingrids Beichte wusste ich jetzt, dass es sich keineswegs um einen Unfall gehandelt hatte.

Rainer, der noch am Tag unserer Befreiung, nichtsahnend aus seinem Büro abgeholt worden war, hatte dem Bild weitere Puzzlestücke hinzufügen können. Er hatte Ingrid kurz nach der Liaison mit Paps kennengelernt und hinter der Fassade der schönen, jungen Frau die Verbitterung bemerkt. Er hatte neben Britta eine Affäre mit ihr gestartet, die jedoch nur so kurzzeitig hielt, dass es nicht einmal erwähnenswert war. Ingrid beendete die Affäre direkt nachdem sie gestartet war, da sie sich von Rainer mehr erhoffte als Liebe: Rache an der ehemals besten Freundin.

Rainer konnte ihr keinen Wunsch abschlagen, wenn auch nicht ganz klar war, welchen Vorteil er von den Gefallen hatte, die er für Ingrid tat. Meine Pflegeeltern waren nicht arm. Ingrid hatte das hübsche Einfamilienhaus und eine Menge Geld von ihren Eltern geerbt, lange bevor sie meinen Pflegevater Wolfgang kennengelernt hatte. Ein Blick auf ihre Konten hatte ergeben, dass zu dem Zeitpunkt des Todes meiner leiblichen Mutter ein Großteil davon verschwunden war. Demnach liegt die Vermutung nahe, dass Ingrid Rainer dafür gut bezahlt hatte.

Und so entfernte Rainer meine Mutter und ließ Ingrid in dem Glauben, dass er auch Hannah umgebracht und im Wald verscharrt hatte. Nach eigener Aussage hatte er es jedoch nicht übers Herz gebracht, das junge Mädchen umzubringen und sich einen Alternativplan überlegt. Wie gut, dass Hannah im Alter seines Sohnes gewesen war.

Ingrid hatte ursprünglich vorgesehen, dass Rainer uns beide, Hannah und mich, beseitigen sollte. Es war mein Glück, dass ich an jenem Tag nach Hause gerannt war, denn sonst hätten wir gemeinsam die letzten zwölf Jahre in dem Keller gesessen. Nach Hannahs Verschwinden ließ Paps mich jedoch nicht aus den Augen, bis er selbst verschwand.

Durch einen anonymen Tipp war das Jugendamt eines Tages aufgekreuzt und hatte mich, als ich ihnen nicht glaubhaft versichern konnte, dass ich wisse, wo Paps sei, mich mitgenommen und in eine Pflegefamilie gebracht. Ingrid, die in der Zwischenzeit Wolfgang geheiratet und meine drei Brüder adoptiert hatte, musste es irgendwie eingefädelt haben, dass ich zu ihnen kam.

Im Nachhinein ist mir klar, dass sie all die Jahre immer noch versucht hatte, mich zu beseitigen. Die tränenreichen Entschuldigungen nach ihren Missgeschicken waren von Anfang an geheuchelt gewesen. Deshalb hatten sie auch jedes Mal mich und nicht die Brüder getroffen. Es ist mir ein Rätsel, wie man eine solche Herzlichkeit einem Menschen gegenüber über Jahre vorspielen kann.

Auch wenn Ingrids falsches Spiel nun endlich aufgedeckt wurde, trifft es Papa und meine Brüder hart, dass sie gestorben ist. Sie haben sie nicht so erlebt wie ich. Sie haben nicht die stets liebevolle Mutter mit einer Pistole auf sich zielen sehen.

Sascha hat Wolfgang gleich nach Ankunft der Polizei informiert, dass sie mich gefunden hätten, und dass Ingrid tot sei. Natürlich hat er sich sofort auf den Weg gemacht und kümmert sich jetzt gemeinsam mit Florian und Martin um die geretteten Frauen.

Sascha und ich haben weder Wolfgang noch unseren Brüdern gesagt, dass wir uns auf die Suche nach Paps machen, aber sie werden unser Fehlen mittlerweile bestimmt bemerkt haben. Sie hätten es nicht gutgeheißen, dass ich mich nicht sofort ins Krankenhaus begebe.

Vor allem Sascha leidet sehr unter Ingrids Tod. Er war in einer Familie großgeworden, in der er regelmäßig verprügelt, eingesperrt und hungern gelassen worden war, bis er zu den Schmidts gekommen war. Ingrid hatte ihn wirklich herzlich aufgenommen und sein Leben hatte sich fortan verbessert, wenn er auch einmal zugab, dass er zu dieser Zeit ein sehr schwieriges Kind gewesen war. Erst Ingrid hatte aus ihm den gemacht, der er heute war.

Britta hatte von Anfang an dafür gesorgt, dass es Hannah an nichts mangelte. Tagsüber durfte sie bei der Familie sein, wurde von Britta in allem notwendigen unterrichtet und abends schlief sie in dem Keller hinter dem Bücherregal.

Nils wusste von Anfang an, wie Hannah in die Familie gekommen war, und dass sie nicht seine leibliche Schwester gewesen war. Als er in die Pubertät kam und seine ersten Erfahrungen sammeln wollte, kam es zu dem Vorfall, von dem Hannah mir bereits berichtet hatte. Britta und Rainer sorgten von diesem Moment an dafür, dass Hannah im Keller blieb und Nils möglichst außerhalb.

Nils und seine Freunde …

Natürlich hatte Sascha die Frau nicht mit dem Messer bedroht. Durch meinen Hilferuf über die Sport-Uhr alarmiert, hatte er sich mit Florian und Martin auf den Weg nach Berlin gemacht. Es hatte einige Zeit gedauert, da er kaum noch mit einem Lebenszeichen von mir gerechnet und meinen Standort daher erst ein paar Tage später gesehen hatte.

Als sie in Zehlendorf angekommen waren, wussten sie zunächst nicht, nach welchem Haus sie suchen sollten. Das in die Uhr eingebaute GPS war nicht auf den Punkt genau, vor allem nicht, wenn aus einem Keller Signale gesendet wurden.

Das splitternde Fenster war ihnen jedoch Zeichen genug gewesen. Sie setzten einen Notruf ab und versuchten dann ins Haus zu kommen. Vor der Tür trafen sie auf die MacBook-Gang mit ihrem neuesten Fang.

Die verbliebenen Drei waren Nils zu Schulzeiten begegnet. Sie waren unzertrennlich geworden und so hatte er sie eines Tages in das Geheimnis um seine versteckte Schwester eingeweiht. Marcel, der neue Anführer der Gruppe, hatte sofort eine Chance gewittert, Drogen und weitere Frauen in dem Keller zu verstecken und so hatte das Übel ein viel größeres Ausmaß angenommen, als ursprünglich von Rainer geplant. Geschundene Frauen, halbtot, tot, hatte vor allem Marcel dorthin verschleppt, nachdem er sich genommen hatte, was er meinte, dass es ihm zustünde.

Doch die ganze Gruppe machte begeistert mit, wobei Nils zumindest darauf achtete, dass Hannah und Sarah nichts zustieß. Ob es aus Geschwisterliebe geschah oder er die beiden als seine Familie ansah, war nicht bekannt. Natürlich hatte er auch Katja dorthin verschleppt, nachdem er sich an ihr ausgetobt hatte. Zumindest hatte er damit erreicht, dass sie nun den Krav-Maga-Kurs wechseln würde und die Wahl ihrer Schuhe im Alltag überdachte.

Das traurige an Katjas Verschleppung war, dass sie nur meinetwegen zum Opfer geworden war. Keiner aus der MacBook-Gang hatte sich an der Uni für BWL eingeschrieben. Das ganze Semester war eine Farce, damit Nils mich aus dem Verkehr ziehen konnte. Ingrid musste ihn informiert und beauftragt haben, da sie nicht mit ansehen konnte, wie ich nach dem Abi in die freie Welt zog und ein glückliches, zufriedenes Leben führte.

Glücklich und zufrieden …

Rainer hatte ein schlechtes Gewissen bekommen, als Ingrid den erneuten Mord in Auftrag geben wollte, und als sie ihn davon unterrichtete, dass ich mich auf die Suche nach Hannah machen wollte, hatte Rainer Ingrid erzählt, dass Hannah trotz allem immer noch lebte. Sie war stinksauer geworden, hatte die MacBook-Gang minutiös über meinen Plan aufgeklärt. Viel mehr war nicht nötig gewesen, da sie mich hassten, weil ich ihnen den Bro genommen hatte.

Britta hatte sich trotz ihrer Mitwisserschaft als die Heldin herausgestellt. Sie hatte Hannah nicht zu befreien gewusst, aber sie hatte Hannah ein Heim und Liebe gegeben. Etwas, das ich wohl nie erfahren würde. Respekt meiner Väter – Ja, aber Mutterliebe habe ich nie gekannt. Auch wenn sie bis zum Schluss versucht hatte unsere und ihre eigene Haut zu retten, hatte sie sich im letzten Moment dazu entschlossen, mein Leben über ihr eigenes zu stellen und mir die Möglichkeit zu geben, die anderen Frauen zu befreien. Sie hat nicht mehr erfahren können, dass es mir gelang, die anderen zu retten, aber es war für uns alle die einzige Möglichkeit. Auch wenn ich sie in den vergangenen Monaten verachtet habe, zolle ich ihr nun Respekt, denn sie hat Hannah ein Heim gegeben und sich für uns alle geopfert.

Hannah. Sie ist größtenteils unbeschadet aus der Gefangenschaft entkommen, was ich leider nicht für alle sagen kann. Maria, die Hannah geholfen hat, mich von den Toten zu erwecken, hat einen Schuss aus Ingrids Pistole abbekommen. Glücklicherweise war der Notarzt kurz nach meinen Brüdern eingetroffen. Sie liegt nun im Krankenhaus, schwebt in Lebensgefahr und die Ärzte sagen uns, dass nur noch ein Wunder sie retten kann.

Ich wünsche ihr von ganzem Herzen, dass sie das Wunder, das sie mir hat zuteilwerden lassen, nun selbst erfährt.

Hannah hatte hingegen nur die gleichen Blessuren davongetragen, die allen in dem Tumult zuteil gekommen waren. Einen Ellenbogen in die Rippen, hier und da blaue Flecken und Schürfwunden.

Das erste, worauf sie sich gestürzt hatte, als wir die Villa verlassen hatten, war der Süßigkeiten-Automat im Krankenhaus Waldfriede gewesen, in das wir alle gebracht worden waren. Ihre Augen hatten geleuchtet und Florian hatte ihr lachend einen Schoko-Karamell-Riegel herausgezogen. Ich habe nie zuvor jemanden mit einer solchen Hingabe Schokolade essen sehen. Sie ließ die kleine Sarah von dem Riegel probieren, doch Sarah zeigte erneut, dass sie mehr nach mir schlug. Sie verstand die Aufregung ihrer Mutter nicht, zuckte lediglich mit den Schultern und gab ihr den Riegel zurück. Die weite Welt bot ihr viel mehr Aufregendes als der Schoko-Riegel.

»Wir sind da.«

Sascha schaltet den Motor aus und zieht den Schlüssel aus den Zündschloss. Er mustert mich aufmerksam, fasst nach meiner Hand und drückt sie fest.

Er hält auch meine Hand, als wir langsam das Haus betreten, und ich bin froh, dass er bei mir ist. Wie hatte ich nur an ihm zweifeln können?

Ratlos blickt er sich im Wohnzimmer um. Er kennt jeden Winkel in diesem Haus und in keinem davon hat er je Paps gesehen.

Doch ich habe eine Ahnung und taste die Bücherregale ab. In der Zehlendorfer Villa müssen über die Jahre auch etliche Besucher nichts von Hannahs Verbleib gewusst haben.

Sascha tut es mir gleich. Schweigend schmeißen wir Bücher aus den Regalen, doch es dauert viel zu lange.

»Sascha!«, rufe ich plötzlich. Mein Herz schlägt bis zum Hals. Beinahe habe ich das Gefühl, es wolle zerspringen, nachdem es ein Leben lang dazu gebracht worden war, ruhig und kontrolliert zu schlagen.

Sascha stürzt zu mir und hilft, den mechanischen Verschluss zu betätigen, sodass wir das Bücherregal drehen können.

Kaum setzt es sich in Bewegung, habe ich die Gewissheit, dass wir zu spät kommen. Der Gestank versetzt mich für einen Moment zurück in die Leichenkammer. Süße Fäulnis, die mir meine letzte Hoffnung raubt. Ich zögere, ob ich weitergehen soll oder nicht. So lange ich ihn nicht gesehen habe, ist es nicht wahr.

Sascha spürt mein Zögern nicht und dreht das Regal weiter. Ein Lichtstrahl fällt in die dunkle Kammer auf den am Heizungsrohr festgeketteten Paps. Mit der Hoffnung stirbt ein Teil von mir. Ich komme sechs Jahre zu spät.

Sein Totenschädel grinst mich an, doch er ist es. Unverkennbar an den gerade erst grau werdenden Haaren auf seinem Kopf und dem dicken Wollpullover, den er so gern getragen hat, weil er ihn an meine Mutter erinnerte.

Ich trete näher an ihn heran und lege meine Hand auf seine nackten Wangenknochen. Tief in mir muss ich wohl gespürt haben, dass er tot war, denn ich spüre eher Erleichterung, zu wissen, was mit ihm geschehen ist, als Trauer. Obwohl ich mir gewünscht hätte, es wäre anders gekommen.

Ich höre ein Scharren hinter mir und drehe mich mit einer bösen Vorahnung langsam um.

»Schade, dass die Polizei das Versteck nicht gefunden hat.« Sascha grinst mich ein letztes Mal an, bevor er das Bücherregal für immer von außen verschließt.

Kapitel 26

Völlig perplex starre ich in der Dunkelheit auf die Stelle, an der das einfallende Licht immer weniger geworden und letztendlich vollständig verschwunden war. Gefolgt von dem unmissverständlichen Klicken des Riegels.

Es ist kaum vierundzwanzig Stunden her, dass ich an das Böse in Sascha geglaubt habe, nur um jetzt herauszufinden, dass es tatsächlich stimmt. All die Gemeinheiten, denen er mich in unsere Jugendzeit ausgesetzt hat, kommen mir in den Sinn.

Es ist, als stünde ich wieder in dem Garten der Schmidts. Zwei Wochen, nachdem sie mich in die Familie aufgenommen haben.

Ich stehe mit geschlossenen Augen am Gartenzaun. Der Wind fährt kräftig durch meine Haare. Die Vögel singen bedrückt von dem nahenden Unwetter. Ich fühle, wie die Freiheit in mir kämpft, das Unwetter heraufbeschwört, sich nichts als einen heftigen Sturm mit Gewitter, herabfallenden Ästen und einen Regen wie aus Eimern wünscht. Das Wetter passt zu meiner Stimmlage, aufgewühlt und düster. Von mir aus darf die ganze Welt mit einem schrecklichen Getose untergehen.

»Sarah«, ruft Ingrid – ich verzeihe: Mama – von der Haustür her, doch ich tue so, als hätte ich sie nicht gehört. Seit ich hier angekommen bin, ignoriere ich sie, so gut es geht, zeige ihr, dass ich nicht vorhabe, sie und die anderen als meine neue Familie zu akzeptieren. Ihr nachsichtiges Lächeln treibt mich in den Wahnsinn und bereitet mir ein schlechtes Gewissen, weil sie sich so viel Mühe gibt. Doch ich habe nicht darum gebettelt.

»Sarah!« Wieder ruft sie. Sieht sie nicht, dass ich dieses Unwetter so sehr brauche, wie andere die Luft zum Atmen?

Durch die geschlossenen Augen hindurch sehe ich die Sonne, die uns mit all ihrer Kraft den Tag erhellt und die Temperaturen unerträglich gemacht hat, verschwinden. Der Wind wird stärker und ich warte sehnsüchtig auf das Gewitter.

»Sarah, jetzt komm endlich rein. Es gewittert gleich!« Dreimal. Die magische Anzahl an Rufen ist erreicht. Ich weiß nicht, welcher Erziehungsratgeber ihr das empfohlen hat, aber sie ruft niemals mehr als dreimal. Und erwartet, dass ich spätestens dann gehorche. Für mich bedeutet es fortan himmlische Ruhe. Nur ich und das Unwetter.

Ich frage mich, ob es jemand mitbekommt, wenn ich mitten im Sturm einfach verschwinde. Nach Hause gehe oder fort in die Wälder. Würden sie nach mir suchen? Würden sie mich vermissen? Würden sie mich finden? Oder wären sie froh, dass das komische Mädchen, das kein Wort spricht, endlich verschwunden wäre?

Ich weiß nicht, wie viel Zeit vergangen ist, als ich im Gebüsch links von mir ein Rascheln höre. Der Wind zerrt mittlerweile kräftig an mir, will mich fortreißen, mich dahin tragen, wo meine Familie auf mich wartet.

Der Blitz leuchtet grell durch meine Lider. Einundzwanzig, zweiundzwanzig, dreiundzwanzig. Das Krachen übertönt alle Empfindungen, die sich in meinem Inneren aufgestaut haben. Es schwillt immer weiter und weiter an. Ich habe Probleme, mich auf den Beinen zu halten und verliere tatsächlich das Gleichgewicht, als eine Hand nach mir zerrt, mich in das Gebüsch zieht, wo ich stolpernd auf meine Knie falle und erschrocken die Augen aufreiße.

Vor dem erneuten Aufgrellen des Blitzes sehe ich die Silhouette von Sascha, der mich seit zwei Wochen ununterbrochen feindselig anstarrt.

»Verschwinde, du olle Kuh!«, schleudert er mir voller Hass entgegen. Entsetzt bemerke ich, dass er seinen Gürtel öffnet. Ich bin nicht in der Lage mich zur Wehr gegen ihn zu setzen. Er ist drei Jahre älter als ich und bringt locker das doppelte meines Gewichtes auf die Waage. »Wir wollen dich alle nicht hier haben!«

Der zweite Donner rollt krachend durch die Straßen, als er sein bestes Stück aus der Hose zieht und sich auf mir entleert. Dann dreht er sich um, richtet im Weggehen seine Kleidung und lässt mich fassungslos im Gebüsch liegen.

Ein dritter Blitz erleuchtet die Welt. Der Donner folgt ihm auf dem Fuße und mit ihm brechen die Wolken auf und entladen sich in einem heftigen Regenguss, der die Schmach meines großen Bruders fortspült.

Es dauert keine Minute, bis ich völlig durchnässt bin, und in dem Regen erlaube ich mir, den Tränen, die niemand sehen darf, freien Lauf zu lassen.

Kein Regen, kein Gewitter. Um mich herum die Dunkelheit und das Wissen, dass Paps‘ tote Augenhöhlen jede meiner Bewegungen verfolgen.

Wieder einmal bin ich eingesperrt. Wieder einmal hinter einem Wandschrank, den niemand finden wird, um mich daraus zu befreien. Niemand wird mein Rufen hören.

Alle, denen etwas an mir liegt, werden denken, dass ich mich auf die Suche nach Paps‘ gemacht habe und nicht zurückkehre, bis ich ihn gefunden habe. Falls es überhaupt auch nur einen einzigen Menschen gibt, dem etwas an mir liegt.

Ich schalte das Licht meiner Sport-Uhr an und erleuchte schwach die Kammer, in der ich mich befinde. Kein Keller diesmal. Ein ebenerdiger Raum, der lediglich mit einem Bücherregal vor neugierigen Blicken abgeschirmt ist.

Das Licht ist zu schwach, um den Raum in seiner Gesamtheit erkennen zu können, und mir liegt auch nicht allzu viel daran, erneut in Paps' grinsendes, lebloses Gesicht zu blicken.

Ich lasse mich mit dem Rücken an der Wand zu Boden sinken, bis ich auf dem Teppich sitze, und wähle wieder einmal das Sportprofil »Running«. Es kann funktionieren, wenn Hannah sich daran erinnert, mich als vermisst meldet und die Daten der Polizei übergibt. Andernfalls sieht lediglich Sascha, dass ich in diesem Haus sitze, in dem wir die gemeinsame Jugend verbracht haben, unweit von der Leiche meines Vaters. Aber Sascha weiß eh schon, dass ich hier bin.

Ich starte die Aufzeichnung und lasse die Sport-Uhr verfolgen, dass ich untätig herumsitze. Keine Aufzeichnung der Herzfrequenz, keine erkennbare Veränderung der GPS-Position.

Was mag Sascha dazu bewegt haben, mich über Jahre hinweg zu beschützen, nur um mich jetzt einzusperren, wo mich niemand finden wird? Ich werde nicht daraus schlau. Wollte er mich in Sicherheit wiegen, nur um es nach Hannahs Auftauchen mit Paps' Tod und meiner eigenen Verschleppung noch schlimmer zu machen?

Die Uhr zeichnet zwanzig Minuten lang meine Reglosigkeit auf, dann beende ich das Sportprogramm und synchronisiere die Uhr mit meinem offiziellen Sportprofil.

Nun bleibt mir nichts, als abzuwarten. Drei Tage halte ich es ohne Flüssigkeit aus. Wenn mich jemand in diesen drei Tagen findet, bin ich gerettet, wenn nicht – dann nicht. Dann werde ich hier unten verrotten, bis mein Körper sich an Paps' Skelett angeglichen hat.

Hier wird niemand kommen und mich versorgen. Keine Nahrung, keine Kleidung. Dieser Raum ist nicht dafür gedacht, zu überleben.

Auf der anderen Seite wird es auch niemand hören, wenn ich nach Hilfe rufe. Paps wird das ausreichend versucht haben. Er war niemand gewesen, der kampflos aufgab.

Also warte ich.

Kein Laut dringt von außen herein. Kein Licht durchbricht die finstere Dunkelheit. Ich sitze, lausche und hoffe. Lasse mir die Ereignisse der letzten Wochen noch einmal durch den Kopf gehen und versuche herauszufinden, an welchem Punkt Saschas alte Feindseligkeit wieder zum Vorschein getreten ist.

Als ich zum Studieren in die Welt gezogen bin, war noch alles in Ordnung. Oder war die Lauf-Uhr als Instrument gedacht gewesen, mich jederzeit überwachen zu können?

Als sie mich neben dem toten Nils im Wald fanden, stand er weiterhin hinter mir, versteckte mein Gewehr vor der Polizei, unterstützte mich. Oder war das nur ein Trick gewesen, mich wieder in das Haus der Schmidts zu locken, damit ich von meinen Plänen berichte?

Dass meine Brüder mich aus der Villa retten wollten, zeugt auch nicht unbedingt davon, dass Sascha mir feindselig gesonnen wäre. Er hätte mich in der Villa für den Rest meines Lebens verrotten lassen können. Es sei denn, er hat geahnt, dass ich ausbrechen würde, und er hätte das verhindern und mich gleich an Ort und Stelle umlegen wollen.

Vielleicht war er aber auch durch den Tod Ingrids so verstört, dass alles, was zuvor zwischen uns gewesen ist, mit einem Mal nicht mehr zählte.

Ingrid und Wolfgang hatten ihn Jahre zuvor liebevoll aufgenommen und ihm gezeigt, dass es ein Leben gab, das lebenswert war. Ein Leben ohne Schläge und Misshandlungen, ein Leben ohne Streit, Misstrauen und Delikten, die einen über kurz oder lang hinter Gitter brachten. Ingrids Tod muss Sascha zutiefst getroffen haben.

Die Stunden vergehen quälend langsam, doch niemand kommt, um mich aus der Finsternis zu befreien. Müde und schläfrig starre ich vor mich hin. Mein Körper verlangt nach Bewegung, doch ich mahne ihn, still zu sein. Je mehr ich mich anstrenge, desto schneller werden meine Kräftereserven aufgebraucht sein.

Doch mir schwirrt zu vieles im Kopf umher, als dass ich mir mit Schlaf die Zeit vertreiben könnte. Gedanken an Ingrids falsches Spiel, die Wanderung mit Nils und schließlich Saschas Hinterhalt, der mich von allem am härtesten trifft.

Langsam spüre ich, wie die Gedanken unschärfer werden, ich ins Traumland abdrifte. Ingrids Blick, als sie die Pistole auf mich richtet, blitzt für einen Moment auf, Hannah, die sich auf den Schokoriegel stürzt, die kleine Sarah, die bewundernd ihren Blick zur Sonne richtet.

KLICK.

Ich schrecke hoch. Bin mit einem Mal wieder hellwach. Jemand hat mich gefunden. Hannah? Die Polizei?

Ich komme auf die Füße und presse mich an die Wand, die zuletzt von meinem Besucher gesehen werden wird. Was, wenn es Sascha ist, dem es zu lange dauert, bis ich qualvoll verhungert bin? Was wenn er wiedergekommen ist, um mir mit meinem eigenen Gewehr den Schädel wegzupusten?

Langsam öffnet sich das Bücherregal und ein Streifen Sonnenlicht bahnt sich den Weg durch die staubige Luft. Er blendet mich, nachdem ich mehrere Stunden in völliger Dunkelheit gesessen habe.

Leise, bedrückt schlurfende Schritte erklingen in der geöffneten Tür, bevor Sascha mit hängenden Schultern den Raum betritt und sich suchend nach mir umschaut. Ich sehe ihn, bevor er mich sieht. Meine Augen sind an die Dunkelheit gewöhnt.

Seine Hände sind leer.

»Sarah?« Leise fragt er in den Raum und an seiner Stimme erkenne ich, dass er geweint hat.

Langsam trete ich einen Schritt vor und löse mich von den Schatten an der Wand. »Sascha?«

Er stürzt schluchzend auf mich zu, schlingt seine Arme um mich und presst sein Gesicht in meine Haare. Seine Worte gehen in den Schluchzern unter und es dauert lange, bis er sich so weit beruhigt hat, dass ich ihn verstehen kann.

»Komm mit!« Er fasst mich an der Hand und zieht mich aus dem Raum in das Wohnzimmer, wo er mir bedeutet, mich auf die Couch zu setzen. Ich bin froh, die staubige Luft und die Anwesenheit des toten Paps hinter mir zu lassen.

Außer uns ist niemand im Haus. Die auf dem Couchtisch stehende Weinflasche muss Sascha alleine geleert haben.

»Es tut mir leid, Sarah«, flüstert er kaum hörbar. Er räuspert sich und schaut mich mit stark geröteten Augen an. »Es tut mir leid!«

Erneut rennt eine Träne die Wange meines ansonsten so starken Bruders herab und ich muss dem Drang widerstehen, ihn in den Arm zu nehmen und ihn zu trösten.

Wer sagt mir, dass er mich nicht wieder zu Paps sperrt? Wer sagt mir, dass er dieses Mal in Frieden gekommen ist?

Ich traue ihm nicht über den Weg. Erst muss er sich mir erklären, bevor ich entscheiden kann, wie wir in Zukunft zueinander stehen.

Fragend sehe ich ihn an, warte auf eine Erklärung.

Er senkt den Blick, nestelt nervös an dem Reißverschluss seiner Sweatjacke. Kippt die Weinflasche, um zu schauen, ob noch ein letzter Schluck verblieben ist. Vergeblich. Die Flasche ist leer.

Es bleibt ihm nichts übrig, als mich anzuschauen, und mir die Erklärung zu liefern, die er mir schuldet.

»Sie war meine Mutter«, erklärt er leise und der verletzte Ausdruck in seinen Augen trifft mich mitten ins Herz. »Ich kann nicht glauben, was sie getan hat. Und was immer sie auch getan hat, hättest du sie nicht umbringen dürfen.«

Ich nehme seine Hand in meine und fühle den gleichen Schmerz, der auch in seiner Brust tobt. »Weißt du, wie ich mich gefühlt habe, als sie vor mir stand?«

Meine Welt war zusammengebrochen in dem Moment, da ich realisierte, dass sie für mich niemals die Mutter gewesen war, die sie zu sein vorgegeben hatte. All ihre Tollpatschigkeiten, die ich mittlerweile für versteckte Mordversuche halte. Ich frage mich, ob die Kekse, die sie mir immer zur Aufmunterung gebacken hat, heimlich mit Strychnin, Rattengift, versetzt gewesen waren. Zuzutrauen wäre es ihr und ich bin froh, dass ich mir niemals etwas aus Gebäck gemacht hatte. Ich hatte mir überhaupt nicht viel aus ihrem Essen gemacht und mich stattdessen an den Gemüsebeeten in dem spießigen Garten erfreut.

Sascha schlingt seine Arme erneut um mich. »Aber trotz allem wirst du für immer meine kleine Schwester sein und ich werde niemals zulassen, dass dir etwas zustößt!«

Ich bin erleichtert, dass ich mich nicht über all die Jahre in ihm getäuscht habe. Es gibt mir eine Sicherheit, dass alles wieder gut werden kann. Er wird über Ingrids Tod hinwegkommen müssen, während ich Hannah und die anderen Frauen wieder in die Gesellschaft einführen muss.

»Komm!«, sage ich, greife seine Hand und erhebe mich lächelnd. »Es ist an der Zeit, dass sich ein Arzt meine Verletzungen anschaut. Her mit dem Autoschlüssel!«

Ein Jahr später

Der Rauch brennt in meinen Augen, das Feuer droht, mir Hände und Schienbeine zu versengen. Die Hitze der Flammen sticht mir im Gesicht.

Zu meiner Linken sitzt freudestrahlend die kleine Sarah, rechts mit säuerlichem Gesicht Katja. Vor uns prasselt das Lagerfeuer, das sich laut knisternd durch die Holzscheite frisst. Jeder von uns hält einen Weidenstock, der am vorderen Ende mit Teig umwickelt ist, über die Flammen. Während Sarahs und mein Stockbrot langsam eine beige-braune Färbung annimmt, ist Katjas Stück schwarz verkohlt.

Dabei hatte ich sie im Vorfeld gefragt, ob sie schon einmal Stockbrot geröstet hätte, was sie mit einer läppischen Handbewegung abgetan hatte und den Worten, dass Stockbrot Bestandteil fast jeden Kindergeburtstags gewesen wäre.

Fazit war, dass sie ihren Knüppel direkt in die Flamme gehalten hatte, während ich Sarah erklärte, dass sie nur die Hitze, nicht die Flammen brauchte, um das Brot vollständig durchzurösten.

Seit einem Jahr lebte ich nun mit Hannah und Sarah gemeinsam in dem Haus, in dem ich die ersten Jahre meines Lebens hatte verbringen dürfen. Für mich war es gar keine Frage gewesen, was mit Hannah nach ihrer Freilassung passierte. Mein Zimmer im Studentenwohnheim hatte mir ausreichend Platz geboten, aber für drei Personen war es definitiv zu klein. Deshalb hatte ich das Zimmer geräumt und war mit meiner Familie nach Hause zurückgekehrt. Nach Hause in den Wald.

Der Weg zur Uni war für mich dadurch zwar weiter, aber ich konnte die Fahrt im Regionalexpress zum Lernen nutzen und mir zu Hause die Zeit nehmen, einen angenehmen Alltag zu etablieren.

Die Zeit im Keller hat Hannah und Sarah noch nicht vollständig losgelassen. Ich sehe es jeden Morgen, wenn Sarah aus dem Haus tritt und die Sonne bestaunt, als sähe sie sie zum ersten Mal und könne es noch immer nicht glauben, dass ein solcher Feuerball Licht in die Welt zaubere. Ich sehe es jedes Mal, wenn Regen vom Himmel prasselt und sie mit nackten Füßen und ausgebreiteten Armen in ihrem Sommerkleid über die Wiese tanzt.

Doch ich sehe es auch, wenn sie mit traurigen Augen aus der Schule heimkommt. Sie ist wissbegierig, saugt wie ein Schwamm jede Information auf, die sie in der Schule erhalten kann. Ihre Hausaufgaben erledigt sie in Windeseile, doch die Gesellschaft der anderen Kinder macht ihr zu schaffen.

Während sie ihre schriftlichen Arbeiten voller Fleiß anfertigt, berichtet die Klassenlehrerin fast täglich, dass sie sich weigert, den Mund zu öffnen. Kein Wort zu den Klassenkameraden, keine mündliche Beteiligung am Unterricht.

Auch ihre Therapeutin verzweifelt an ihr. Sarah folgt mit großen, wachen Augen den Sitzungen, schafft es, mit den Kuscheltieren einzelne Situationen im Keller nachzuspielen, aber ihre Stimme hat auch die Therapeutin noch nie gehört.

Doch ich muss schmunzeln, dass die nachgespielten Situationen häufig unser Sporttraining beinhalten.

Für mich ist es okay, dass Sarah mit Fremden nicht redet. Sie liebt die Streifzüge mit mir durch den Wald. Schweigend laufen wir stundenlang nebeneinander, bis ich etwas entdecke, das Sarah noch nie gesehen hat, und es ihr zeige. Ich erkläre ihr, worauf es ankommt, wenn man Fische mit der bloßen Hand fängt, wie man ein frisch geschossenes Kaninchen zubereitet, woran man essbare Pflanzen erkennt. Dann wieder stellt sie Fragen. Warum sie den Wald früher nicht kennenlernen durfte, ob ich sie mit nach Feuerland nähme, wenn ich mich auf die große Reise machte, ob ich ihr beibringen könne, ein Zelt aufzubauen.

Auch wenn ich es mir nie zu träumen gewagt hätte, darf ich meinen Funken weitergeben und mich daran erfreuen, dass er in Sarahs Augen lichterloh brennt. Sie würde eines Tages die Freunde finden, die bedingungslos zu ihr hielten, da war ich ganz sicher. Bis dahin hatte sie Hannah und mich.

Ein Auto rumpelt ächzend den Waldweg entlang und ich erkenne Florians klapprigen Polo, der bei jeder Baumwurzel auseinanderzufallen droht. Wie nicht anders zu erwarten, parkt der Wagen direkt vor unserem Grundstück und einen Moment später stapfen Florian und Sascha auf uns zu.

Sarah drückt mir ihren Weidenstock in die Hand und rennt überschwänglich auf die beiden Onkel zu. Auch wenn sie für gewöhnlich für sich allein bleibt, steht die Familie für sie über allem.

Schüchtern platziert Florian einen Begrüßungskuss auf Hannahs Stirn und ich zwinge mich, wegzusehen. Ihre ersten zarten Bande waren bereits kurz nach unserer Befreiung sichtbar geworden. Ganz langsam, Schritt für Schritt waren sie sich nähergekommen, doch noch immer fühle ich mich wie ein Voyeur, wenn ich die beiden zusammen sehe, auch wenn Florian uns viel unterstützt. Er hatte geholfen, ein Programm für Hannah zu finden, mit dem sie an einer Abendschule ihren Schulabschluss nachholen kann. Was sich im ersten Moment einfach angehört hatte, erwies sich als deutlich schwieriger, da Hannah nach der fünften Klasse auf ihrem Wissensstand stehengeblieben war, wenn sie nicht sogar vieles vergessen hat. Britta hatte sich zu wenig um ihre Bildung gekümmert.

Florian und ich bemühen uns, ihr die verlorenen Jahre einzutrichtern. Auch wenn sie oft verzweifelt und das Handtuch werfen möchte, schaffen wir es gemeinsam mit Sarah, sie zu motivieren. Jeder von uns glaubt daran, dass sie ihren Schulabschluss erreichen und im Anschluss Erzieherin werden wird.

Auch Katja unterstützt uns, so gut es geht. Nach unserer Befreiung hat sie sich mit Feuereifer auf das Studium gestürzt, um das verlorene Semester aufzuholen. Das Studienjahr gilt als bestanden, wenn die Klausuren der dazugehörigen Fächer bestanden sind. Erreicht man eine fünf oder schlechter, oder erscheint gar nicht erst zur Klausur, so hat man das jeweilige Fach im nächsten Halbjahr zu wiederholen.

Katja hatte keine einzige Klausur mitgeschrieben, da sie bereits zum Ende des ersten Semesters im Keller gesessen hatte. Nach unserer Befreiung hatten die Professoren großzügig beide Augen zugedrückt und für sie einen Extra-Klausurtermin angeboten.

In dem zweiten Semester, in dem wir einen Großteil der Vorlesungen verpasst hatten, haben wir unsere gesamte Freizeit darauf verwendet, den verlorenen Stoff nachzuholen. Es reichte gerade knapp, so dass wir die Klausuren bestanden, aber wir nahmen uns fest vor, uns auch in den folgenden Semestern gegenseitig zu unterstützen.

Hat Hannah eine Krise und ich schaffe es nicht zur Uni, schickt Katja mir abends ihre Aufzeichnungen zu. Gelegentlich leidet auch Katja stärker unter den Folgen ihrer Gefangenschaft. Regelmäßig wird ihr alles zu viel und verschanzt sich in ihrer Wohnung. Doch sie weiß, dass sie jederzeit zu mir kommen kann, und Trost oder die Aufzeichnungen aus der Uni bekommt.

Hatte ich es mir zu Beginn des Studiums auch nicht vorstellen können, zählt sie jetzt zu meinen besten Freunden.

Doch sie hat sich stark verändert. Die einzige Erinnerung an frühere Zeiten ist der schwarze Mascara, der so dichte, verführerische Wimpern zaubert. Dazu kurze Fingernägel, ungefärbte Lippen und Turnschuhe. Sie geht weiterhin zum Krav Maga, doch ihre Trainingspartner sind mittlerweile große Kerle, die den Anschein erwecken, gerade erst aus dem Gefängnis entflohen zu sein. Einer muskulöser als der andere, doch Katja besiegt sie alle.

»Ist das Brot fertig, Tante Sarah?« Die kleine Sarah begutachtet kritisch das sanft gebräunte Brot, als ich es aus der Hitze ziehe. Ich breche es auseinander und der verführerische Duft steigt mir in die Nase. Es ist genau richtig: Der Teig komplett durch, ohne die Kruste zu verkohlen.

Passend dazu treten in eben diesem Moment Ralf und Norbert aus dem Haus. Ralf trägt eine Schale mit Brennnesselsalat, Norbert einen Teller mit Tomaten und Radieschen, die er in unserem Garten selbst gesät und geerntet hat.

Die beiden ehemaligen Obdachlosen leben seit einem halben Jahr bei uns. Sie gehörten ursprünglich der Gruppe an, die in der Hardenbergstraße unter der Brücke hauste und denen ich im Winter regelmäßig heiße Getränke zukommen ließ.

Als nach unserem Ausbruch alle Bewohner der Villa gestorben oder verhaftet worden waren, als der Keller geräumt und alle Leichen zur Identifizierung abtransportiert worden waren, als die Polizei mit allen Untersuchungen fertig war, hatten Sascha und ich die Villa für die Obdachlosen geöffnet. Sascha hatte die Geistesgegenwart besessen, den Schlüssel, den er Marcel abgenommen hatte, zu behalten, um den Obdachlosen Einlass zu gewähren.

Den Riegel am Bücherregal hatten wir entfernt und den Keller mit neuen Matratzen und Bettwäsche ausgestattet. Begeistert hatten die Obdachlosen uns dabei unterstützt, den Keller herzurichten, so dass sie angenehm dort wohnen konnten.

Mein Angebot, das Überleben im Wald oder das Selbstversorgen durch Anbau von Gemüse zu erlernen, hatten die meisten zwar abgelehnt, doch Ralf und Norbert stimmten begeistert zugestizummt. Sie waren zu Hannah, Sarah und mir nach Zellendorf gezogen und kümmern sich seitdem um den Garten. Ich lasse ihnen freie Hand, wie sie den Garten bewirtschaften wollen und sie überraschen mich immer wieder damit, wie fleißig sie sich im Internet kundig machen und auch die oftmals als Unkraut verachteten Pflanzen als besondere Köstlichkeiten erkennen.

Ich lasse meinen Blick durch die Runde schweifen und bin voller Zuversicht, dass für uns endlich die Zeit gekommen ist, dass alles wieder gut werden wird.

Liebe Leser,

der Traum, ein Buch zu schreiben, hat mich von klein auf verfolgt, bis ich ihn im Sommer 2017 umgesetzt habe, und mein erstes Werk »Wurzelflügel« erschien. Doch statt befriedigt zu sein, geisterten immer mehr Geschichten durch meinen Kopf und wollten zu Papier gebracht werden. »Waldesstille« ist dabei eine Herzensgeschichte, die sich mitten in ein anderes Projekt gestürzt hat und keine Ruhe gab, bis ich die Geschichte vollständig aufgeschrieben hatte.

Doch auch eine Herzensgeschichte lässt sich nicht allein bewerkstelligen, da ich als Autor natürlich die gesamte Geschichte im Kopf habe. Die Teile, die auf dem Papier stehen, und die, die es nicht tun. Deshalb danke ich ganz besonders meinen Testlesern, die mir zugesichert haben, dass die Geschichte wirklich toll ist: dem ebenfalls am Anfang einer großartigen Autorenkarriere stehenden Frank Esser, meiner kleinen großen Schwester Yvonne Teuber, dem kritischen Jean-Luc Jardin, der die gesamte Geschichte am liebsten von Grund auf geändert hätte, meiner treuen Leserin Nicole Mroncz und der eingefleischten Thriller-Leserin Sabrina Krause. Weiterhin darf ich René Scheer für das Lektorat danken, in dem ein großer Teil der Fehler meiner Herzensgeschichte zugrunde ging.

Als ich dann das Buch fertig wähnte, gab ich es der kritischsten Leserin der Welt, Beate Majewski, zu lesen und ich kann nur sagen: Vielen lieben Dank, liebe Beate, dass du alles hinterfragst, kritisierst, mir all die kleinen (und großen) Fehler aufzeigst, die es noch bis ins eigentlich finalisierte Buch geschafft haben, und du dennoch das Potential in meiner Herzensgeschichte gesehen hast!

Und natürlich danke ich Ihnen, meinen Lesern, ohne die ich diese Geschichte niemals hätte schreiben brauchen. Es freut mich, dass es Leser gibt, die meine Herzensgeschichte für lesenswert halten! Ob »Waldesstille« gehalten hat, was sie sich davon versprochen haben, dürfen Sie mir gerne in einer Bewertung auf Amazon oder in Form einer E-Mail an nadine@maerchengestoeber.de mitteilen. Sie erhalten dadurch die Möglichkeit, dass mein nächstes Buch noch besser Ihren Geschmack trifft.

Ich freue mich sehr, von Ihnen zu hören und verbleibe mit herzlichen Grüßen

Ihre Nadine Teuber

Printed in Poland
by Amazon Fulfillment
Poland Sp. z o.o., Wrocław

49717155R00141